禾處覓飯香 2

風文創 1284

途圖 著

目錄

第二十六章　歡喜度節

葉朝雲回到住處換好衣裳，在蔣嬤嬤的陪同下出現在花廳門口，她一見到李承韜和李惜惜坐在桌前，正在咀嚼著什麼，便疑惑道：「承韜、惜惜？」

李承韜微微一驚，忙將嘴裡的魚肉嚥了下去，起身行禮，嘴裡含糊不清道：「母親……」

一旁的李惜惜則一臉心虛地埋著頭，不敢看葉朝雲。

葉朝雲瞄了桌上的松鼠鱖魚一眼，柳葉眉蹙了起來，道：「你們這是成何體統?!」

李承韜忙道：「母親，我們看這松鼠鱖魚出鍋好一會兒了，不知蔫了沒有，這才嚐了嚐……」

聞言，李惜惜立刻附和道：「是啊，我們倆都確認過了，這松鼠鱖魚還好好的呢，等父親和二哥過來，便能開飯了！」

葉朝雲哭笑不得，她指著白了一大片的松鼠鱖魚道：「這也叫『嚐一嚐』？」

這下，李承韜跟李惜惜說不出話來了。

後廚的料理已全部備好，蘇心禾一一確認過之後，便吩咐丫鬟們將菜送去花廳。

她回到臥房打算收拾自己一番，卻見白梨笑盈盈地走了過來。「世子妃辛苦了，奴婢來伺候吧。」

白梨一面伺候蘇心禾更衣、打扮，一面問道：「奴婢方才聽說，連侯夫人與大小姐都去了後廚？」

蘇心禾回道：「不錯，怎麼了？」

白梨笑道：「咱們侯夫人喜好詩書，從不沾庖廚之事，姑奶奶來了之後更是全權交給她，如今卻到後廚同世子妃一起備餐，實在罕見。」

「母親從來沒進過後廚嗎？」蘇心禾道：「我覺得她很有行廚的天賦。」

白梨好奇。「世子妃這話是什麼意思？」

蘇心禾便將葉朝雲一口氣包了幾十個粽子的事告訴她。

白梨一雙眼睛瞪得圓圓的。「這可真是聞所未聞，侯夫人當年可是名動京城的才女，怎麼會對庖廚之事如此上心呢？」

蘇心禾道：「妳覺得奇怪，是因為妳認為讀書高尚、庖廚低賤，然而在我看來，不過是愛好不同罷了。況且，即便食材與作法相同，若料理的人不一樣，口味便天差地別。讀書能使人明理，庖廚亦能磨鍊人的意志。」

白梨仍有些迷惑。「尊卑貴賤不是早就定好了嗎？讀書為尊、庖廚為卑，所以君子遠庖廚……」

蘇心禾知道白梨一出生便是奴籍，所以一時難以理解自己想傳遞的「平等」概念。她道：「這些事不是一、兩句能說明白的，這個時代確實男尊女卑、貴賤分明，但過了很多很多年之後，也許所有人會一樣平等、自由，都能過上自己想要的生活，跟自己喜歡的人在一起。」

白梨聽得似懂非懂。「每個人……都能平等嗎？」

蘇心禾一笑。「是，會有那一天的。」

說罷，她便從銅鏡前站起身來，一轉過頭，卻見門口有一頎長身影，負手而立。

蘇心禾有些吃驚。「夫君？你何時回來了？」

李承允道：「剛剛。」

蘇心禾愣了愣，點頭一笑。「夫君是在等我一起出門？」

李承允「嗯」了一聲，算是默認了。

蘇心禾早已習慣他這般惜字如金，抿唇笑道：「走吧。」

兩人出了靜非閣，穿過長廊，前往正院的花廳。

一路上，李承允並未出聲，只靜靜側目看著蘇心禾，心中反覆琢磨方才她所說的話。

平等、自由……那是她想要的嗎？

沒多久，他們便走到外院，正好遇上從書房出來的李儼。

父子倆彷彿冰塊對冰塊似的，彆彆扭扭地見了禮。

蘇心禾只能主動站出來緩和氣氛。「父親，母親已經去花廳了，我們這便過去吧？」

李儼淡淡地「嗯」了一聲，大步走在前頭。

蘇心禾心道，還真是親父子，能不說話便不開口的一家人。

三人抵達花廳之時，就見葉朝雲、李承韜與李惜惜已經坐定了。

李信今天有急事需要處理，只能待在軍營，不參加家宴。

桌上的菜餚琳琅滿目，香辣豬蹄油香四溢，三杯鴨鮮紅耀目，一整隻燒雞昂然側立，還有色澤鮮明的炒菜與清爽的涼菜，一桌子滿滿當當，極有團圓的氣氛。

李承韜與李惜惜連忙起身見禮，隨後交換了一個眼神，心照不宣地瞄準了松鼠鱖魚。

蘇心禾覺得有些古怪，待她看到桌上的松鼠鱖魚時，頓時眼角微抽——

原本胖胖的松鼠鱖魚怎麼瘦了一圈?!

她瞥了李惜惜一眼，李惜惜眼神閃爍，抬手指了指李承韜，李承韜則朝她擠眉弄眼，將她的手打了回去。

蘇心禾無語。這兩個人恐怕是共犯。

李儼瞥了兩人一下，李惜惜跟李承韜連忙坐好，好像什麼事都沒發生。

為了掩蓋自身的「罪行」，李惜惜跟李承韜各挾起一塊魚肉，送到葉朝雲碗中，異口同聲道：「母親請用。」

葉朝雲自然明白他們倆葫蘆裡賣的什麼藥，但為了這難得的家宴，她不想點破，只道：「罷了，開動吧。」

聽了這話，李惜惜與李承韜才將懸著的心放下。

李儼為人一板一眼，哪怕是用飯，都坐得直挺挺，他一拿酒杯，眾人連忙舉杯相迎，碰過杯之後，才算真正開餐。

瞧面前這盤魚肉的造型宛如松鼠活靈活現，李儼不禁問：「這是什麼作法？」

蘇心禾連忙介紹道：「這是松鼠鱖魚，先將魚肉過一遍油，再以番茄熬汁澆上，口味甜中帶酸。」

葉朝雲道：「侯爺，這松鼠鱖魚可是心禾親手做的，嚐一嚐吧，莫浪費了她的一片心意。」

說罷，她挾起一塊魚肉放到李儼面前的餐盤上。

蘇心禾知道李儼不喜甜食，便道：「若父親實在不喜，也不必勉強，可以嚐嚐別的菜色。」

李儼頷首道：「糧食皆是百姓血汗，只要取了，便不應浪費。」

蘇心禾摸不清這位公爹的脾性，反正他願意吃便好。

開餐後，李惜惜與李承韜便風捲殘雲般吃起了松鼠鱖魚，那條魚頃刻消了半條下去，就連李承允都略顯訝異。

此時青梅端了一盅湯放到蘇心禾面前，蘇心禾低聲道：「夫君，這是我為你準備的。」

如今李承允身上的傷仍未徹底痊癒，不宜食用過多油炸、腥辣之物，因此蘇心禾另外為他燉了一盅湯。

李承允會意，順手接過湯。「多謝。」

一揭開湯羹的蓋子，排骨的香味便撲面而來，讓人精神為之一振。

李承允舀起一勺湯羹，啟唇品嚐——這冬瓜排骨湯清而不淡，菫香中帶著一絲清甜，緩慢流淌到胃腹中，暖意融融。

他挾起一塊排骨，肉質燉得軟爛，輕輕一咬，便能脫骨。瘦肉吸收了冬瓜的鮮甜，而冬瓜經過長時間熬煮，入口即化，輕輕一抿，便成了一口鮮湯，令人回味無窮。

一盅湯喝到底，李承允才發現裡面放了些益氣補血的藥材，可他絲毫沒嚐出來，也不知她是怎麼做到的。

「嫂嫂，妳給二哥喝了什麼湯？我們怎麼沒有？」

李惜惜早就盯上李承允的湯，直到他喝完，她才確定桌上沒相同的湯羹。

蘇心禾氣定神閒地解釋道：「妳二哥近日苦心研究賽舟之法，一直沒睡好，我便為他燉了些安眠的湯羹。」

葉朝雲聽了這話，便提醒道：「承允，庶務再忙，也要注意身子。」

李承允頷首。「是，母親。」

聞言，李惜惜失落地收回目光，她下意識地看了身旁的李承韜一眼，卻見他嘴唇泛紅，正「嘶哈嘶哈」地喘著氣。「你這是怎麼了？」

只見李承韜指了指桌上那盤香辣豬蹄，道：「這盤豬蹄可真辣啊！」

李惜惜一聽，頓時來了興趣，挾起一塊豬蹄放進自己碗裡。

豬蹄上裹著零碎的辣椒，落到碗裡時，輕輕一彈，便抖了些許辣椒下來。

李惜惜喜食辣，迫不及待地挾起香辣豬蹄，她嘟起嘴輕輕吹了吹，張口咬下——豬蹄Q彈，一口見骨，嚼著嚼著，香辣的汁液便順著牙齒一點一點滲進舌尖，激起一陣辛辣的戰慄。

蹄尖上的肉不過三、四分，餘下的全是膠質滿滿的肉皮，肉皮裹著香濃的醬汁，香而不膩、柔韌彈牙，一塊入口，別提有多美味了！

「唔……」李惜惜由衷地發出讚嘆，有了香辣豬蹄，誰還喝湯啊?!

葉朝雲見她吃得津津有味，也將目光投向那盤香辣豬蹄，但她口味一向清淡，也不知這豬蹄是不是當真辣得讓人難以接受。

蘇心禾看出了葉朝雲的心思，便親手撥開一個蜜豆粽子送到她面前，道：「蜜豆粽子可以解辣，母親不妨試試？」

葉朝雲見她聰慧，含笑點了點頭，接過蜜豆粽子後，便挾起一塊小小的香辣豬蹄放到餐盤上。

細品了香辣豬蹄片刻之後，葉朝雲才慢慢感受到辣意，她立即吃了一口蜜豆粽子，將這辣味壓下。

壓下歸壓下，香辣豬蹄帶來的刺激感還留在舌尖上。

葉朝雲又看了自己的女兒一眼，只見李惜惜一張小嘴吃得宛若熟透的紅櫻桃，一副相當過癮的模樣。

面對這股辣味，葉朝雲有些意猶未盡，於是鼓起勇氣咬下一塊香辣豬蹄，軟彈的豬皮從豬骨上剝離，韌勁十足。

她平常口味清淡，但此刻品味到的鮮辣彷彿啟動了味蕾，雖然帶來微微的痛感，卻有種無法言喻的暢快。

就這樣，葉朝雲靠一個蜜豆粽子吃完了整塊豬蹄。

李儼從頭到尾都一言不發，見葉朝雲突然吃起辣菜，不由得皺了皺眉。「給夫人添茶。」

丫鬟應聲而來，幫葉朝雲添滿了茶水。

葉朝雲吃完蜜豆粽子，又喝了半盞茶水，嘴裡的辣勁才徹底平息，雖然她一張臉辣得微微發紅，卻神采奕奕。

李承韜頗為好奇。「母親什麼時候開始食用辣菜了？」

葉朝雲瞧了他一眼，道：「偶爾也想嚐嚐鮮。」

李承韜笑道：「母親能吃自然好。之前便聽說嫂嫂廚藝高超，今日才真正見識到了，二哥，你可真有口福啊！」

只見李承允唇角虛虛勾了一下，並未否認。

蘇心禾只管埋頭吃飯。她與李承允不過是表面夫妻，兩人從未私底下一起用過飯，連飯搭子都算不上呢。

家宴到了後半段，蘇心禾便為眾人分食粽子。

李惜惜香辣豬蹄吃多了，便主動挑了個蜜豆粽子，李承韜見她選了蜜豆粽子，就偏要拿個肉餡的。

葉朝雲已經吃過粽子，有些撐了，自己便不吃，為李儼挑了個蜜豆粽子。

李儼微微蹙了眉，道：「這也是甜的？」

葉朝雲淡淡應了聲，道：「不錯，侯爺若是不喜，我幫您換成鹹的？」

之前蘇心禾做的粽子李儼也吃過，他倒是挺喜歡的。

李儼的神情有些勉強，但仍道：「罷了，甜的便甜的吧。」

蘇心禾覺得奇怪，公爹明明不喜甜食，為何婆母總讓他吃甜的？

眾人酒足飯飽，各種心聲便傳進了蘇心禾的耳裡——

李惜惜雖然坐得端莊，心中卻暗道：今夜的菜可真不錯，比起福來閣不遑多讓，忽然有點期待下一次家宴了，莫不是要等到中秋吧？

蘇心禾正覺得好笑，李承韜的聲音又飄了過來，他道：之前姑母還說二哥不該娶嫂嫂進門，笑話，若是娶個高門貴女，哪有這般好日子？從今往後，誰要是敢為難嫂嫂，那就是跟我過不去！以後要是能去靜非閣蹭飯就好了，太學的飯菜簡直不是人吃的！

瞧他搖了搖頭，李惜惜便問：「你在想什麼？」

李承韜道：「我不過是想起了太學的飯食……唉，一言難盡！」

蘇心禾問道：「很難吃嗎？」

李承韜愣了一下，便抱怨道：「何止難吃，聽說太學的食堂二十年沒換過廚子了，禍害了好幾代人！」

聽到李承韜這麼說，李儼橫了他一眼道：「太學是求學之地，並非享樂之所，你一天到晚都在想些什麼？何時能安心讀書？」

被這麼一訓，李承韜立即收起了一肚子苦水，低頭道：「父親教訓得是，孩兒知錯了。」

李儼「嗯」了一聲，道：「你大哥跟二哥在你這麼大時都上戰場了，你卻還惦記著吃吃喝喝，實屬不該。」

葉朝雲見小兒子被訓得埋下頭，有些不忍，道：「好了，侯爺，今日是端午佳節，便讓孩子們鬆快兩分吧。」

李儼「哼」了兩聲，道：「慈母多敗兒！」

話雖如此，他的語氣卻明顯軟了不少，沒方才那般嚴肅了。

蘇心禾連忙打起圓場。「父親，粽子再不吃就涼了。」

李儼這才重新拿起筷子，看向面前的蜜豆粽子。

這粽子包得極好，剝開之後，形狀仍然完整飽滿，且稜角分明，呈現好看的乳白色，綿密的糯米中夾雜零星的蜜豆、芝麻，既是點綴，也是甜味的來源。

葉朝雲親自為李儼淋了蜂蜜上去，燈火照耀下，蜂蜜泛著淡淡的光澤，散發著誘人的香甜。

李儼面容冷肅地挾起蜜豆粽子，略微打量後便張口咬下小半個，然後面無表情地咀嚼起來。

一顆玲瓏的蜜豆粽子，頃刻之間便被他收進腹中。

蘇心禾只當公爹不喜甜粽，正欲為他添茶解膩，卻罕見地聽到了對方的心聲——

唔，果然還是甜的最好吃。

蘇心禾的眼角狠狠抽了一下。她忍不住看向李儼，他依舊正襟危坐、神情嚴肅，彷彿吃下這個粽子，完全是為了充飢，毫無興致可言。

影帝啊……蘇心禾暗自感嘆道。

她略一思索便明白了過來。公爹一貫不許兒女奢侈享樂，對自身的要求也十分嚴格，在軍營時不但與士兵們同吃同住，上陣殺敵也衝在最前面。

然而他是人，在食物上自然有偏好，只是為了當眾人的表率，才不敢顯露真實的好惡，故而人人都以為他不喜甜食。

蘇心禾看向了葉朝雲，卻見她的目光靜靜停留在李儼臉上，唇邊掛著一絲滿足的笑意。

這證實了蘇心禾的猜想——公爹與婆母的關係表面看起來有些冷淡，但彼此之間卻有許多不為人知的默契，不然婆母也不會特地挑了個甜味的粽子送到公爹面前。

若公爹喜甜，那李承允呢？

蘇心禾正這麼想，眸子微抬，便遇上李承允的目光——他也恰好在看她。

四目相接，兩人不禁微微一怔，默默地避開視線。

葉朝雲見李儼已經吃完蜜豆粽子，便問道：「味道如何？」

李儼一板一眼地道：「尚可。」

蘇心禾適時開口。「父親，您方才吃的粽子，是母親親手包的。」

李儼有些不敢置信地望向葉朝雲。「夫人會包粽子？」

葉朝雲低聲道：「不過是現學現賣，上不得檯面。」

蘇心禾眉眼輕彎道：「母親分明是心靈手巧，真是太謙虛了。」

李惜惜也附和道：「是啊，母親第一次包粽子便比我熟練，若是再多學幾樣，豈不是要超過後廚的老宋了？」

葉朝雲嗔她一眼。「妳這丫頭，就會打趣妳母親！」

這話雖拘謹，她臉上卻綻開難得的笑意。

李儼默默看了自己的夫人一眼，只覺得這笑容似乎許久不曾有過了，便道：「今日這粽子倒是比後廚過去包的有滋味。」

葉朝雲一聽，笑意更盛，道：「侯爺喜歡就好。」

這場端午家宴在一片和諧中結束，眾人皆吃得饜足而歸。

臨走前，葉朝雲主動拉起蘇心禾的手，笑意溫柔。「心禾，今日的家宴，妳費心了。」

蘇心禾垂眸道：「母親說的是哪裡的話？這些都是兒媳分內之事。」

葉朝雲見她進退有度，讚許地點了點頭，道：「餘下的事交給後廚，妳早些回去休息吧。」

蘇心禾頷首，福身道：「多謝母親。」

待葉朝雲離開後，青梅就興奮地說道：「小姐，奴婢還是第一次見到夫人對您如此和藹呢！」

蘇心禾覷了她一眼，道：「母親平日待我也不錯。」

青梅小聲嘟囔。「您忘了之前夫人與姑奶奶怎麼待您了？您手上的傷，若不是被駱嬤嬤橫扯，也不至於疼上好幾日……」

「罷了。」蘇心禾淡聲道：「每個人都有自己的立場，我相信那次的事不是母親的本意，說開了便過去了。」

青梅仍替她不值，卻不好再多說什麼，只得道：「小姐，奴婢知道您辦家宴是為了夫人，但您什麼時候能替自己打算呢？」

第二十七章　揪出蠹蟲

蘇心禾問：「我如何沒替自己打算了？」

青梅忍不住嘀咕道：「如今世子爺還住在書房呢，您與其將心思花在夫人身上，還不如對世子爺上心些。」

蘇心禾卻淡然道：「做好自己便是，何必勉強別人呢？回去吧。」

說完，便領著青梅出了花廳。

才走出兩步，便見李承允立於長廊上，與來時一樣。

蘇心禾有些意外，道：「夫君還未回去？」

家宴散場後，她留下來安排丫鬟們收拾殘局，故而晚了半刻鐘出來，沒想到李承允還在。

李承允並未回答，只默默看了她一眼，問：「忙完了？」

見蘇心禾頷首，李承允淡淡「嗯」了聲，道：「那走吧。」

兩人肩並肩，一起往靜非閣走去。

「今夜的湯很好。」李承允冷不防開口。

蘇心禾呆愣了一下，隨即道：「夫君若是喜歡，明日我再熬一些。」

李承允問：「我見那湯裡放了些藥材，卻沒有藥味，是怎麼做到的？」

蘇心禾低聲道：「我翻了些醫書，發現不是所有益氣補血的藥材都有很重的藥味，因此選了些味道淡的。即便身體康健，那些藥材也能用來滋補身體，夫君不必擔心惹人懷疑。」

李承允輕輕點了一下頭，道：「多謝。」

蘇心禾笑了笑。「小事。」

李承允微微一頓，從袖袋中掏出一個白玉瓷盒遞給蘇心禾。

蘇心禾一愣。「這是？」

李承允淡淡吐出三個字。「玉肌膏。」

蘇心禾不解地看著他，問：「這是給我的？」

李承允似乎有些不自在，只點頭沈聲道：「這藥能活血袪疤，一日一次，半個月見效。」

蘇心禾道：「既然藥效這般好，不如給夫君試試？」

她知道李承允背後有好幾道疤痕，上藥時看得人觸目驚心。

李承允沈默了片刻，道：「不必了，只有一盒。」

說罷，他不由分說地將東西塞到她手中，自顧自地往前走去。

蘇心禾盯著瓷盒看了好一會兒，才收入袖袋中，跟了上去。

夜風繾綣，送來一陣芬芳。

蘇心禾不知不覺地放慢腳步，緩緩抬眸——園子裡的桂花開得正好，淡黃的花兒一簇接著一簇，立在枝頭，隨風輕擺。

這香味實在令人心曠神怡，蘇心禾忍不住深吸了口氣。

微風彷彿與她心意相通，輕輕一吹，零星的桂花便自空中而落，蘇心禾抬起手，花瓣就落到她手心。

李承允無聲地看著蘇心禾。

蘇心禾被他盯得有些不好意思，道：「前兩日路過此處，桂花還沒開得這樣好，沒想到今日全開了。」

平南侯府的面積不小，蘇心禾一般只在正院與靜非閣走動，對其他地方不算太熟。

李承允道：「這是母親讓人從南方移植過來的四季桂，一年可開花四次。」

「原來如此。」蘇心禾撚了撚手中的花瓣，道：「這花瓣雖然沒江南那邊的大，卻非常嬌美。」

蘇心禾在臨州時便時常採擷桂花釀製桂花蜜，剛來京城時還送了蔣嬤嬤一罐，她不禁自言自語道：「不知這用來釀桂花蜜或做桂花糕好不好吃……」

李承允說道：「試試不就知道了？」

蘇心禾一愣。「試試？」

李承允點了一下頭，忽地從腰間掏出一把匕首，繼而縱身一躍。

蘇心禾還未看清發生了什麼，李承允便回到地面上，手裡多了一大把桂花枝。

她瞪大了眼。「你不是說這是母親特地從南方移植過來的嗎？就這麼砍了，會不會……」

「又不是妳砍的。」李承允好整以暇地理了理衣襟，道：「是我。」

他將桂花枝遞到蘇心禾面前。「給妳。」

蘇心禾看著一大束桂花枝，內心雖然有點忐忑，但仍抑制不住雀躍，接了過去，抿唇一笑。

這麼多桂花，除了做桂花糕，應該還能釀桂花酒吧？想到這兒，蘇心禾的眼角、眉梢盡是笑意。

李承允見她高興，冷峻的表情緩和了幾分，跟著虛虛勾了一下唇。

與她相處時，他並不勉強，甚至還覺得頗有樂趣。

青梅跟在後面，連大氣都不敢出，生怕擾了兩人的氣氛，只能偷偷抿唇而笑。

回到靜非閣，蘇心禾便讓青梅將桂花枝好好收起來，青梅正要抱著桂花枝出去，蘇心禾又道：「等等。」

她從一大束桂花枝中抽出了一枝，就近插在手邊的花瓶裡。「桂花開得這樣好，留一枝在房裡添香吧。」

桂花香氣清幽，讓蘇心禾接下來兩、三天的夜裡都頗為好眠。

這一天，蘇心禾梳洗完畢，正打算用朝食，卻見白梨匆匆而來。

「世子妃，盧叔來了。」

盧叔是侯府的管家，蘇心禾接管後廚後與他打過幾次交道，是個可靠的侯府老人。

蘇心禾放下手中的碗筷，道：「請盧叔進來。」

片刻之後，白梨帶著盧叔進門，盧叔依禮對蘇心禾作了一揖，笑道：「早知世子妃在用朝食，小的便晚些再來叨擾了。」

蘇心禾笑了笑，道：「無妨，盧叔找我可有什麼事？」

盧叔點了一下頭，低聲道：「世子妃，前幾日您出門採買的米糧等物都已經送過來了，按照您的吩咐，小的讓送貨人將車馬都停在後門，您看接下來該如何處置？」

蘇心禾思量了片刻，道：「先將貨品收進侯府，每樣取一頓飯的量，送到靜非閣來。」

盧叔會意，應聲退下去了。

蘇心禾又對白梨道：「我記得後廚之中，掌管倉庫的只有龐掌事跟菊芳？」

白梨答道：「以前還有駱嬤嬤，但因她犯了錯，所以鑰匙被收，目前只有龐掌事與菊芳有鑰匙。」

蘇心禾輕輕「嗯」了一聲，道：「讓菊芳來見我，不要驚動其他人。」

白梨道：「是，奴婢這就去。」

「奴婢給世子妃請安。」菊芳立在廳中，一副老實的模樣。

蘇心禾溫聲道：「免禮，妳不必緊張，我讓妳過來，是有些話想問妳，妳只要實話實說便好。」

菊芳一聽，順從地點了點頭，道：「世子妃請說。」

蘇心禾瞧了她一眼，問道：「平常府中的米糧、酒水還有油、鹽、醬、醋等物採買，主要由誰負責？」

菊芳不假思索地答道：「回世子妃，一般是龐掌事，但駱嬤嬤在時，也會理帳。」

蘇心禾又問：「我記得妳也參與了理帳？」

菊芳愣了一下，忙道：「後廚中識字的人並不多，若龐掌事忙不過來，便會讓奴婢幫忙理帳，若非如此，奴婢是不會沾手的。」

蘇心禾道：「妳既然能識文寫字，難道沒發現他的帳本有問題嗎？」

菊芳面色微微一緊，下意識避開蘇心禾的目光，道：「什麼問題？奴婢、奴婢沒發現……」

蘇心禾遞了個眼神給青梅，青梅便將兩本帳本遞到菊芳眼前，蘇心禾繼續道：「妳寫的那本，帳目還算妥帖，但另一本的數字卻毫無塗改痕跡，連字都不曾寫錯過一個，不是假帳是什麼？」

菊芳神情明顯有些緊張，道：「這……這本帳是龐掌事自己做的，奴婢實在不清楚……」

蘇心禾盯著菊芳道：「菊芳，我是看妳為人老實、辦事妥帖，才想從妳嘴裡聽幾句實話，妳若要包庇做假帳的人，便是共犯，若真如此，妳就不能留下了。」

菊芳頓時慌了神，連忙跪地央求道：「世子妃，奴婢好不容易找到這份工，求您別趕奴婢走！」

青梅下巴微揚，道：「那妳還不說實話？」

菊芳掙扎了一瞬，終究還是惴惴不安地開了口。「龐掌事那帳本……確實有些問題。」

蘇心禾問：「什麼問題？」

菊芳抿了抿唇，似是難以說出口。

蘇心禾道：「只要妳說出實情，我自然會保妳無虞。」

菊芳這才稍稍放下心來，低聲道：「世子妃有所不知，駱嬤嬤掌管後廚許久，不少人都是她的眼線，故而奴婢不敢妄言，怕遭人報復……但世子妃既然這麼說，奴婢願意相信您。龐掌事是駱嬤嬤的人，一直負責採買，他們買的東西，大多來自於東市。」

蘇心禾又道：「大良米鋪等幾家鋪子，我已去過。」

菊芳聽到這裡便明白了，繼續道：「倉庫其實只有龐掌事與奴婢兩人管理，但龐掌事採買時從不讓奴婢跟著，每次採買完回來，他說是多少銀子，奴婢便記多少銀子。奴婢雖然也採買過，但都是些小東西，數量也不大。有一次，奴婢偶然路過大良米鋪，才發現他報的價格比店裡的貴許多。」

蘇心禾思索了一下。其實這不奇怪，菊芳若替她自己家買米，自然會買便宜的，但侯府的米糧都相對較貴，她不知道具體價格也在情理之中。

「一開始，奴婢以為是龐掌事弄錯價格了，便多問了幾家鋪子，誰知他採買回來記帳的價格樣樣都比鋪子裡貴，奴婢便曉得其中有問題。」

蘇心禾又問：「此事妳可曾告訴過其他人？」

菊芳搖了搖頭，道：「龐掌事是駱嬤嬤身邊的紅人，後廚又歸姑奶奶管轄，就算此事捅到姑奶奶面前，也不見得有結果，因此奴婢只能裝聾作啞。奴婢的相公還等著科考，家中缺不得這份活計。」

蘇心禾聽到此處，點頭道：「好，我清楚了，妳回去吧。」

菊芳忐忑地站了起來，隨青梅退下了。

白梨聽了這段對話，臉色有些難看，問道：「世子妃，接下來您打算怎麼辦？」

蘇心禾起身道：「去正院，我要見母親。」

「嫂嫂，您不知道，似傑這孩子自從入了軍營，就瘦了一大圈，我看得心疼死了……」李芙唉聲嘆氣地坐在葉朝雲下首，時不時拿起手帕拭淚。

駱嬤嬤已經回來伺候了，她接著李芙的話道：「夫人，您別怕，侯夫人可是菩薩心腸呢，怎會眼睜睜看著似傑公子受苦？侯夫人，我們夫人因為似傑公子的事，好幾夜沒闔眼了，再這樣下去，身子遲早會垮，還請您救救似傑公子跟我們夫人吧！」

葉朝雲端坐於高榻上，表情有些複雜。

當初會驗蘇心禾的手傷，是李芙挑撥在先，李承允將羅似傑送入軍營，就是為了讓李芙好好反省。近日李芙來找過葉朝雲幾回了，前面她還能避而不見，今日實在抹不開面子拒絕。

葉朝雲見李芙這一把鼻涕、一把眼淚的模樣，有些頭疼。

她正欲開口，就見紅菱緩步走了過來，福身清聲道：「夫人，世子妃有事求見。」

葉朝雲略微斂了斂神，道：「讓她進來。」

片刻之後，蘇心禾便帶在紅菱的引導下邁入正廳。

李芙對蘇心禾生懷怨懟，一見到她，就陰陽怪氣地哼了一聲。

蘇心禾並不理會她的態度，表情平靜地見禮。

葉朝雲見到蘇心禾後，面色稍霽，道：「心禾，坐吧。」

蘇心禾依言坐下，她望向滿臉是淚的李芙，隨口問道：「姑母這是怎麼了？」

李芙恨恨地看著她，道：「還不是妳的好夫君，將似傑送入軍營，如今日日練兵，曬得他皮都掉了一層！」

蘇心禾淡淡一笑，道：「夫君送似傑表弟去軍營，是為了磨鍊他，若是似傑表弟能出人頭地，姑母臉上不也有光嗎？有什麼好生氣的呢？」

這話說得滴水不漏，李芙就算想反駁，也找不到理由，只得道：「能不能出人頭地不重要，能活著回來才要緊，那軍營根本不是人待的地方！」

說著說著，李芙還故作可憐地哭了起來。

葉朝雲見她涕泗橫流，正打算安慰個兩句，蘇心禾卻「噗哧」一聲笑了出來。

李芙見蘇心禾笑了，頓時惱羞成怒，斥道：「妳笑什麼?!」

蘇心禾不緊不慢地開口。「姑母剛剛說軍營不是人待的地方，那父親、大哥與夫君又算什麼？」

李芙錯愕，下意識地看向葉朝雲，葉朝雲才剛生出的同情之心，瞬間消失得無影無蹤，面色也冷了幾分。

她連忙解釋道：「嫂嫂莫怪，我是難過得狠了，才有些胡言亂語……承允自幼在軍中鍛鍊，是少年英雄，但似傑一直體弱多病，如何能與承允相比？嫂嫂便可憐可憐我們母子，幫我向承允求情，讓似傑回來吧！」

說著，李芙哭得更厲害了。

葉朝雲秀眉微蹙，道：「小姑，妳可別哭壞了身子。」

李芙道：「嫂嫂，我這也是沒辦法了，當娘的，哪能白白看著孩子受苦呢？」

葉朝雲道：「此事妳可問過侯爺了？」

李芙拿手帕擦了擦眼淚，道：「如此小事，妹妹哪敢去煩兄長？再說了，後院之事不都是嫂嫂作主的嗎？」

瞧李芙這淒淒慘慘的模樣，蘇心禾在心裡冷笑了一聲。

李芙定是擔心鬧到公爹那裡，會牽扯出驗傷那樁事來。公爹為人正直，又不喜後院爭端，若是知道了，必然不會給她什麼好臉色。

相處了這些天，蘇心禾逐漸摸清了葉朝雲的脾性，她雖然看上去冷淡，實則心腸軟，加上出身高門大戶，遇上李芙這般胡攪蠻纏的人，便有些束手無策。

於是，蘇心禾說道：「姑母，後院自然是母親作主，但似傑已經入了軍營，便是平南軍的人了，私事變成了公事，您讓母親如何作主呢？」

李芙聽了這話，不禁看向蘇心禾，擰眉道：「妳這話是什麼意思？」

蘇心禾不緊不慢道：「大宣男子入伍從軍，若非在戰爭中喪失了行動的能力，少說要服兵役四年以上，如遇戰事吃緊，恐怕不止四年，故而有『十五隨軍出，七十隨軍歸』的說法。除非陛下特赦，否則擅自離開軍營者，一律當作逃兵處理。」

「逃兵?!」李芙聽到這話，頓時大驚失色。

按律說來，逃兵會被朝廷下令通緝，抓到以後便斬首示眾。

李芙面色蒼白，她呆愣了一瞬後，立即起身朝葉朝雲跪了下去，道：「嫂嫂！如今北疆跟南疆皆動盪，萬一要打仗……戰場上刀劍無眼，似傑的功夫又練得不好，萬一有個三長兩短，我怎麼活得下去？求您救一救他，他真的不能去啊！嗚嗚嗚……」

葉朝雲連忙起身扶住她，道：「都是自家人，妳這是做什麼？快起來！」

李芙哭哭啼啼道：「嫂嫂若是不答應，妹妹便長跪不起……」

蔣嬤嬤跟紅菱等人早就看慣了李芙這一套，雖然面上沒表現出來，心中依然有些嫌棄——這不就是軟飯硬吃嗎？

葉朝雲著實為難。李芙是李儼唯一一個妹妹，若真有什麼好歹，只怕他會跟著擔心，但對方所求之事，又超出了自己的能力範圍。

蘇心禾看不下去了，起身走到李芙面前。「姑母，事到如今，您與其擔心兒子，還不如擔心擔心自己。」

李芙沒好氣地看向了蘇心禾，不悅道：「妳說什麼?!」

蘇心禾對青梅一揚手，朗聲道：「將那些東西送上來！」

青梅帶著五名丫鬟魚貫而入，她們六人站成一列，每人手中都端著一個托盤，上面皆是不同的物品，有米、醬、醋、酒等。

不僅李芙看得一頭霧水，葉朝雲也有些不解，問道：「心禾，這些是？」

蘇心禾從青梅面前的托盤中端起兩碗生米，呈到葉朝雲面前，道：「母親請看，這兩碗米有什麼區別？」

葉朝雲定睛一看，這兩個碗中的生米，皆是顆顆飽滿，形狀、大小都十分相似，她各撚起幾顆，仔細瞧了瞧，道：「似乎並無不同？」

蘇心禾點了點頭，道：「兒媳也是這麼覺得。」

她讓一名丫鬟上前，將托盤中的醋呈到李芙面前，道：「有勞姑母幫我驗一驗這兩盤醋？」

李芙將東西接了過去，觀其顏色，又嚐了嚐味，道：「這分明一樣，有什麼好驗的？似傑的事還未說完呢，妳葫蘆裡到底賣的什麼藥？」

蘇心禾一笑，道：「方才有勞母親和姑母了，其實這裡的東西我都請人驗過了，幾乎是一模一樣的，但價錢卻差了一倍不止。托盤左邊的東西，是姑母的親信駱嬤嬤與後廚的掌事龐掌事採買回來的；右邊的東西，則是我自己去供應商那兒買回來的。」

此話一出，站在李芙身旁的駱嬤嬤身子明顯一僵，而李芙也變了臉色，緊張地抿了一下唇。

第二十八章　抵死狡賴

葉朝雲瞥了她一眼，道：「這是怎麼回事？」

李芙的眼珠子轉了轉，忙道：「嫂嫂，您有所不知，那些供應商的貨源不大穩定，有些東西看起來差不多，但真正出貨時有不少以次充好，故而價格會便宜些……」

「關於這點，我已經確認過了。」蘇心禾不慌不忙地說道：「我同駱嬤嬤與龐掌事一樣，一次買了一個月的量，而且已經找盧叔驗過所有的貨，未有以次充好的情況，換言之，這幾家供應商價格可談，且東西實在。按照龐掌事的帳本，駱嬤嬤跟他買回來的東西，比我買的貴了上百兩銀子，且月月如此，這筆錢到底進了誰的口袋？不用我說，想必母親能明白。」

蘇心禾說罷，遞了個眼神給白梨，白梨適時上前，送上龐展望的帳本。

葉朝雲接過帳本草草翻了幾頁，便看出了端倪，當下垮了臉色。她向來痛恨有人弄虛作假，怒道：「小姑，我可是看在一家人的分上，才將不少內務交給妳，後廚是其中最重要的一塊，妳怎敢在這裡做手腳？」

李芙見情況不妙，大呼冤枉，指著駱嬤嬤的鼻子道：「妳這賤人，侵占了那麼多銀子，怎麼對得起我?!」

駱嬤嬤嚇得連忙跪了下去，顫聲道：「這……老奴沒有啊！老奴與龐掌事買東西都是按買的價格記帳，說不定是供應商在扯謊，又或者……他們最近降價了？」

蘇心禾聽了這話，差點笑了出來。「駱嬤嬤，都什麼時候了，還自欺欺人，那些供應商正在外面，妳若不服，可與他們當面對質。」

此話一出，駱嬤嬤膝蓋一軟，當場跌坐在地。

葉朝雲怒斥。「大膽刁奴，平南侯府是什麼地方？居然敢侵吞銀子，是活得不耐煩了嗎?!」

駱嬤嬤嚇到了，連忙抱住李芙的大腿，道：「夫人……夫人！您可要救救老奴啊！」

李芙急著撇清關係，一腳踢開她，一臉要大義滅親的樣子。「妳跟了我多年，我待妳不薄，妳卻做出這種不要臉的事，怎麼對得起我？怎麼對得起妳的家人？」

駱嬤嬤雖然不滿李芙將錯全推給自己，卻不敢出聲，默默鬆開了手。李芙提到了她的家人，這不是威脅，什麼才是？

李芙見駱嬤嬤會意，便繼續道：「嫂嫂，是我識人不明，這才鬧出了糊塗事，駱嬤嬤交由您處置，我絕無怨言！」

她說得義憤填膺，不知情的，真會以為她被蒙在鼓裡。

然而，那麼大一筆銀子，豈是駱嬤嬤一個小小奴僕吞得下的？

蘇心禾瞧得分明，若駱嬤嬤一人扛下此事，李芙興許會幫她善後；駱嬤嬤要是供出李芙，下場只怕更慘。

葉朝雲思量了片刻，道：「心禾，這是妳發現的，按妳的意思，該怎麼做？」

蘇心禾道：「母親，駱嬤嬤身為奴僕，卻侵占主家銀兩，且數目重大，不好在府內處置了，咱們報官吧。要是我沒記錯的話，按照律例，駱嬤嬤得處以絞刑。」

駱嬤嬤一聽，一張臉由白轉青，忙對葉朝雲與蘇心禾磕起了頭。「侯夫人、世子妃，老奴知道錯了！求妳們兩位大發慈悲，給老奴留一條生路吧！」

說著，她竟抽起了自己耳光。「都是老奴的錯……求主子寬恕！」

葉朝雲看得直皺眉。

蘇心禾暗嘆一聲，李芙主僕倆撒潑耍賴的本事，簡直如出一轍。

「母親，我方才想了想，駱嬤嬤雖然有錯，但她好歹侍奉姑母多年，若咱們報官，只怕會寒了其他下人的心，不如給她一個改過自新的機會吧？」

葉朝雲問：「如何改過自新？」

蘇心禾淡淡笑了一下，對駱嬤嬤道：「自妳接手後廚至今已三年有餘，這帳本只有兩年的時長，那我便只算兩年。妳一個月侵占了一百多兩銀子，兩年便是二千四百兩，只要還清這筆銀子，我們便讓妳離開。」

「二千四百兩銀子?!」這個數目讓駱嬤嬤一驚。那麼多銀子，她連見都沒有見過，何來歸還？

她只能求助地看向李芙，但李芙卻避開她的目光。

駱嬤嬤還不死心，拉住李芙的衣角，道：「夫人，老奴自您幼時便一直跟著您，這些年來沒功勞也有苦勞啊，您就救救老奴吧！」

李芙眼睛一瞪，道：「我哪有那麼多銀子？再說了，是妳自己做了見不得人的事，我怎麼救得了妳？我可沒有妳這樣的奴僕！」

聞言，駱嬤嬤一顆心便掉到谷底。

她本以為侯府會顧及顏面，罰一罰自己，再趕出去便算了，只要李芙念著她的好，日子總不會過不下去，但蘇心禾一提要報官，她便慌了。

慌了也罷，駱嬤嬤並未想過要背叛李芙。當她聽到有「改過自新」的機會時，更是稍稍鬆了口氣。

然而，對一個人而言，最絕望的不是一開始便知道會死，而是本以為自己會死時，得到了活下去的希望，然後這希望，再生生被人掐滅。

駱嬤嬤不禁想，自己伺候了李芙這麼多年，甚至願意幫她承擔所有罪責，而她呢？她明明有能力救自己，卻偏偏要看著自己去死……如此狠毒之人，又怎麼會善待自己的家人?!

想到這裡，駱嬤嬤悲從中來，她指著李芙，揚聲道：「侯夫人，這銀子老奴拿不出來，但我們夫人拿得出來！因為每次採買侵占的銀子，幾乎都進了她的口袋！」

聽她這麼說，全場譁然，唯有蘇心禾面色平靜，彷彿一切都在她預料中。

李芙本以為已經撇清了關係，卻沒想到駱嬤嬤突然反咬一口，她頓時怒不可遏。「妳瘋了？連我都咬?!」

駱嬤嬤紅了眼眶，道：「若非夫人這般無情，老奴也不至於如此！侯夫人，府中嚴禁嫖賭，似傑公子卻總是在賭場出入，只要賭輸了，便找我們夫人討銀子。夫人溺愛公子，手頭上的銀子不夠，便從採買那邊下手，老奴說的都是實情，還請您明鑑！」

「妳這個刁奴！」李芙氣得暴跳如雷，連忙對葉朝雲道：「嫂嫂，您可千萬別聽她所言，她如此行事，都是為了推卸罪責！」

葉朝雲已經徹底看清了李芙的德行，對她的辯解無動於衷，只板著臉道：「小姑，妳貪墨府銀、屢犯家規，事到如今居然還不承認?!來人，將姑奶奶送回元西閣，好生看守，在侯爺回來之前，不得讓她離開半步，也不許與任何人接觸！」

丫鬟跟婆子一擁而上，架住李芙，她頓時不再裝可憐，破口大罵。「葉朝雲！這可是我兄長的府邸，裡裡外外都姓李，妳一個外人，憑什麼如此對我?!」

葉朝雲聽了這話，氣得臉色發青。出身高門給了她極好的教養，但在遇到這等不要臉的潑婦時，根本無法還嘴。

就在此時，蘇心禾開了口。「姑母莫非忘了您的夫家姓羅?嫁出去的女兒如潑出去的水，在平南侯府，到底誰是外人?!」

李芙啞口無言，葉朝雲也接著蘇心禾的話道：「不錯，這些年來，我們念在骨肉親情的分上才照顧羅家人，但沒想到妳不但不感激我們，還口出惡言，無論如何，我是容不下妳了！紅菱，將她拖走！」

紅菱見李芙對葉朝雲絲毫不尊重，便猛力將她拖出去，李芙疼得嗷嗷直叫，卻還是敵不過幾個人的力氣，生生被拖走了。

駱嬤嬤自知有罪，不敢再繼續狡辯，只道：「侯夫人，老奴有錯，您要打要殺，老奴絕無怨言，只求您別牽扯老奴的家人……」

葉朝雲冷淡地掃了她一眼，道：「罷了，既然妳說了實話，此事不會累及妳的家人，至於妳，待侯爺回來，再與小姑的事一起定奪。」

駱嬤嬤滿臉悔恨，俯身叩頭。「是。」

待李芙與駱嬤嬤都離開以後，葉朝雲的情緒才緩和下來，她和藹地看向蘇心禾，道：「這次多虧妳機敏，不然我們還不知道要被她騙到什麼時候！」

蘇心禾道：「我也是偶然發現了帳本的問題，去幾家店鋪核對之後，才證實了這個推測。駱嬤嬤跟龐掌事在後廚採買這麼長的時間，卻無人察覺有異，要麼是他們根基太深，所以無人敢惹，要麼便是有共犯為他們掩護。」

「妳說得沒錯。」葉朝雲贊同地點點頭，道：「後廚是該清理一下了，妳辛苦了，先回去休息吧。」

蘇心禾福身應是。

出了正院，蘇心禾逕自返回靜非閣。

白梨剛剛幫紅菱「護送」李芙去元西閣，過了好一會兒才回來。

「世子妃，您是沒瞧見，姑奶奶被我們架著回元西閣，一路上又哭又鬧的，非說自己委屈，奴婢瞧她是想把事情鬧大，好博得侯爺同情呢！」

蘇心禾問道：「按照妳對父親的了解，父親會同情她嗎？」

白梨想了一想，道：「還真不好說……姑奶奶是侯爺唯一的妹妹，老太爺跟老夫人去得早，侯爺征戰沙場，多年未歸，姑奶奶一個人在家，無依無靠，走投無路之下，便嫁給做生意的羅家。後來羅家家道中落，姑奶奶過了好幾年苦日子，待侯爺受封，便將他們一家接過來。侯爺總覺得自己沒照顧好妹妹，才導致她婚事不順，又吃了那麼多苦。」

青梅忍不住說道：「可這不是侯爺造成的啊！況且，都照顧他們一家子這麼久了，難道還不夠？」

白梨聳了聳肩，道：「咱們侯爺是個念舊情的人。」

蘇心禾輕輕點頭，從公爹非要實踐當年的婚約來看，便知他重情重義。

她又問：「姑父是個什麼樣的人？」

一提起李芙的夫君羅為，白梨便嗤之以鼻，道：「那位與姑奶奶可真是天生一對，姑奶奶是什麼都想管，而他則是什麼正事都不想理，只想著鬥蛐蛐、鬥鳥。侯爺曾勸他不要如此荒唐，但他始終聽不進去，久而久之，侯爺便不管他了。」

蘇心禾若有所思。「怪不得我嫁進來以後沒見過他幾次。」

白梨道：「這也正常，那位經常一出去便是好幾日，鬥輸了才會回來。」

蘇心禾忍不住搖了搖頭。羅家父子倆真是上梁不正下梁歪，難怪李芙會貪那麼多銀子，這簡直是個無底洞。

聽到這兒，青梅不禁問道：「白梨，若侯爺打心眼裡覺得虧欠姑奶奶，那小姐揭露了姑奶奶的事，會不會惹侯爺不快？」

「這……」白梨一時不知該如何回答。姑奶奶雖然侵占了銀子，但那些銀子對侯府來說不過是九牛一毛，此事可大可小。

蘇心禾卻冷靜道：「母親既然將後廚交給我，我便要擔起責任，若是發現蛀蟲還隱瞞不報，便是我失職。若我報了，但父親跟母親卻不處理，那便是他們的選擇了，至少我問心無愧。」

白梨聽得連連點頭道：「世子妃說得是，奴婢相信此事一定能妥善解決的。」

蘇心禾也是這麼想，她結合方才白梨給的消息，認真思索了片刻後，道：「世子早上出門時，可說過什麼時候回來？」

白梨搖了搖頭，回道：「沒聽說，不過奴婢剛剛出門時，恰好遇見青副將回來了。」

蘇心禾「嗯」了一聲道：「那請青副將過來見我，我有事要請他幫忙。」

傍晚過後，後廚將晚飯送了過來。

蘇心禾見來的人是菊芳，有些意外。「妳不是負責掌管倉庫嗎？今日怎麼過來送飯了？」

菊芳道：「回世子妃，下午侯夫人派了人來後廚，除了奴婢以外，其他與採買、領用食材相關的人都被扣下了，說是要一一審問。後廚人手不夠，所以才遣奴婢來送飯。」

蘇心禾沒想到葉朝雲這麼快便清理起了後廚，可見她是認真對待此事的。

思忖了一會兒，蘇心禾道：「龐掌事不會回後廚了，倉庫就暫時交由妳打理吧。」

菊芳簡直不敢相信自己的耳朵，連忙擺手，道：「倉庫的掌事是一份要緊差事，奴婢沒做過，萬一出了紕漏，只怕會辜負世子妃……」

蘇心禾笑了一下，道：「我看過妳整理的帳目，也見過妳打理的貨架，一切都井井有條，只是加了採買一項，相信妳扛得起，後續我會讓白梨幫妳，妳怕什麼？」

「這……」菊芳受寵若驚，道：「奴婢、奴婢最會殺價了，一定好好幹！」

蘇心禾見她如此憨厚，忍俊不禁，點頭道：「好，妳下去吧。」

菊芳千恩萬謝地走了。

青梅小聲問道：「小姐，您才見過菊芳幾次，怎麼放心把這麼重要的事交給她呢？」

「她幹活俐落又踏實認真，沒什麼不好。」蘇心禾說著，指了指案桌上的奴僕名冊，道：「我在名冊上看到了她的來歷，她的相公是個教書先生，在鄉裡評價很高，且一直努力用功，沒放棄科舉，這樣的人家，不會為了一點點銀子墮了氣節。」

青梅點點頭。

蘇心禾正打算用飯，才剛拿起碗筷，便見白梨匆匆而來。

「世子妃，紅菱姊姊來了。」

蘇心禾頓了一下，道：「請她進來。」

紅菱有些著急地站在門外，聽到蘇心禾准了，來不及等白梨傳喚，便自顧自地踏入門檻。

她朝蘇心禾福身，開門見山道：「世子妃，侯爺回來了，如今正在處理姑奶奶的事，想讓您過去一趟。」

蘇心禾二話不說地帶上青梅與白梨，隨紅菱一起出門。

去正院的路上，蘇心禾問：「妳過來之前，那邊情況如何？」

紅菱壓低聲音道：「姑奶奶在正廳裡又哭又鬧，說自己是被冤枉的，若是侯爺不相信她，她就不想活了……姑老爺也來了，卻一聲不吭，任由她鬧。」

想到李芙那撒潑耍賴的樣子，蘇心禾加快了去正廳的腳步。

一行人走到正廳外，還未來得及敲門，便聽見裡面傳來激烈的爭辯。

蘇心禾與紅菱對視一眼，暫時頓住步伐，只聽見李儼威嚴沈穩的聲音響起。「有這麼多人證，妳還要狡辯？」

李芙聲音尖利，毫不示弱。「兄長，我已經說了那麼多，為何你還是不相信我？嫂嫂出身高門，自幼看的都是人間錦繡，哪裡曉得世人拙劣的私心？她分明就是被蘇氏騙了！」

葉朝雲的聲音也提高了幾分，痛斥道：「後廚所有人我都盤問完了，龐掌事對貪污一事供認不諱，駱嬤嬤也已認罪，而妳不但抵賴至今，還要把髒水往心禾身上潑，到底安的什麼心?!」

李芙道：「駱嬤嬤跟龐掌事認罪，那是他們的事，反正銀子我沒拿，你們若是不信，大可去元西閣搜！那麼大筆銀子，要是藏起來或花掉了，多少有痕跡，不是嗎？明明沒證據，兄長跟嫂嫂卻如此逼問我，難不成是要屈打成招？」

聞言，李儼面色沈得可怕，薄唇緊抿著，沒有說話。

葉朝雲氣得胸口上下大力起伏。「妳、妳真是不見棺材不掉淚！」

李芙見兩人拿不出證據，更加肆無忌憚了。「兄長，這些年來，我協助嫂嫂打理後院，從沒出過什麼紕漏，怎的蘇氏一來，便處處挑我毛病？也是，新婦入門自然想盡快當家，只怕我是擱了人家的路，才會被如此針對！」

「姑母可真是巧舌如簧，這顛倒是非的能力，世間少有。」蘇心禾一邊說話，一邊邁入正廳。

她朝李儼跟葉朝雲福身見禮，接著便站在李芙對面。

李芙一見蘇心禾來了，雙眸差點噴出火來，她語氣刻薄地說道：「若論辯才，誰比得過你？妳先是捕風捉影，將我身邊之人拉下水，然後又陷害我，以至於讓兄長跟嫂嫂都誤會我。妳以為把我趕出平南侯府，這個家便能讓妳作主了？」

她這模樣就像一隻好鬥的公雞，急於守住自己的地盤，而她身後的男子則是一臉頹然，眼下掛著兩片明顯的烏青，彷彿已經幾夜沒闔過眼了，他對這場爭執毫不上心，也不打算插話。

這便是那位傳說中的姑老爺——羅為。

蘇心禾瞧著李芙，不慌不忙道：「我查貪污一事，不過是為了肅清後院、扭轉歪風邪氣，若非順藤摸瓜，也不會查到姑母身上，何來針對或陷害一說？現在所有證據都指向姑母，姑母卻抵死不認，大概是認定我們在府中找不到銀子的痕跡吧？」

李芙的面色緊了一緊，卻依然囂張道：「我沒侵占府上的銀子，當然不會有證據，有本事妳去搜出來！」

第二十九章　贏得信任

蘇心禾不得不佩服李芙的心理素質，到了這個地步，居然還能如此理直氣壯。

她沈默了片刻，道：「我也怕誤會了姑母，因此下午已經派人去元西閣探過一遍了，確實沒找到銀子。」

李芙笑出聲，用一臉勝利的表情對眾人說道：「兄長、嫂嫂，你們都聽見了吧？如今只有人證，沒有物證，就算按照府衙的規矩辦事，也不能定我的罪責！」

「姑母別著急，我還沒說完呢。」蘇心禾出聲打斷了李芙的話。

李芙得意道：「妳既然找不到物證，還有什麼好說的？」

蘇心禾微微一笑，道：「我雖然沒找到銀子，卻找到了值錢的東西。」

李芙看著她道：「不可能！我妝奩裡的首飾都估得出價錢，值不了多少銀子，元西閣裡也沒什麼房契跟地契。若說藏在外面，那就更不可能了，京城有名號的錢莊就那麼幾家，就是我想瞞，也瞞不住。」

蘇心禾搖了搖頭，道：「這些尋常東西，如何入得了姑母與姑父的眼？當然是有別的好東西了。青副將──」

青松早就等在正廳之外，聽到蘇心禾的聲音，他大步流星地走進來。

只見他手上拿著一個三寸高的金色圓罐，而一直不說話、要死不活的羅為，頓時大驚失色！

李儼見羅為夫婦神色有異，立即問道：「這罐子裡裝的是什麼？」

青松便當著眾人的面，揭開蓋子——

響亮的「吱吱」聲從裡面傳出，眾人伸長脖子去看，只見金罐中有一隻小小的蛐蛐，呈青黑色，腿部較尋常的蛐蛐更健壯，雙翅高高翹起，看起來十分高傲。

葉朝雲有些怕這東西，不禁往後退了一步，李儼也有些不解，問：「這蛐蛐跟貪墨一事有什麼關聯？」

蘇心禾道：「父親有所不知，這不是普通的蛐蛐，這個品種叫『宗青』，以青黑頭、淡金翅為佳，極其好鬥。在市場上，一隻宗青售價幾十兩到幾千兩不等，姑父這一隻宗青蛐蛐品相上佳，若是勝績占七成以上，只怕不低於一千兩銀子。」

「一千兩?!」饒是見慣了大場面的平南侯李儼，也驚了一瞬。

青松道：「末將斗膽，擅自搜了一遍元西閣，像這樣的蛐蛐，那邊還有好幾隻，加起來總價只怕超過五千兩了。」

李儼勃然大怒。「李芙，妳不是說沒侵占銀子嗎？那買蛐蛐的錢是哪裡來的？」

「這、這……」李芙一時語塞，只得狠狠瞪了羅為一眼。「說話呀你！」

羅為本就嘴笨，此時更是心虛得很，不敢多說一句。

李芙見羅為連半句辯解的話都說不出來，只能自己開口。「不過是幾隻蛐蛐，哪值那麼多銀子？妳這是信口雌黃！」

蘇心禾不慌不忙道：「巧了，我姨母一家正好在京城經商，市面上一半的蛐蛐場子都是他們開的，若是姑母跟姑父不信，我可以請場子裡的師傅過來瞧瞧，看看這些蛐蛐值不值這個價，說不定還能查出蛐蛐的出處，以及收銀票的存根。」

羅為跟李芙聽了這話，臉上頓時血色盡失。

李儼氣得一拍桌子，怒道：「到了這個地步，你們夫妻倆打算裝瘋賣傻到什麼時候?!」他帶兵打仗多年，冷肅威嚴的氣勢嚇得羅為一個激靈，躲到李芙身後。

李芙見人證與物證俱在，自己的男人又如此無用，心理上的最後一道防線終於崩潰了。她「哇」的一聲哭了出來，當場跪下去，揪住李儼的衣袍道：「兄長，我錯了！求求您原諒我吧！」

李儼氣得將她推開，語氣冰冷。「現在知道錯了？剛才妳不是還信誓旦旦說自己是被冤枉的嗎？」

只見李芙聲淚俱下道：「兄長，我這也是沒辦法呀！當初您常年征戰在外，若非日子過不下去了，我怎麼會嫁給這個窩囊廢？他先是敗光了祖上的基業，又一直遊手好閒……我所做的這一切，都是為了替他填窟窿啊！」

葉朝雲見她又想用陳年舊事來博取李儼的同情，便道：「就算當年侯爺沒為妳的婚事掌眼，但這麼多年過去了，他不但補償了妳，還養了妳一家子，難道這樣還不夠？」

「嫂嫂，此事是我不好，念在我們姑嫂一場，您就原諒我吧！」李芙說著，伸手揪了羅為一把，怒斥道：「都怪你！若不是你整日沈迷於鬥蛐蛐，我何至於此?!」

羅為卻不以為然，他的眼睛直勾勾地盯著那金色圓罐，道：「不就是用了你們幾千兩銀子嗎？待我的『青將軍』贏了下個月的比賽，別說幾千兩，就是幾萬兩都能還給你們！」

李芙見到了這個時候，羅為還在與自己唱反調，不禁氣得渾身發抖，手一抬，打掉了那個金色圓罐。

只聽「啪」的一聲，罐子砸在地上四分五裂，羅為見狀，頓時目眥盡裂，一把揪住李芙的衣領，大喊道：「妳這個瘋女人，把我的青將軍還來！」

李芙一巴掌拍上羅為的臉，怒罵道：「到底誰是瘋子？你這個窩囊廢，都什麼時候了，還惦記著蛐蛐！」

羅為頓時氣不過，竟與李芙扭打了起來。

李儼怒斥道：「都住手！胡鬧什麼?!」

然而兩人置若罔聞，毫無停手的意思，李芙的首飾掉了一地、頭髮蓬亂，羅為的衣衫也被扒得歪斜不整，說有多狼狽就有多狼狽。

蘇心禾在一旁看得目瞪口呆，直到下人們一擁而上，才將兩人分開。

李儼面色鐵青，掙扎過後終究下定了決心。「青松！」

青松上前一步道：「侯爺有何吩咐？」

李儼道：「將他們兩人捆了，送去城外的莊子上，從此不得踏入侯府半步！」

「是！」

李芙頓時哭喊起來。「兄長，您不能這麼對我，我可是您唯一的妹妹啊！」

誰知李儼卻長嘆一聲道：「妳會變成現在這個樣子，都是我縱容太過，若繼續這樣下去，只怕釀成大禍。待妳去了莊子上，便好自為之吧！」

說罷，他果斷地擺手。

青松立即會意，同下人們一起將李芙夫妻倆拉走了。

這場鬧劇終於告一段落，李儼只覺得頭疼得厲害，抬手揉了揉眉心。

葉朝雲見他這般模樣，有些不忍，遞上一盞茶道：「侯爺，喝口茶緩一緩吧。」

李儼卻搖了搖頭，他抬起眼簾，看向蘇心禾。「心禾，聽妳母親說，這次的事是妳發現的？」

蘇心禾頷首。「是。」

李儼沈沈地「嗯」了一聲，道：「妳初來乍到，能有撥亂反正的勇氣，十分難得。」

「父親過獎了，是母親信任兒媳，才將後廚交給我打理，此事出在後廚，便是我的分內之事。」

雖然相處的時間還不長，但葉朝雲逐漸喜歡上蘇心禾，便開口道：「侯爺，自從心禾接手後廚，不但將後廚打理得井井有條，還查出帳目上的問題，今後能為侯府省下不少開銷。我想，不如教她處理府中內務，好早些接過中饋之責。」

蘇心禾一愣，忙道：「母親，兒媳才入侯府不久，怎擔得起如此重任？」

葉朝雲微微一笑，道：「妳是個懂事的孩子，人又機靈，只要妳肯用心，定能學會。再說了，這平南侯府，遲早都要交到承允跟妳手上。」

李儼也道：「妳母親甚少這樣誇獎人，心禾，妳就別再推辭了。」

蘇心禾看著兩老充滿信任的眼光，知道不宜再拒絕，便恭恭敬敬地福了個身，道：「多謝父親、母親，兒媳一定好好努力，不讓你們失望。」

待蘇心禾出了正院，天色已經徹底暗了下來。

石板小路上，蘇心禾主僕三人借著燈火走向靜非閣，一路上，青梅與白梨都是滿臉笑容。

青梅道：「恭喜小姐，終於獲得侯夫人認可了！」

小姐嫁過來時，她就一直擔心侯夫人有意冷落小姐，如今終於守得雲開見月明，她由衷地為小姐開心。

白梨也忙不迭說道：「咱們侯夫人可是出了名的嚴格，三公子與大小姐都怕得很呢，如今她主動讓世子妃學習執掌中饋，便是看重您了！」

蘇心禾卻搖搖頭，道：「我查後廚的帳，並非為了讓自己執掌中饋，不過是職責所在罷了，承蒙母親厚愛，願意給我機會，咱們切不可得意忘形，明白嗎？」

青梅與白梨連忙認真應下。

「心禾。」

蘇心禾聞聲抬眸，就見李承允身著一襲藏青色武袍，自前方信步而來。

這聲呼喚讓蘇心禾不禁愣了愣……這好像是他第一次喚她的名。

待李承允走近，蘇心禾才斂起了神色。「夫君。」

李承允仔仔細細地打量了她一番，才開口問道：「妳沒事吧？」

蘇心禾有些奇怪地問道：「我很好，夫君何出此言？」

李承允道：「方才回來時在路上碰到青松，他同我簡單敘述了姑母之事。」

蘇心禾溫言道：「我沒事，父親與母親都在，她即便恨我，也不敢做些什麼。」

李承允眉頭微擰道：「姑母侵占府銀一事非同小可，妳既查到了，應當先告訴我才是，萬一她對妳不利，我也能幫忙應對。」

蘇心禾見他面容雖然冷肅，語氣卻含著關切，不由得彎了彎唇，道：「多謝夫君，若有下次，我一定提早告訴你。」

李承允見她笑意溫柔，心中那點擔憂便放下了，只道：「時候不早了，回去吧。」

蘇心禾這才想到，正院與靜非閣是兩條不同的路，他一回府便來了正院……難不成是在擔心自己？

這個念頭在蘇心禾心中閃過，但很快就被她否定了。

李承允幫她，應當是想還她人情，畢竟她為了幫他掩護傷勢，手上挨了一刀，他送藥給她，也是希望兩不相欠。

這樣也好，彼此都輕鬆。

李承允默默看了蘇心禾一眼，見她神情似乎若有所思，便問：「怎麼了？」

蘇心禾一臉茫然地抬頭。「嗯？」

李承允輕咳了一下，說道：「平常妳話不是很多嗎？今日卻如此少言，是不是被姑父與姑母嚇著了？」

聽青松繪聲繪影地描述了那兩人互毆的場面，光想都讓人吃驚。

「我沒那般膽小。」蘇心禾笑了笑，又不好意思地說道：「只不過折騰得有些久，我還沒來得及用晚飯，有些餓了……」

李承允沒想到會聽到這番話。其他事彷彿對她來說都無關緊要，唯有肚子餓才會讓她無精打采。

「上次福來閣的菜妳覺得如何？」

蘇心禾想起那次吃的料理，立刻點頭道：「豬肚包雞做得很美味，不知用了什麼秘方，我琢磨了許久，都沒能想明白。可惜我那天晚上吃不下了，若再多喝一碗湯，興許就能品出全部的材料了。」

對一個廚藝高超的吃貨來說，破解別人的烹飪密碼，也是一大樂趣啊！

李承允見她一臉懊惱，不禁覺得好笑，道：「其實福來閣還有許多菜式，眼下並不算太晚，若妳願意出門……」

「願意！」蘇心禾雙眸亮得灼人，盯著李承允道：「夫君，擇期不如撞日，我們這便走吧！」

白梨跟青梅聽到李承允要帶蘇心禾出去用飯，喜出望外，趕忙去外院準備馬車。

兩人到了馬廄，正打算找人取車，一旁的烈火就悠閒地跺了跺腳，好奇地看了過來。

青梅從沒見過這麼高的馬兒，忍不住讚嘆道：「這馬兒看著好威風！」

白梨瞬間想到了什麼，低聲道：「青梅，這是世子爺第一次主動帶世子妃出門吧？」

青梅點點頭。「是啊！」

她一想到那兩個人仍舊分房而臥，就默默發愁，心裡只盼著小姐等會兒不要只顧著吃，要與世子爺多聊聊天才好。

白梨自然與她想到一塊兒去了，她秀眸微瞇，眸中精光閃現。「坐馬車有什麼趣？騎馬才有意思呢……」

蘇心禾早就收拾妥當，與李承允一起站在門口等候，可馬車卻遲遲不來，正當她打算讓人去尋白梨跟青梅時，她們卻滿頭大汗地趕了過來。

隨她們一起出現的，還有一匹高頭大馬。

蘇心禾見白梨挽著韁繩、青梅伸長手餵草，才一路將馬兒拽了過來，不禁瞪大了眼，問道：「不是讓妳們去趕馬車來嗎？」

白梨擦了擦額角的汗，道：「回世子妃的話，奴婢方才見馬車還未完全收拾好，唯恐耽誤世子爺與世子妃用飯，故而自作主張，將世子爺的坐騎牽過來了。」

這哪是牽啊，分明是拐帶！蘇心禾有點無語。

烈火看到李承允便興奮了起來，小碎步踩得厲害，似乎迫不及待想與主人馳騁一番。

蘇心禾見烈火性子活潑，不禁伸手摸了摸牠的腦袋，道：「這馬兒可真好看，只可惜我不會騎馬。」

烈火彷彿聽懂了她的誇獎，得意地嘶鳴一聲，伸出舌頭舔了舔蘇心禾的手心，撓得她笑出聲。

李承允有些詫異。除了自己以外，烈火極少親近旁人，沒想到會對蘇心禾這般親暱。他低聲道：「不會也沒關係，我帶妳騎便是了。」

「帶、帶我？」蘇心禾詫異地看向李承允。他的傷勢沒問題嗎？

李承允長眉微挑。「若是害怕，便下次再去？」

蘇心禾眉頭隨即一蹙。「那怎麼行?!」

她摸不清李承允的脾氣，萬一過了這個村就沒這個店了呢？不能讓這頓飯夜長夢多，只有吃到肚子裡，才是真正屬於自己的！

只見蘇心禾一臉認真地說：「和夫君在一起，我什麼都不怕。」

李承允頷首。「那好，上馬。」

「喔。」蘇心禾硬著頭皮應聲。她慢吞吞地轉過身，一手扶著馬兒的脖子，試著去踩馬鐙，但這馬鐙實在太高，她怎麼也上不去，一時有些尷尬。

接下來，她忽然覺得自己身子一輕，被人抱上馬背了！

蘇心禾不自覺地驚呼一聲，正坐得搖搖晃晃，李承允便縱身一躍，來到她身後。

他兩手繞過蘇心禾拉住轠繩，將她穩穩當當地圈在自己身前。

蘇心禾頓時覺得安全不少，鬆了口氣。

白梨遞上面紗，蘇心禾伸手接過，仔仔細細戴好。

李承允見她坐定了，才驅馬向前。

之前李承允為了養傷，日日都坐馬車去軍營，因此烈火在馬廄悶了好些時日，乍一放出，便撒腿狂奔，十分歡脫。

蘇心禾緊張得很，整個身子縮成了一團，連眼睛都不敢睜。

李承允沒想到她如此害怕，卻還鼓起勇氣騎馬，便示意烈火慢一些，又輕聲安慰道：「有我在，不會有事的，妳可以睜開眼睛，看看我們到哪兒了。」

他的聲音溫和沈穩，很能安撫人，蘇心禾便聽他的話，慢慢地睜開眼——

居然到了長寧河畔。

晚風輕拂，低垂的楊柳隨風而舞；流水潺潺，在街邊燈光的照耀下，閃著粼粼的波光。一鈎新月倒映在水裡，時不時被水中波紋沖散，又樂此不疲地重聚成形。

蘇心禾只覺兩旁景致不斷變幻，令人目不暇接。風擦過她的髮髻、耳邊，十分舒爽，她感受到了騎馬的樂趣，有些激動。

李承允坐在蘇心禾身後一言不發地駕著馬，鼻尖縈繞著她淡淡的髮香。

今日夜色甚好，岸邊有不少百姓三三兩兩地聚在一起，還有不少小攤販出來做生意，將長寧河畔擠得熱熱鬧鬧。

有人認出了李承允，激動地說道：「你們看，那是不是平南侯世子？」

眾人循聲看去，只見一匹毛髮油亮的馬兒掠過街道，上面坐著一男一女，男子劍眉星目、英俊不凡，女子雖然戴著面紗，但杏眼烏靈、巧笑倩兮，一看便是位難得的美人。

大夥兒不禁議論紛紛——

「那馬兒我認得，是平南侯世子的愛駒烈火！」

「怪不得這麼出眾……不過，他前面的姑娘是誰？」

「英雄自然要配美人嘛，是誰重要嗎？」

「就是，說不定是一段風流軼事呢！」

大家越說越起勁，還有人賊笑了起來，一旁捏麵人攤子的大娘卻用手裡的小鏟子敲了敲桌子，不悅道：「你們胡說什麼？世子爺可是成了親的人，扯什麼風流軼事，那女子就不能是他的世子妃嗎？」

「世子妃?!」

眾人面面相覷。哪有世子妃會騎著馬，大晚上在外面瞎逛?!

第三十章　甜蜜共餐

平南侯府的世子妃不但過足了騎馬的癮，下馬後還意猶未盡地摸了摸烈火，小聲道：「烈火，你先休息一會兒，晚些要帶我們回去喔。」

蘇心禾說罷，便把轠繩交給福來閣的司閽，又掏出一錠銀子遞給他，囑咐道：「給牠餵些上好的草料。」

司閽眉開眼笑地接過銀子，小心地將烈火帶下去了。

福來閣的小二見多識廣，一眼便知李承允與蘇心禾身分不凡，笑臉相迎道：「兩位二樓雅間請！」

蘇心禾吃過福來閣的料理，卻是第一次來，此處不愧是京城有名的酒樓，哪怕是這個時間，依舊門庭若市，二樓的雅間也幾乎座無虛席。雅間與雅間之間，用一道簾子與一道屏風隔著，雖然不算完全封閉，卻也互不干擾。

小二滿臉堆笑地將他們引到一處屏風後，道：「兩位貴客，實在抱歉，今日客人太多了，只能委屈兩位坐在這兒。」

雖說是小雅間，但也夠坐下四個人，蘇心禾已經很滿意了，點頭笑道：「無妨。」

李承允見她同意，便未多說什麼，只道：「取菜單來。」

小二連忙點頭離去。

「世子爺?!」這呼喊聲若洪鐘、中氣十足。

李承允回頭看去，有些意外。「梁啟？」

梁啟笑得爽朗，大步走來。「末將聽見了世子爺的聲音，便過來看看，沒想到真的是您！」

說完這話，他走入雅間，才發現李承允對面坐著一位雲鬟花顏的姑娘，不禁微微一愣。

李承允輕咳了一下，道：「這是內子。」

說著，又對蘇心禾介紹道：「這位是梁副將。」

梁啟一拍腦門，退後一步拱手作揖。「小的不知世子妃在此，失禮了，還望世子妃莫怪！」

蘇心禾見他一臉懊惱，笑著開口。「梁副將言重了，快免禮。」

梁啟見蘇心禾並不介意，才嘿嘿笑了聲，站直了身子。

李承允問梁啟。「一個人來的？」

梁啟笑道：「哪能呢？除了青松今夜有事，賽龍舟的弟兄們都來了，就在隔壁呢！龍舟賽獲勝，陛下給了不少賞賜，所以大夥兒便約出來聚一聚，想著世子爺新婚燕爾，便沒敢打擾了！」

一句「新婚燕爾」讓蘇心禾有些面熱，她連忙端起茶盞抿了一口。

李承允唇角虛虛勾了一下，道：「這些日子你們也辛苦了，是該犒勞，今日這頓，記在我帳上。」

梁啟一聽，也不客氣，笑著抱拳道：「多謝世子爺！」說罷，他便識趣地說道：「兩位慢用，弟兄們還等著末將呢，先告退了。」

李承允微微頷首，蘇心禾則眉眼含笑道：「有空來府上飲茶。」

梁啟聽了，受寵若驚地揚了揚眉，再次道謝後，笑容滿面地走了。

一離開，梁啟便迫不及待地鑽進隔壁的大雅間。

大雅間裡坐著滿滿一桌人，都是平南軍裡的佼佼者，大夥兒在戰場上一起出生入死，感情很不錯。

平南軍前鋒方子沖一見到梁啟，便笑著揶揄道：「梁啟啊梁啟，你怎麼去了這麼久？莫不是酒量不行，想玩尿遁吧？」

眾人哈哈大笑起來，梁啟呸了一聲，笑罵道：「小兔崽子，我就沒醉過，何來尿遁一說？我之所以回得晚，是因為碰見熟人了。」

方子沖不禁好奇問道：「誰呀？」

梁啟一臉神秘道：「世子爺……跟世子妃！」

聞言，一桌人的腦袋都扭了過來，包括吳桐在內。

吳桐說：「你的意思是，世子爺帶世子妃出來用飯了？」

梁啟笑得滿臉褶子。「可不是嘛！」

方子沖滿臉八卦地問道：「聽聞世子妃出身不高，是因舊約才嫁給世子爺，不知她生得是美是醜？」

賽龍舟當天，蘇心禾並未直接在平南軍的隊伍前現身，所以他們不曉得她生得如何。

「美！美得很！」梁啟不假思索道：「世子妃不但長得像仙女似的，還十分平易近人，讓我得空去府上飲茶呢！」

眾人聽罷，紛紛露出羨慕的眼光。

要知道，世子爺平常召見他們，不是議事就是練兵，何時邀過他們飲茶？

其中最羨慕的人當數校尉劉豐，他一入伍便跟在李承允麾下，一直將李承允當成自己的楷模，不禁懊惱道：「早知道我剛才便同你一起出去醒酒了。」

方子沖自言自語道：「世子妃當真這麼好？之前吳桐不是護送世子妃上京嗎？怎麼沒聽他提起過世子妃是個美人兒？」

吳桐面不改色地答道：「我才沒你那麼膚淺。」

方子沖撇撇嘴，道：「我這不是為了世子爺好嗎……」

吳桐平常話不多，但見眾人的關注點都在蘇心禾的出身與相貌上，罕見地說道：「世子妃待人寬厚，我們護送她上京時，她便處處替將士們著想，大家有目共睹。龍舟賽時發生的事你們不也曉得嗎？若不是世子妃，哪來的酥山。」

「還真別說。」梁啟撚起一顆花生米扔進嘴裡，道：「世子爺跟世子妃坐在一起真是一對璧人，世子爺還說咱們今天這頓算他的……你們想想，世子爺成婚之前，哪有這麼濃的人情味？」

眾人點頭附和，七嘴八舌地聊了起來——

「梁啟的話有些道理，早知道世子爺與世子妃就在隔壁，咱們便該一起過去見禮，也好瞅瞅世子妃的真容！」

「咱們這麼多人一起去，定會嚇著世子妃的，你就不怕世子爺揍你？」

「哈哈哈，說得是！不過，平常世子爺不是處理公務，便是讀書練劍，何時出來吃宵夜過？如今能帶著世子妃到福來閣，足以說明她很得世子爺歡心！」

「梁啟都說了是仙女，哪能不討人喜歡呢？」

就在此時，外面傳來一聲呼喊。「兩位貴客久等，菜單來了！」

將士們先是面面相覷，下一刻便爭先恐後地擠到簾子後方，藉著半透的簾子與木雕屏風上的鏤空，將視線延伸到了隔壁——

蘇心禾背對著他們而坐，看不見正面，但光憑那窈窕的腰身，便知定是個美人。

李承允坐在她身旁，正一言不發地飲茶，見小二來了，便下巴微抬，示意讓蘇心禾點菜。

小二很會看眼色，連忙將菜單呈給蘇心禾，笑得格外熱情道：「夫人，這幾道都是咱們店的招牌菜，您瞧瞧想吃點什麼？」

蘇心禾接過菜單掃了一眼，便抬眸看向李承允，問道：「夫君喜歡吃什麼？」

李承允道：「無妨，挑妳喜歡的便是。」

蘇心禾眉眼輕彎。「好。」

她按照小二的推薦點了幾道時令好菜，小二連連點頭，又道：「夫人，咱們店裡新到了南方的楊梅，個個飽滿渾圓，十分難得，可要來一道冰鎮楊梅湯圓嚐嚐？」

如今還不到六月，對京城來說，楊梅此物確實難得，蘇心禾毫不猶豫地同意了。

「好。」

她又問李承允。「夫君可還有什麼想要的？」

李承允淡聲道：「按妳的選擇即可。」

蘇心禾便合上菜單交給小二，小二笑逐顏開地點了頭，下樓去了。

屏風後方，眾人看得目瞪口呆。

方子沖道：「好傢伙，世子爺連吃什麼都要聽世子妃的嗎？果真是如膠似漆啊！」

梁啟一臉得意道：「我沒騙你們吧？就說世子爺待世子妃不一般！」

除了吳桐以外，大夥兒都若有所思地點頭道：「不一般！」

福來閣到底是京城名店，上菜很迅速，不到一炷香的工夫，小二便將好菜一道接一道地送了上來。

「剁椒魚頭、鍋包肉、油燜大蝦、荷塘小炒、楊梅冰湯圓……好菜上齊了，兩位請慢用！」

小二笑咪咪地傳完了菜，便收起托盤快步退下。

蘇心禾瞧著滿桌子菜，不由得兩眼發光。

李承允看了她一眼，低聲道：「不是餓了嗎？動筷吧。」

蘇心禾點點頭，將筷子伸向離自己最近的鍋包肉。

這盤鍋包肉色澤金黃，每一片都硬挺地疊放在盤子裡，堆成了一座小山，卻不失美感，蘇心禾挾起最上面的一片送到嘴邊，輕輕吹了吹，便啟唇咬下——

鍋包肉炸得焦脆，被牙齒一碾，便發出了「趴滋」響聲，酸酸甜甜的醬汁一下便點燃了蘇心禾的食慾，肉塊的內裡頗有嚼勁，與酥香的外皮相得益彰，不愧是福來閣的招牌好菜之一。

一塊鍋包肉下肚後，蘇心禾又將目光轉到剁椒魚頭上。

鮮豔欲滴的剁椒鋪在魚頭身上，幾乎將魚頭遮去大半，看起來很誘人。

蘇心禾拿起勺子將魚頭邊上的肉分了分，隨後挾起一小塊魚肉，放入自己碗裡。

白皙的魚肉被剁椒浸得入味，蘇心禾除掉魚刺，小心翼翼將魚肉送入口中。

鮮辣、鹹香的味道瞬間在舌尖綻開，明明是綿軟幼嫩的魚肉，卻爆發出驚人的衝擊力，口感與口味形成了強烈的反差，卻又驚人地融合為一。

蘇心禾忍不住讚嘆道：「這剁椒魚頭做得可真好！」

剁椒魚頭看起來作法簡單，但光是給魚頭去腥便要花費不少心思，在辣椒的選擇上要求也頗高。

若是只用一種剁椒，味道便略顯單一，因此除了剁椒以外，還得選些好的小米辣、泡椒等，混合多重辣味之後，便能令味覺層次更加豐富。

蘇心禾對這道剁椒魚頭極為滿意，吃完了一塊，又挾起下一塊。

相較於魚身，魚頭的刺少，吃起來也方便，一口吸進去，再將為數不多的魚刺吐出來便好。

蘇心禾聚精會神地享用美味，吃了好一會兒才發現李承允一直靜靜坐著，並未動筷。

她的注意力終於從吃食轉到李承允身上，問道：「夫君，你不吃嗎？」

李承允淡淡道：「我不餓。」

見他正襟危坐，蘇心禾眨了眨眼，道：「不餓也可以吃啊，這麼多好菜，若是吃不完，就太浪費了。」

李承允聽了這話，才默默拿起筷子，不緊不慢地掃了桌上的菜餚一遍。

鮮紅的剁椒魚頭看起來確實不錯，但李承允也僅僅是看了一下，便把筷子伸向一旁的荷塘小炒。

他挾起一塊嫩白的藕片，面無表情地咬了一口，又放下了。

蘇心禾不禁問道：「夫君不愛吃魚嗎？」

李承允沈默了片刻後，道：「在外行軍時，很少吃魚。」

在北疆，活魚極為珍貴，又不易儲存，因此較少見，即便軍中伙房偶爾得了活魚，也做得又老又腥，倒人胃口。

上次蘇心禾做的松鼠鱖魚，對李承允來說倒是有意思，但他有傷在身，忌吃油炸等刺激類食物，故而沒有嘗試。

況且，他也沒那麼愛吃魚。

蘇心禾總覺得李承允的表情有些不自然，她思量了一會兒，冷不防道：「夫君該不會是……不擅吐刺吧？」

「咳咳！」李承允被嗆得咳了起來。

蘇心禾見狀，連忙為他添茶，李承允面色脹紅地飲下半盞茶水後，才逐漸平復下來。

他理直氣壯地說：「吃魚，麻煩。」

蘇心禾聽了這句話，「噗哧」一聲笑了出來。

她知道有人因為不愛挑刺，所以很少食用魚肉，沒想到李承允居然也在此列，當真教人哭笑不得。

蘇心禾笑著搖頭，道：「魚肉鮮美，烹飪的方法也千變萬化，若是夫君不吃魚，可要錯過很多美味了。」

說罷，蘇心禾便舀起一勺魚肉，放到乾淨的盤子上，又拿起一雙嶄新的筷子將魚肉的肉瓣分開，一一挑出其中的魚刺。

她的動作有如行雲流水，很快便將魚刺處理乾淨。

蘇心禾將放魚肉的盤子往李承允面前一推，笑意盈盈道：「這份魚肉已經沒刺了，夫君可以嚐嚐了吧？」

李承允有些詫異地看向蘇心禾，蘇心禾卻大大方方地與他對視，眼角與眉梢都是溫柔的笑意。

盤子裡的魚肉呈淡淡的紅色，還泛著美妙的油光。

李承允道了聲謝，便拿起筷子品嚐起魚肉來——這份鮮辣極具爆發力，瞬間擊中味蕾！

鮮嫩多汁的魚肉入口即化，魚皮彈潤，被辣味一拱，更是爽口順滑，加上這塊魚肉去了刺，能放心地大口嚥下，滿足之餘，唇舌間還留下一片暢快的辣意，讓人意猶未盡。

李承允不自覺地凝眉——沒想到魚肉竟能如此美味?!

蘇心禾靜靜觀察著李承允的變化，嫣然含笑道：「夫君可喜歡？」

李承允斂了斂神，對上她清澈又期盼的目光，唇邊牽出一絲笑意。「喜歡。」

「我在想，沒刺的魚，就像沒籽的石榴，夫君定會喜歡的。」蘇心禾臉上有小小的得意。

「夫君笑起來好看，若平時也能多笑笑就好了。」

李承允微微愣了一下，問：「我平日對妳很嚴肅嗎？」

「這……」蘇心禾猶豫了一瞬，鼓起勇氣道：「不能說是嚴肅，只能說是非常嚴肅。」

李承允隨即笑了出來。

這笑容既爽朗又溫和，有如清風拂面，看得蘇心禾呆住了。

蘇心禾差點忘了，自己前世不僅是個吃貨，還是一條顏狗啊！

小雅間中的氣氛輕鬆愉悅，而擠在屏風後的一群人，脖子都要扭僵了。

他們聽不太清楚兩人的對話，卻將剛剛發生的一切盡收眼底。

方子沖滿臉感慨道：「跟了世子爺這麼多年，他從沒對我這樣笑過……」

梁啟橫了他一眼，道：「你若長成世子妃那樣，還為他溫柔地挑出魚刺，世子爺興許會對你笑。」

劉豐表示贊同。「沒錯，世子爺的笑豈是誰都能看到的？今日我們能見到，是沾世子妃的光！」

吳桐一本正經道：「世子爺多笑笑也好，平常實在太嚴肅了。」

眾人全轉過頭瞪他，異口同聲道：「你還敢說別人?!」

李承允不是個重口腹之欲的人，但這頓飯卻給他帶來了前所未有的滿足。

蘇心禾吃飽之後，餘下的時間都雙手托腮，靜靜地看著李承允吃。

平常見到的他，要麼是一身冰冷的盔甲，看起來無懈可擊；要麼是一襲乾淨俐落的武袍，渾身散發著寒氣，一副「生人勿近」的模樣。

只有像這樣面對面地共用晚飯，蘇心禾才能感覺到李承允的鮮活與真實。

李承允放下碗筷，見蘇心禾正盯著自己看，一時有些不好意思，問：「妳不吃嗎？」

蘇心禾笑了笑，道：「我已經飽了。」

說著，她指了指一旁的楊梅冰湯圓，道：「夫君，還有甜食呢。」

李承允忙著吃魚，沒注意到那兩碗楊梅冰湯圓，此時看去，才發現上面只有兩顆楊梅，其餘皆是梅子色的小圓塊，不知是用什麼做的。

他用木勺舀起冰湯圓，放進嘴裡。

楊梅冰湯圓是用楊梅汁與糯米粉做的，煮熟之後，Q彈軟糯、酸酸甜甜，又佐以碎冰，相當爽口。

李承允頓時覺得嘴裡辣意漸消，吃了兩口，剁椒魚頭帶來的灼熱感，便減輕了不少。他沒想到這小小的冰湯圓如此解辣，有些驚喜，一抬眸，卻見蘇心禾正直勾勾地盯著自己，似乎欲言又止。

李承允問：「怎麼了？」

蘇心禾小聲道：「這一碗，是我的。」

楊梅冰湯圓一共上了兩碗，蘇心禾嚐了一口，覺得不錯，便放到一旁，打算等用完飯之後再吃。

然而李承允沒留意，隨手端起一碗用來解辣了。

李承允垂眸看了看碗中所剩無幾的冰湯圓，耳根微紅。他只得把另一碗全新的冰湯圓推向蘇心禾，道：「妳吃這碗吧，還沒動過。」

蘇心禾見他面色微窘，忍不住笑了。「好。」

紅潤的冰湯圓到了蘇心禾嘴裡，溢出鮮美的楊梅香，酸甜可口，令人愉悅。

蘇心禾不禁歡喜地瞇起眼。「好甜啊！」

李承允凝視了蘇心禾一會兒，眸色溫柔。「是很甜。」

屏風後面的人，個個都露出了老父親般的笑容。

梁啟「嘿嘿」一聲，道：「新婚夫妻果真不一樣，連甜碗都要換著吃，不像我，回家只能吃剩的！」

方子沖嚥了嚥口水道：「那剁椒魚頭裡加了清水麵，滋味好像不錯，要不咱們也來一份吧？」

梁啟卻道：「世子爺不是說這頓他來結帳嗎？若是同他們點了一樣的菜，可能會被發現！」

劉豐的頭搖得像撥浪鼓似的。「不可！若是被世子爺發現我們偷看，定會生氣的。」

吳桐冷不防開口。「他可能已經發現了。」

眾人一愣，連忙扭過頭，定睛看去——只見屏風後的李承允收起了溫和的笑意，甩來一記寒氣逼人的眼刀。

他們不禁打了個激靈，本能地往後撤，混亂中，幾顆腦袋撞在一起，頓時疼得齜牙咧嘴。

第三十一章　心意相通

李承允長眉微挑，只當無事發生，低頭飲茶。

蘇心禾已經戴好了面紗，察覺動靜，她有些疑惑地看向身後，卻見木質屏風與簾子都好好的，沒什麼異常。

她不禁問道：「夫君可聽到什麼奇怪的聲音？」

李承允溫聲道：「許是誰喝醉了酒，有些胡鬧。時辰不早了，我們回去吧？」

蘇心禾點了點頭。「好。」

李承允結過帳，便帶蘇心禾出了小雅間。

小二鞠躬哈腰地將兩人送出門，司閽牽來烈火，烈火一見到李承允與蘇心禾，便興奮地豎起了耳朵。

蘇心禾笑著摸了摸牠的腦袋，柔聲道：「烈火也吃飽了？」

烈火忽閃著大眼睛，含糊不清地「咕嚕」了一聲，似乎是在回應她。

兩人吃得有些飽，並未立即上馬，而是牽著烈火沿街而行。

街上的人依舊不少，李承允生得神清骨俊、儀表非凡，一路走來，有不少人投來視線。

偶有姑娘三三兩兩聚集，紅著臉打量他，小聲議論，待看到他身旁的蘇心禾時，又連忙收起目光，只覺自慚形穢。

蘇心禾雖然戴著面紗，但額頭雪白、美目生光，加上身姿曼妙、氣質出眾，不難想見她的美貌。

對這一切，蘇心禾已是見怪不怪，顧跟著李承允向前走。

李承允將她護在內側，自己行於外側，路邊有許多各式各樣的小攤子，蘇心禾不時不時好奇地張望，李承允也不催促她。

兩人從街頭走到街尾，周遭逐漸安靜下來。

夜風輕柔拂面，令蘇心禾整個人神清氣爽。「今夜的月色真美。」

側目望去，李承允就見她笑意淺淺，正靜靜地遙望蒼穹裡那小小彎月。

他也抬起頭來，凝視夜空，道：「京城的五月天氣爽朗、新月如鈎，但在北疆，此時還要裹著厚厚的冬衣，即便有月亮，也有如籠罩在寒霜中。入夜後，城裡便沒什麼人走動了，十分冷清。」

北疆氣候一向惡劣，一年三季脫不下冬衣，百姓們生活不易，若是再碰上災年或戰亂，就更艱難了。

「夫君在北疆時，若無戰事，晚上都做些什麼？」

李承允思索了一下，道：「看書、練劍、騎馬。」

「騎馬？」

李承允點頭道：「阡北城郊十分遼闊，隨處都能跑馬，不像京城這般束縛。」

蘇心禾若有所思道：「我沒去過北疆，若是以後有機會的話，能去看看就好了。」

李承允轉頭望著她，道：「當真想去北疆？」

蘇心禾笑道：「是啊，我出身江南，如今到了京城，便覺兩地風俗相差甚遠，若能遠遊，我想去看看北疆的風土人情、領略廣闊壯麗的河山、品嚐不同的美食、經歷更多有趣的事……」

李承允默默聽著，唇角不自覺地逸出笑意。

蘇心禾見狀，連忙斂了神色，低聲道：「夫君是否覺得我在癡人說夢？」

畢竟她現在是平南侯府的世子妃，執掌中饋、操持家務才是正事，怎能惦記著出遊呢？

想到這裡，蘇心禾有些洩氣。

在這個男尊女卑的時代，三從四德便能限制女子的一生——在家從父，出嫁從夫，老來從子。一輩子按照既定的路線過活，沒有自我，更無自由。

蘇心禾穿越過來時，年紀尚小，蘇志也請了個女師傅到府，她只能按照女師傅的教授一點一點地學。多年過去，蘇心禾深知什麼樣的女子能迎合這個時代的需要，但她偏偏不想禁錮自己，因此一直在兩種截然不同的價值觀中尋找平衡。

「我覺得這個想法很好。」

李承允充滿磁性的聲音打斷了蘇心禾的思緒。

她詫異地抬起頭來，就見李承允神色認真地開口。「這世間的女子，大多囿於後院，日日限於細碎瑣事，沈於夫妻之愛、天倫之情，不是說這樣不好，但若一生都困在小小的天地中，要怎麼心胸寬廣、坦蕩為懷？」

蘇心禾怔了怔，問道：「夫君覺得，女子也該有深見遠慮嗎？」

李承允沈默了一會兒後，道：「為何不行？妳可知在北邊的瓦落，有不少大宣人生不如死？在瓦落人眼裡，他們是狡猾的經商之徒、詭計多端的『南蠻子』，就算這些人本身沒做錯什麼，瓦洛人也對他們極其仇視。

「大宣北部也一樣，百姓常年受瓦落之擾，對瓦落人恨之入骨，若在大街上發現一個瓦落人，便人人喊打。無論大宣人也好，瓦落人也罷，高低貴賤、尊卑敵友，本是人賦予的觀念或規則，而非天生如此。

「這個道理放到男女身上也相同。男子當中不乏四肢不勤的米蟲，女子裡也有滿腹才情的詩人，只是在規矩限制下，女子能得到的機會更少，若她們也能讀書習武、入仕從商，未必做得不如男子。」

李承允這席話說得雲淡風輕，蘇心禾卻覺得自己的心狂跳了起來。

在這個時代，她同疼愛自己的父親、從小陪伴身邊的青梅等人都聊過類似的話題，卻無人能明白她所思所想，她甚至不敢對信任的人表達對這個時代的不平與不滿。

李承允這番話，無意間給了她一份極其重要的安慰，讓她忽然對今後的日子燃起了希望。

見蘇心禾目光清亮地看著自己，李承允不禁問道：「怎麼了？」

蘇心禾連忙藏起了思緒，低聲道：「沒、沒什麼……我就是有些高興。」

「高興？」李承允眉眼舒展，說道：「若妳喜歡出門，以後有時間，我們便再出來。」

「真的？」蘇心禾目光灼灼地看著他。「那我們可約好啦！」

李承允笑了笑。「好。」

隔天，黎明時分，李承允便已起身，換上一襲輕便的武袍，去了庭院中。

長劍出鞘，劃破了靜謐的清晨，李承允身法靈活、騰空躍起，他招式凌厲、鋒芒逼人、劍氣如虹，如吞雲出岫，直指天明。

正當他練得入神時，只聽見「吱呀」一聲，臥房的門開了。

蘇心禾的身影出現在門口，她見到李承允時，瞬間有些錯愕，接著才笑著開口。「夫君起得這麼早？」

李承允挽了個劍花，將長劍收入鞘中，走了過去。「吵醒妳了？」

一套劍法練完，他的呼吸有些急促，額角也滲出了薄汗。

見狀，蘇心禾自袖袋中掏出一方手帕遞給他。「擦擦？」

李承允怔了一下，隨即接過。「多謝。」

綿軟的手帕印上額角時，李承允彷彿聞到了一股淡淡的清香。

與昨夜她身上的梅香不同，這手帕上的氣味更加淡雅宜人，有著少女獨特的清幽。

李承允不禁看了蘇心禾一眼。她剛漱洗完畢，臉上粉黛未施，皮膚白得幾近透明，面頰的粉色自然地從內向外透出來，極其好看。

蘇心禾環顧四周，確認沒人之後，才主動湊近了些，在他耳邊小聲問：「夫君怎麼練起劍來了，難道傷勢已無大礙？」

又是騎馬、又是舞劍，這也太折騰了。

溫軟的香氣縈繞在李承允身邊，他神思有點恍惚，片刻後才開口。「是，好多了。」

雖說傷口內部還要一些時間才能好個徹底，但行動上不受限制，李承允便有些技癢。

蘇心禾鬆了口氣，她笑著揚起手掌，道：「夫君給的藥我也用了，傷痕是不是淡了些？」

她十指纖纖、掌心雪白，李承允仔細端詳了一番，道：「嗯，確實有效。」

蘇心禾見他額角滲汗，笑著催促道：「夫君先去沐浴更衣吧，我去準備朝食，用過了以後再去軍營？」

李承允其實沒有用朝食的習慣，見眼前人巧笑倩兮，便情不自禁地點了點頭。

待李承允走後，蘇心禾便鑽進小廚房，青梅跟白梨也在此時過來了。

青梅憋了一肚子話想問，奈何昨夜蘇心禾太睏了，她便忍到今天早上，一見到蘇心禾，她就擠眉弄眼道：「小姐，昨夜如何？」

蘇心禾一邊打算做麵團，一邊問道：「什麼如何？」

青梅急吼吼地說：「就是您與世子爺一起出門……發生了什麼？」

蘇心禾想了想，道：「到福來閣已經過了酉時，卻還十分熱鬧，我們去了二樓雅間，遇上平南軍副將等人聚會。」

青梅追問道：「後來呢？」

蘇心禾道：「後來我們一起用飯，散了一會兒步，便回來了。」

青梅不敢置信地說道：「沒了？」

蘇心禾點頭。「沒了。」

青梅大失所望，長嘆了一聲，道：「小姐，您可知昨日為了促進您與世子爺的感情，奴婢與白梨姊姊有多努力嗎?!」

蘇心禾疑惑地看著她。「妳這話是什麼意思？」

白梨連忙捂住青梅的嘴，道：「世子妃，別聽青梅瞎說，她是昨日牽馬的時候被烈火耍了，所以才胡說八道。您方才不是說要豆漿嗎？奴婢這就去大廚房取。」

將青梅拉出了小廚房，來到沒人的長廊上，白梨才壓低聲音道：「昨日咱們瞞著世子爺跟世子妃將馬車留下，不就是為了撮合他們？妳若說出來，萬一惹他們不快，該如何是好？」

青梅立刻冷靜下來，道：「妳說得對，是我衝動了……可我這是擔心啊！自從我家小姐嫁到侯府，世子爺便一直住在書房，小姐面皮薄，自然不會說什麼，但世子爺這般行事，難道不是欺負人嗎？」

白梨安慰道：「青梅，妳別著急，我們世子爺表面上雖冷淡，卻是個寬厚之人，不會虧待世子妃的，況且世子妃性子好，又生得美，只要他們兩人朝夕相處，相信一定會日久生情的。」

青梅嘆了口氣，道：「但願如此。」

兩人說完話，青梅便去小廚房幫忙，白梨則往大廚房走去，她才剛走出月洞門，便遇上蔣嬤嬤了。

白梨趕忙見禮。「見過蔣嬤嬤，什麼風把您吹來啦？」

蔣嬤嬤笑了一笑，讓一旁的紅菱將手中的帳本遞給白梨，道：「夫人說了，讓世子妃學習管家，這不，我便將帳簿送來了。妳請世子妃先看看，有什麼問題的話，可以隨時請教夫人。」

白梨道了聲謝，笑道：「蔣嬤嬤既然過來了，要不要喝杯茶再走？」

蔣嬤嬤擺了擺手，說道：「夫人那兒還等著我回去伺候呢，就不叨擾了。」

白梨含笑福身，規規矩矩道：「那好，蔣嬤嬤慢走。」

蔣嬤嬤便帶著紅菱離開了靜非閣。

紅菱低聲問道：「嬤嬤，您方才在來的路上，不是還說想問問世子妃桂花蜜怎麼做嗎？為何這麼急著回去？」

蔣嬤嬤橫了她一眼，說道：「方才那兩個丫頭的話妳沒聽見嗎？世子爺與世子妃成婚這些天了，居然還分房而臥，這可是一件大事，得立即稟報夫人才是。」

李承允在府中與蘇心禾一起用朝食，而青松與吳桐則有如兩尊門神，一左一右，站在門外並肩而立。

青松的臉色一點都不好看，眼下還掛著兩片大大的烏青，他板著一張臉，聲音幽幽冷冷。「吳桐，我們認識多少年了？」

吳桐神情平常地答道：「九年？」

青松瞬間變了臉，低吼一聲道：「是十年，十年！」

吳桐點了點頭，道：「喔，我忘了。」

聽了這話，青松心底的悶氣壓不住了，道：「你我認識整整十年，大半時間都在一起，還一道出生入死、背靠背抗敵，我視你為至交好友，你倒好，同他們去福來閣，卻連個菜都不給我帶！」

昨日，青松難得回來得早些，原本打算晚上同平南軍眾將士去福來閣聚聚，卻臨時被李儼指派任務，要他押送李芙一家出城。

青松表面上沒說什麼，內心卻叫苦連天。

福來閣聲名遠播，但是個銷金窟，他好不容易湊了一團，讓弟兄們分攤酒菜錢，好將福來閣的招牌菜吃個遍，誰知萬事俱備，他卻沒去成。

沒去成就罷了，誰知這一頓是世子爺結的帳，那可是虧大了呀！

吳桐見他神色抑鬱，便安慰道：「昨夜不是我不幫你帶菜，是過了時間，酒樓不給點菜了，而且我們點的所有菜都被吃光了，就連剁椒魚頭的湯，也被梁啟跟方子沖他們拿去拌麵。」

「藉口！」青松雙手抱胸，仍然一臉不高興。「梁啟跟方子沖都不愛吃魚，何來的魚湯拌麵？」

吳桐聳了聳肩道：「不信你去問他們。」

青松「哼」了一聲，反正昨夜除了他來回奔波，所有人都在福來閣享用美食、暢飲美酒，一想到這兒，他就氣鼓鼓的，不理吳桐了。

吳桐見「左門神」繃著臉，不知如何寬慰，只能繼續當自己的「右門神」。

沒過多久，李承允便從靜非閣內出來了，他掃了兩人一眼，問：「何時到的？」

兩人急忙斂了神色，回身見禮。

吳桐答道：「才到不久，世子爺很準時。」

李承允「嗯」了聲，又看了臉色不佳的青松一眼，問道：「你怎麼了？身子不適？」

青松垂眸道：「許是昨夜從城外回來時有些晚了，又未進晚飯，故而沒睡好，多謝世子爺關懷。」

說罷，他幽怨地瞪了吳桐一眼。

吳桐只能無辜地回望他。

李承允隨口問道：「朝食可用過了？」

青松難得被李承允這般關心，忙道：「世子爺以前說過，空腹練劍，能讓人耳聰目明、神志清醒，末將以世子爺為榜樣，因此最近晨起練劍之後，就不進朝食了。」

李承允輕咳了一下，道：「倒也不是非禁朝食不可。」

青松一愣，默默吸了吸鼻子，便從李承允身上聞到一股好聞的油香味。
難道世子爺開始吃朝食了？
青松欲哭無淚，無論是吳桐、梁啟，還是眼前的世子爺，所有人都拋棄了他！
「你們還沒離開，真是太好了。」蘇心禾清亮的聲音響起。
李承允回眸看向她，問：「怎麼了？」
蘇心禾笑盈盈道：「夫君，今日的朝食做得多了些，不知吳副將跟青副將用過了沒有？若是不介意的話，可以帶這些在路上吃。」
她一說罷，青梅便遞上一個食籃。
這對青松可是一場及時雨，他正要抬手去接，卻下意識看了李承允一眼。
李承允道：「既是世子妃的心意，你便拿著吧。」
青松這才展露笑顏道：「多謝世子爺、世子妃！」
沈甸甸的食籃到了手裡，青松心中的陰霾一掃而空，心道還是世子妃好！
蘇心禾問：「對了，昨日青副將負責送姑母一家去城外，可還順利？」
「這……」青松雖然身經百戰，但一想起昨日的情景，仍然心有餘悸，也不知當說不當說。
李承允看出他的心思，便道：「如實說來。」
青松只得實話實說。「羅老爺與羅夫人上了馬車之後，仍然針鋒相對，沒吵幾句便動起了手，羅夫人抓花了羅老爺的臉，還將他的肩膀咬出血，羅老爺則將羅夫人的胳膊打得脫臼了……」

蘇心禾無語。上了馬車還這樣打，真是讓人佩服。

怕蘇心禾內疚，李承允道：「他們會有這樣的下場，也是咎由自取，妳不必介懷。似傑那裡，我自會與他說。」

「好。」蘇心禾點了點頭，道：「時候不早了，夫君別誤了時辰。」

李承允看了她一下，又輕輕「嗯」了一聲，才轉身離去。

出門的時辰正好，所以一路暢行無阻，李承允等三人很快就抵達南郊大營。

士兵已經開始操練，整個地面被踩得微震，兵器揮動著劃開空氣，掀起一陣陣微風，喊殺聲響徹軍營，彷彿已經進入備戰狀態。

「承允。」

李承允循聲回頭，便看見了啟王歐陽頌臨。

歐陽頌臨曾在平南軍歷練過，之後便從宣明帝手中接管王軍，但得空時仍會來平南軍的大營轉轉，與李儼及李承允等人探討戰術與練兵之法。

李承允拱手。「啟王爺。」

歐陽頌臨笑了笑，道：「平南軍操練起來果真氣勢恢弘，只可惜，下一次要看你們操練，可能得去玉龍山了。」

龍舟賽之後，李承允便安排梁啟與方子沖等人到玉龍山部署，不日便能將人遷過去，不用跟王軍一道擠在南郊大營了。

李承允淡笑道：「多謝啟王爺承讓。」

歐陽頌臨卻搖搖頭，道：「平南軍獲勝乃實至名歸，王軍技不如人，願賭服輸。不過，平南軍能人當真不少，你可瞧見了李信畫的南疆布防圖？聽皇兄說，那布防思路十分縝密，頗有平南侯當年的風範。」

第三十二章　福星已至

李承允道：「平南軍如今一分為二，一部分守護南疆，另一部分則由我掌管，將人馬布在北疆。穩妥起見，南北兩地的布防與戰術等，都不互通。」

歐陽頌臨若有所思地點了點頭，道：「那真是可惜了，我原本在想，若是你能熟悉南疆與北疆兩地的戰術與布防，日後接管整個平南軍也能順暢些，畢竟你才是嫡子。」

李承允只道：「與父親相比，我不過初出茅廬，眼下只想早些平定北疆之患，並未想那麼遠。」

歐陽頌臨聽了這話，連忙道：「我不過隨口說說，沒有拿你同李信比較的意思，莫要誤會。」

李承允面不改色地說道：「啟王爺放心，我明白的。」

告別了歐陽頌臨，李承允往自己的營帳走去，行至半途，便見到了李信。

李信也看見了李承允，他將手中的韁繩遞給士兵，又吩咐了幾句，才朝李承允走去。

「沒想到新婚燕爾之際，承允還來得這麼早，實在讓我這個做兄長的自嘆弗如。」

李承允面無表情地點了一下頭，道：「兄長回京城後便一直待在南郊大營，你都如此勤勉了，我怎敢懈怠？」

吳桐與青松跟在李承允身後，兩人心照不宣地交換了一個眼神。

整個平南侯府，就是大公子與世子爺最不對盤，兩人一見面便針鋒相對、硝煙味瀰漫。

只聽李信笑了一聲，道：「可惜我無法參加端午家宴，聽聞弟妹相當能幹，將家宴辦得十分體面，還得了母親青眼，開始接手中饋。承允得此賢妻，為兄真是為你高興。」

李承允冷冷道：「兄長與其關心我，不如想想自己的婚事，母親已經為你尋了幾樁姻緣，你都不滿意，不知要怎樣的金枝玉葉才能入你的眼？」

聞言，李信的神情頓了頓，隨即道：「承允說笑了，男子漢大丈夫，當以建功立業為先，如今我還得跟在父親身旁歷練，不像承允你能獨當一面了。」

一提起父親李儼，李承允的唇角便緊了緊。

兩人對視一瞬，雖然未曾言語，眼神卻火花四射。

只見李承允涼涼地甩下一句。「軍中事忙，我無暇與兄長閒聊，先走了。」

李信不甘示弱，道：「我急著去見父親，也不多留了。」

說罷，兩人便分道揚鑣，彷彿多看對方一眼都是浪費時間。

李承允進入營帳後靜坐了片刻，便吩咐青松。「去將南疆的堪輿圖取來。」

青松愣了愣。「南、南疆？」

李承允瞥了他一眼，道：「有什麼問題嗎？」

青松連忙道：「沒有，末將這就去取！」

與吳桐一同出了營帳之後，青松忍不住嘀咕道：「世子爺要與大公子較勁，也不必非要研究南疆的地形啊，一時半刻要我去哪兒找南疆堪輿圖？」

穿過練兵場，青松與吳桐逕自去了主帳，正打算請人通稟，卻見李信正好從主帳裡出來。

青松道：「也是。」

吳桐不禁翻了個白眼。「難不成要去找大公子借？」

青松好奇地問：「你的意思是去找侯爺？」

吳桐想了想，道：「去主帳借。」

青松跟吳桐連忙拱手見禮。

李信掃了他們一眼，道：「兩位副將怎麼一起過來了？莫不是北疆出了什麼事？」

吳桐垂眸道：「大公子多慮了，北疆一切安好。」

青松也笑了笑，道：「我們不過照例來向侯爺稟報北疆情勢，大公子不必擔憂。」

李信隨口「嗯」了一聲。「那就好。」

說罷，他又狀似不經意地問道：「聽聞承允拿下玉龍山了，也不知接下來有何打算？」

玉龍山雖然歸了平南軍，卻還未決定如何劃分練兵區域。

青松乾笑道：「這個末將就不清楚了，若是大公子對玉龍山感興趣，不如直接問世子爺本人。」

李信乾咳了一下，神色淡然道：「玉龍山是承允拿下的，要怎麼安排都隨他，我不過隨口問一句，沒什麼要緊的。對了，你們不是要去找父親嗎？快進去吧。」

「是，大公子。」

青松與吳桐應過聲後，便讓到一旁，李信沒再多說什麼，離開了主帳。

待李信走後，青松長眉一挑，壓低了聲音道：「你瞧瞧，大公子也在關注世子爺的動向呢……」

「那是自然。」吳桐盯著李信的背影，沈聲道：「雖然他如今得侯爺器重，但世子爺才是侯府嫡子，將來必定要繼承侯府的一切，若他心中不平或不甘，也是人之常情。」

葉朝雲原本正氣定神閒地修剪花枝，聽完了蔣嬤嬤的稟報，一不小心便剪掉了一枝花開得正好的枝椏，但她顧不得心疼，一臉嚴肅地看向蔣嬤嬤，道：「妳的意思是說，除了新婚之夜，承允一直住在書房？」

蔣嬤嬤忙不迭點頭。「不錯，是老奴親耳聽白梨跟青梅說的。」

葉朝雲放下手中的剪刀，秀眉緊攏，道：「議親之初，承允著實不喜這門親事，但我見心禾入門以來，承允對她並不反感，還以為他已經接納了心禾……這麼大的事，心禾怎麼一句未提？」

蔣嬤嬤道：「夫人，世子妃一向乖巧懂事，除了揭露姑奶奶侵占府銀一事，何時與人起過衝突？」

葉朝雲思索了片刻，道：「妳說得對，心禾受了這麼大的委屈卻不告訴我，應該是不想勉強承允。承允這孩子，當真同他父親一樣，榆木腦袋，不懂得疼人！」

一想起這父子倆，葉朝雲便恨鐵不成鋼地嘆了口氣。

蔣嬤嬤一面替她捶肩，一面安慰道：「夫人莫急，老奴瞧世子爺對世子妃並非完全無意，日子一久，世子爺說不定就想通了。」

葉朝雲卻說道：「他經常在外行軍，能在家裡待幾日？等他開竅，只怕鐵樹都要開花了！」

再這樣下去，她何時才能夠抱上孫子?!

蔣嬤嬤聽了這話，也覺得有些道理，便道：「夫人，那您打算怎麼辦？」

葉朝雲思量了一會兒，道：「既然他們都未聲張此事，那咱們便當作不知道，在暗處反而更易推波助瀾，不讓他們察覺。白梨跟跟青梅那兩個丫頭，就讓嬤嬤去點醒，相信她們懂得怎麼『幫忙』才是。」

蔣嬤嬤點了點頭，道：「夫人這個做法好，不容易引起世子爺跟世子妃懷疑。」

葉朝雲悠悠道：「只能寄望那兩個丫頭夠機靈了。」

過了五月中，京城徹底熱了起來，午後偶有蟬鳴吵鬧。

這幾日，蘇心禾一直在研究蔣嬤嬤送來的帳本，從侯府內的柴米油鹽、各院開銷，到田產莊子、經商鋪子，有一大堆事要學。

好在蘇心禾在江南時便幫忙自己的父親打理過生意，現在接手侯府中饋，雖然有些難度，但學起來也不算太吃力，有問題時就去請教葉朝雲。

葉朝雲越來越覺得這個兒媳勤勉聰慧，於是今日她便帶著蘇心禾到香火鼎盛的松鶴觀進香。

傳聞道觀落成那日，天邊紅光乍現，一群仙鶴飛繞，故而得了「松鶴觀」一名。

平南侯府兩輛馬車一前一後沿官道而行，上了山之後，在道觀門口停下。

李惜惜第一個跳下馬車，她往道觀門口望了一眼，便蹙眉道：「今日怎麼這麼多人？」

「舉頭三尺有神明，不可妄言！」葉朝雲輕斥一聲，李惜惜便乖乖地閉上嘴。

蘇心禾下了馬車，抬眸看去，只見這座道觀所處的位置頗高，還要步行一段石階才能到達。石階分為左右兩側，一側用來上行，一側用來下行，來往的香客摩肩擦踵，緩慢地移動。

京城名觀，果然名不虛傳。

她們隨人流拾階而上，直到一刻鐘後，才抵達觀內。

葉朝雲帶著蘇心禾與李惜惜兩人一一拜過神像，添了豐厚的香油錢後，便一起去了後殿。

後殿設有求籤堂，不少信眾跪在蒲團上面對神像，手抱籤筒，閉眼祈禱，等木籤掉落，再拿著木籤依次請道長解惑。

葉朝雲也求得一籤，到了道長面前，便將木籤遞了過去。

道長笑得溫和，徐徐問道：「夫人想求什麼？」

葉朝雲道：「家宅。」

道長接過木籤、對上籤文，思量片刻後，輕輕摸了摸鬍鬚，笑道：「夫人此籤乃是上上籤，小人剛除，後宅安寧，祥瑞之氣更盛。」

「當真?!」葉朝雲驚喜道。

所謂「小人剛除」，指的應該是李芙與羅家，葉朝雲又問道：「道長，籤文上可還有其他意思？」

道長笑道：「家中眾人際遇各有不同，有緩便有險，只要能全家一心，便能化險為夷，且福星已至，夫人不必擔心。」

葉朝雲忙問道：「這福星是？」

道長一臉莫測高深地搖了搖頭，道：「天機不可洩漏。」

葉朝雲若有所思地點了點頭，所謂的「福星」，難不成是……她下意識看了看蘇心禾。自從心禾嫁入侯府，家裡的氣氛似乎越來越好了。

等葉朝雲問完籤，蘇心禾便適時遞上香油錢，道長接過時，不經意地看了她一眼，頓時一怔，道：「這位可是少夫人？」

葉朝雲道：「不錯，道長有何指教？」

儘管蘇心禾戴著面紗，看不清樣貌，但道長的目光依然直直盯著她，道：「少夫人眉宇之間有股罕見的開闊之氣，只怕與神佛有些淵源。」

蘇心禾心頭微動，她以為道長看出自己的來歷，便道：「人自有來處，亦有去處，信女以為，如何來的並不重要，重要的是去向何方。」

道長聽罷，點頭笑道：「少夫人果然通透，依貧道看，少夫人此生注定不凡，只要不忘本心，便能守住福澤，說不定還能惠及家人。」

蘇心禾思索了片刻後，頷首道：「多謝道長提點，我記下了。」

三人出了後殿，李惜惜便懷疑地看著蘇心禾，說道：「道長所說的福星，該不會是妳吧？」

蘇心禾一笑，道：「怎麼會是我？當然是妳啊。」

李惜惜呆了呆，一臉疑惑道：「這話從何說起呀？」

蘇心禾道：「妳未出生前，父親一直征戰沙場，抵禦外敵；妳出生後，他便徹底將邑南人趕出去，從此南疆平穩多年，妳不是福星是什麼？」

被蘇心禾這麼一說，李惜惜便有如醍醐灌頂。「對啊！我怎麼沒想到呢？」

李惜惜繼續道：「在我出生前後，父親還被封為平南侯呢，莫不是有我的功勞？」

蘇心禾笑咪咪地應和道：「是是是，這個家能有今日，多虧了妳。」

李惜惜一聽到這話，連背都挺直了些，昂然道：「看在妳對我還行的分上，日後我也會多多照拂妳，讓妳也沾點福氣。」

蘇心禾一本正經地答道：「那便多謝妳了。」

葉朝雲走在前方，將兩人的話聽了個清楚，忍不住搖了搖頭。

惜惜這個丫頭，若是有心禾一半機靈就好了。

李承允在軍營一直忙到了傍晚，直到吳桐送公文進來，他才抬起頭來問：「什麼時辰了？」

吳桐答道：「回世子爺，快酉時了。」

李承允聽罷，便放下手中的毛筆，收拾一番後，出了主帳。

暮色沈沈、涼風驟起，李承允策馬而行，很快就入了城。

「夫君晚上可要回來用飯？」

早上他出門時，蘇心禾曾輕輕柔柔地問了一句。

李承允應了。

雖然雨意漸濃，街上百姓仍是不少，人潮熙熙攘攘，十分熱鬧。

李承允驅馬向前，目光迅速地掠過街邊，一對年輕男女自他身旁走過，只見女子不停把玩著自己的手鐲，像是愛不釋手。

一旁的男子笑問：「喜歡嗎？」

女子笑逐顏開，柔聲道：「喜歡。」

見她高興，男子臉上笑意更盛，兩人旁若無人地挽著手離開了。

李承允朝他們來的方向看去，在一排熱鬧的鋪子中，有一間店顯得格外雅致，寬闊的門面上方，掛著一方古香古色的牌匾，上面寫著「點翠齋」三個大字。

他勒住韁繩，下了馬。

小二剛剛才送一對客人離開，見門口有位英姿不凡的年輕男子靜默而立，連忙迎了上來。「公子可是想看首飾？」

李承允沈吟了片刻，點頭。

小二笑道：「那您可是來對地方了，本店首飾款式繁多，最受姑娘們歡迎，還請公子隨小人進門挑選。」

說著，他將李承允引入點翠齋。

點翠齋的內部十分寬敞，首飾按照不同的材質、款式分門別類擺放，遠遠看過去，一片珠光寶氣。

李承允還是第一次來這種地方，他的目光掠過琳琅滿目的首飾，一時不知如何挑選。

小二打量著他的神情，試探著問道：「公子可是買來送人的？」

李承允微微頷首，沈聲道：「是。」

小二笑咪咪道：「若是要送心上人，髮簪最合適，既有結髮之意，又不流於俗套。」

李承允瞧了他一眼，問：「最好的髮簪在哪？」

小二方才一見李承允的氣度與衣著，便知他不是普通人，果不其然，是隻金龜子！

他喜笑顏開，道：「公子稍等，小人這便為您取來！」

說罷，小二鑽進後堂，片刻後，他小心翼翼地抱著一個木匣出來，這木匣呈深棕色，上面刻著繁複古典的花紋。

小二將木匣端到李承允面前，輕手輕腳地打開，只見裡面鋪著一層柔軟的絲綢，絲綢之上，躺著一支精巧的白玉蘭花簪。

李承允拿起簪子細細端詳，上面的蘭花以白玉雕成，一朵含苞待放，還有一朵已經綻開，看起來栩栩如生，造型優雅又不失靈動，即便在微暗的光線下，也泛著高貴的光澤。

正適合她。

李承允正要開口，身邊卻傳來一道熟悉的女聲——

「掌櫃的，你們不是自詡為京城最好的首飾鋪子嗎？怎麼一點好東西都拿不出來？」

掌櫃的忙道：「請縣主恕罪！小人真的將本店所有好貨都拿出來了，您挑了一個時辰，還沒看見喜歡的，小人實在沒轍了。不知您到底想要什麼樣的？不如小人讓工匠為您量身打造？」

曾菲敏翻了個白眼道：「我若知道自己喜歡什麼樣的，讓府裡的工匠打造不就行了嗎？何必大老遠地跑來找你？不就是圖個新意？」

丫鬟見曾菲敏煩躁，便跟著斥責起來。「掌櫃的，縣主願意紆尊降貴來到這兒，是你們的福氣！縣主的生辰就快到了，若是挑了你家的首飾在生辰宴上亮相，豈不是成了你們的活招牌？還不快快想辦法，找些別緻的好東西來！」

掌櫃的欲哭無淚。「縣主，小人已經說過了，但凡拿得出手的貨品，都在這兒了，您若是一件都不喜歡，小人也愛莫能助。」

曾菲敏為了讓自己在生辰宴上有面子，已經準備了許久，可首飾卻一直沒找到喜歡的，這才特地來點翠齋，然而眼下的情形卻讓她十分不悅。「愛莫能助是什麼意思？你這是要趕我走，還是覺得我給不起錢？」

掌櫃的連忙擺手。「縣主莫要誤會，小人哪敢對您不敬啊！」

曾菲敏正要繼續發作，忽然瞥見櫃檯另一頭站著一個挺拔的身影，她不禁眼前一亮。
「世子哥哥！」
李承允也看到了曾菲敏，卻依然沒什麼表情，點了一下頭，便算是回應了。
曾菲敏一瞧見李承允，便不再理會掌櫃的，而是笑容滿面地走到李承允面前，聲音嬌柔得判若兩人——
「世子哥哥怎麼也在這兒？」她的目光不自覺地落到李承允手中的白玉蘭花簪上，頓時睜大了眼。「這髮簪是你挑的嗎？好美啊！」
曾菲敏說著，不自覺地伸出手來，想摸摸那支簪子，不料李承允卻迅速移開自己的手。
尷尬的氣氛在四周滯留了一瞬，曾菲敏深吸了一口氣，默默收回了手。
她艱澀地笑了笑，道：「連看一眼也不許，這簪子竟如此寶貴？」
「嗯，要送人的。」李承允說著，將白玉蘭花簪遞給小二，道：「好生包起來。」
小二連忙接過東西，他不敢多看曾菲敏一眼，連忙到後堂包裝去了。
李承允對曾菲敏的態度向來冷淡，曾菲敏卻不以為意，她盯著李承允的側臉看了好一會兒，才鼓起勇氣道：「世子哥哥，我的生辰就快到了，到時候會送帖子去平南侯府……你、你會來嗎？」

第三十三章　怦然心動

「不會。」李承允乾脆地答道，彷彿這件事完全不用思考。

曾菲敏到底是個姑娘家，聽了這話，眼眶頓時紅了，忍不住道：「世子哥哥，我們好歹從小一起長大，你為何總是拒人於千里之外？」

李承允沒答腔。

曾菲敏見李承允沈默不語，便自顧自地說：「世子哥哥，你是不是還在為婚約之事生氣？」

李承允看了她一眼，問道：「此話怎講？」

曾菲敏低聲道：「侯爺要你履行婚約，我知道你定是不願！我曾苦苦求我母親，讓她去勸侯爺，但她死活不肯……後來，你被逼娶了那小門小戶的女子，我心中實在難受。你知道的，這些年來，我對你……」

「縣主，」李承允冷淡地打斷她。「願不願意成親，是我自己的事，與妳無關。至於縣主所思所想，我沒興趣知道。」

李承允接過小二呈上的禮盒，冷聲道：「我趕著回府用飯，先行一步了。」

曾菲敏看著李承允躍上馬背，頭也不回地離開，直到此時，她再也繃不住了，眼淚簌簌而落。

丫鬟見狀，手忙腳亂地為她拭淚。「縣主別傷心了，平南侯世子冷冰冰的，有什麼好啊？況且他都娶別人了，哪裡值得縣主將他放在心上？」

曾菲敏鼻子泛紅，斥道：「妳懂什麼？世子哥哥少年時可不是這樣的……」

入夜之後，涼風在院子裡盤旋，憋了一日的烏雲，終於落下小雨。雨水順著屋簷淅瀝而下，連成了條條串珠。

蘇心禾坐在廊下，時不時看向月洞門外，卻不見李承允的人影。

青梅走來，將一件輕薄的披風攏在蘇心禾肩頭，道：「小姐，已過了酉時，您再不用飯，只怕菜都要涼了。」

蘇心禾卻道：「夫君說了要回來用飯，再等一會兒吧。」

青梅看了看外面的雨，道：「世子爺是騎馬出去的，也許困在半途躲雨了，不然您先吃一點？」

蘇心禾瞧了瞧桌上的菜，仍舊搖了搖頭。「還是再等一會兒吧。」

說著，她又將目光轉向月洞門，只見微暗的天幕下，一個頎長的身影由遠及近，從雨中行來。

李承允邁入月洞門，就見蘇心禾立在廊下，正定定看著他。她身後的門開著，光線從裡面透出來，照得她的輪廓格外柔美。

兩人對視之間，李承允已經拾階而上，來到她面前。

蘇心禾見他半身濕透，詫異地說道：「怎麼淋成了這樣？」
李承允身上滴著水，臉色卻十分平靜。「回來得急，忘了拿傘。」
蘇心禾拉他進房，一面幫他找乾淨的布巾，一面道：「這麼大的雨，若沒有傘，可以等雨停了再回來呀。」
李承允低聲道：「說好回來用飯。」
蘇心禾心頭微動，忍不住翹了翹唇角，將布巾與衣裳塞給他，道：「先去沐浴更衣，免得著涼了。」
說罷，她嬌俏地覷了他一眼，走出了臥房。
舒適的熱水洗去滿身疲憊，李承允靠坐在水池中，目光卻盯著一旁的木匣。
片刻之後，李承允出浴更衣，他將木匣斂在寬大的衣袖中，出了湢室。
飯菜已上桌，整個房間都充斥著香味，李承允原本不覺得有多餓，但被這香氣一勾，才發現自己腹中空空，有些難受。
蘇心禾見李承允已經換好常服，便道：「夫君，坐。」
臥房的桌子不大，又擺了幾個餐盤，看上去讓兩個人的距離更近了。
李承允看向桌上的菜餚——正中間擺著一個大盤子，盤中食材種類繁多，有蝦子、馬鈴薯、木耳、蕈菇、藕片等。
他不禁有些好奇地問道：「這是什麼菜？」

蘇心禾笑盈盈道：「這是麻辣香鍋，十分開胃下飯。不過在用飯之前，夫君還是先喝點薑湯好。」

李承允這才發現手邊多了一碗熱呼呼的薑湯。「這是妳方才熬的？」

蘇心禾頷首，小聲道：「你也真是的，在外面淋雨也就罷了，怎麼入了府，也不知道找門房取一把傘？」

不知怎的，李承允聽到她的數落，不但不生氣，心裡還有幾分舒暢。

他端起薑湯輕輕吹了吹，抿了一口。

薑湯帶著淡淡的辣意，半碗下去，只覺得一股暖意從胃腹流向四肢，整個人都有了精神。

李承允一口氣喝完薑湯，背後就微微發熱了。

蘇心禾見他喝得乾淨，這才放下心來，笑道：「用飯吧。」

李承允拿起筷子，瞧了瞧麻辣香鍋裡的菜，最終挾起一塊藕片。藕片的外層已被辣椒浸染，呈現好看的油紅色，十分誘人。

他挾起藕片徐徐咬下，只聽見「嘎吱」一聲，滿口香脆。

李承允平常很少食用藕片，這一口卻改變了他對這道食材的固有印象，原來藕片也能做到爽辣刺激、脆韌兼備。

麻辣香鍋的食材彈性大，哪怕是平民百姓，都能吃得有滋有味，而蘇心禾精心烹製的「豪華版」香鍋，更是讓人欲罷不能。

蘇心禾也在埋頭苦幹，對她而言，麻辣香鍋最不可或缺的便是馬鈴薯片了。黃色與橙色一類的食物，容易引起人的食慾，馬鈴薯片用水焯過之後，直到烹熟，依舊是美妙的嫩黃色，過一道辣油，便裹上一層辣意，這辣意隨著翻炒一點一點滲透進內裡，與馬鈴薯片融為一體。

這是一種包容性極好的食材，烹飪方法千變萬化，口感或脆或鬆，哪怕碾成泥，都別有一番風味。

蘇心禾慢慢品嚐馬鈴薯片，只覺得軟硬適中、香辣可口，吃完馬鈴薯片以後，她便開始探索其他食材。

「夫君，嚐嚐這個。」蘇心禾用圓勺舀起一顆鵪鶉蛋，送到李承允碗中。

這顆鵪鶉蛋不過拇指大小，一到碗裡便打著轉，好似有些調皮。

李承允頓了頓，道：「這不是孩童吃的嗎？」

在他年幼時，母親也會讓後廚做鵪鶉蛋，然而長大之後，他便再也沒吃過了。

蘇心禾先是面露詫異，隨即笑道：「食物為何要按孩童與大人區分？吃起來美味、能促進身體康健，才是最要緊的。若是長大了反而不能吃好吃的，豈不是虧大了？」

李承允輕輕「嗯」了一聲，表示贊同。

鵪鶉蛋是提前滷過的，外面已經鍍上一層淡淡的醬色，李承允挾起一顆，放入口中。

濃郁的香辣味瞬間竄滿整個口腔，蛋黃又糯又綿、鹹香可口，配上一口米飯，實在讓人心滿意足。

難得。

「好吃。」李承允不禁說道。

蘇心禾抬頭看向他。平常都是她問一句、他答一句，李承允會主動向她表達喜好，倒是難得。

她笑了笑，道：「夫君若是喜歡就多吃些，還有很多呢。」

李承允微微頷首道：「確實多年沒吃過鵪鶉蛋了。」

這鵪鶉蛋的作法與他幼年時吃到的自然不同，卻別有一番風味。

蘇心禾靜靜看著李承允用飯。不得不說，長得好看的人，連吃飯都令人賞心悅目，而且這飯搭子也沒之前那麼冷，看起來「下飯」多了。

李承允察覺到蘇心禾盯著自己看，微微困窘。「在看什麼？」

蘇心禾抿唇一笑，道：「沒什麼。」

她有些飽了，放下碗筷，以手撐頭，眨眼看向李承允，道：「夫君，有件事，我一直想問你，卻不知如何開口。」

李承允不自覺地想起身上的木匣，頓時心頭微動，他定了定神，沈聲道：「什麼事？」

蘇心禾眨了眨眼，問道：「你到底……喜歡吃什麼？」

李承允暗暗鬆了口氣，平靜地吐出了兩個字。「都可。」

蘇心禾卻道：「什麼都可，不代表什麼都喜歡。」

她眼波流轉道：「如今我們同住在一個屋簷下，也經常一起用飯，若我不知你喜歡吃什麼，做起菜來總有些拿不准。」

「只要是妳做的，我都喜歡。」

此話一出，蘇心禾微微一怔。

李承允也愣了一下，耳垂瞬間紅了，連忙解釋道：「我的意思是，我並不挑嘴，妳隨便做就好。」

蘇心禾輕輕「喔」了一聲，又道：「那你總要告訴我喜歡什麼口味吧？例如喜歡辣的還是不辣的？」

李承允掃了她親手做的麻辣香鍋一眼，道：「辣的。」

其實他不算很能吃辣，但她做的辣菜恰好抓準了他能接受的辣度。

蘇心禾繼續問：「喜歡甜食還是酸食？」

李承允思量了片刻，道：「我年少時喜歡吃甜，習武之後便不怎麼吃了。」

蘇心禾覺得有些奇怪，忍不住問道：「為何？」

李承允沈默了一會兒之後，道：「父親說，身為男子，當鍛鍊筋骨、磨礪心志，萬不可為慾念所惑，口腹之欲更是應除盡除。」

蘇心禾秀眉微蹙。公爹明明自己也喜歡甜食，他說不吃，婆母還會硬塞給他，唯有李承允，將父親的話當成鐵律，說不吃就不吃了。

她不免為李承允抱不平，道：「夫君，我認為吃甜食本身與鍛鍊筋骨、磨礪心志沒有直接關聯，難不成邊關將士就只能吃苦飲酸？照我說，征戰時已經吃了那麼多苦頭、受了那麼多傷，就更該在別處補回來！」

李承允見蘇心禾說得義憤填膺，頓時覺得有趣。他問：「怎麼補？」

蘇心禾認真想了想，道：「父親不讓你吃，咱們就偷偷吃，我掩護你。」

李承允忍俊不禁。

這淺淺的笑意讓他的表情都生動起來，冷肅的氣質去了大半，多了幾分爽快明朗。

蘇心禾見他笑了，反而一本正經道：「夫君，你笑什麼？我說的是認真的。」

李承允努力忍住笑意，輕輕點了一下頭。「我知道……多謝妳了。」

房中燈火跳動，照在她的面容上，一顰一笑都映入他眼底。

李承允暗暗想著，若是每日回家都有她等著自己用飯，一起聊天說笑，似乎也很不錯。

用完飯後，李承允並未立即離開。

青梅與白梨守在門口，耳朵豎得尖尖的，偶爾能聽見房中傳來低低的說話聲，以及輕快的笑意。

白梨小聲道：「我覺得世子爺今晚說的話比去年一整年說的都多。」

青梅一聽，眼角抽了一下。「世子爺從前莫不是個啞巴？」

「胡說什麼！」白梨輕瞪她一眼，道：「世子爺是沒找到知心人才懶得開口，如今有了世子妃，他的話跟笑容就明顯多了起來。」

青梅卻輕嘆一聲道：「也不知他們兩人何時才能真正接納對方……」

一想起李承允在新婚之夜冷落自家小姐，青梅便不平道：「妳說，世子爺心裡當真完全沒有我家小姐嗎？新婚之夜便醉得不省人事，都這麼久了，還一個人宿在書房。」

白梨小聲道：「我也不明白，但我總覺得世子爺待世子妃是有些特別的，只是世子爺為人內斂，又不會說甜言蜜語討姑娘歡心，也不知他在想什麼。回頭夫人要是問起來，只怕我又要挨罵了。」

青梅也知道白梨最近頻頻被侯夫人叫去問話，便問道：「夫人可說了讓妳怎麼辦？」

白梨搖了搖頭，道：「夫人說讓我見機行事，若實在不行……」

青梅好奇道：「實在不行就如何？」

白梨壓低聲音道：「就一把火將書房燒了。」

兩人正說著話，房中的談話聲忽然停了，兩人連忙站直了身子，下一刻，門應聲而開，李承允的身影出現在門口。

白梨與青梅若無其事地福身見禮。

李承允轉過頭看了蘇心禾一眼，道：「我要去批閱公文了。」

蘇心禾眉眼輕彎，頷首道：「好，我一會兒也要繼續看帳目。」

李承允知道後院要管理的事情不少，便道：「妳量力而為。」

他看了還未收拾的飯桌一眼。「若臥房不便，妳也可以來書房，案桌給妳用。」

蘇心禾覷他一眼，笑道：「夫君方才不是說要批閱公文嗎？」

李承允臉上熱了兩分，輕咳了一下，道：「我先去忙了。」

說罷，他便快步離開了。

蘇心禾沒忍住，笑出了聲。

外面的雨已經停了，夜風一吹，分外涼爽。

李承允坐在書房之中，手邊一堆公文，卻有些看不進去。他不自覺地抬頭，向窗外望去，這個角度，恰好能看見臥房半扇門，然而那扇門一直掩著，沒有半點動靜。

他的手指輕輕摩挲著還未送出去的木匣，微微懊悔。半夜讓她過來看帳，是不是太過孟浪了？

李承允的心情頓時低落不少，只得鬆開手，強迫自己繼續查看來自北疆的公文。

「夫君。」

一聲輕喚打斷了李承允的思緒，他驀地抬起頭，卻見門外立著一個纖細的人影。

他不假思索地站起身來，快步過去開門，只見蘇心禾抱著一摞帳本，站在門口笑盈盈地看著他。

蘇心禾顯然沐浴過了，她長髮微濕，用一根絲帶隨意地綁在後面，絲絹般的長髮被夜風一吹，傳來了沁人心脾的馨香；雪白的脖頸下，露出一小截精緻的鎖骨；身上套了件煙粉色的薄衫，襯得她面若桃花，透著一股慵懶的美。

李承允眸中溢出一絲驚喜，又唯恐被人發現似的，連忙斂了斂神色。

他一臉平靜地接過蘇心禾手中厚厚的帳本，道：「帶這麼多，看得完嗎？」

蘇心禾笑道：「自然是看不完，但多帶幾本，便能多給自己幾分壓力，加快看帳的腳步。」

李承允要把案桌讓給蘇心禾，蘇心禾卻道：「夫君，我不過是翻看帳目，不需案桌。」她的目光四處轉了一圈，最終落在離案桌不遠的矮榻上，道：「我坐那兒？」

那是李承允平時休憩的地方。

李承允當然同意，點了點頭道：「妳自便。」

蘇心禾笑著坐了下來，道：「之前在臥房的床榻上看帳本，總是看一會兒便有些犯睏，今日離床遠一些，興許能多看一下。」

李承允唇角微揚。她總是有各種奇怪的想法，但一經她解釋，似乎又頗為合理，於是他道：「嗯，那妳便在那兒看。」

房中燈火明亮，靜靜籠罩在兩人身上，李承允坐在案桌前處理公文，蘇心禾則倚在矮榻上翻看帳本。

沒人說話，唯有紙張翻動的沙沙聲。

半個時辰過去，蘇心禾終於翻完一冊帳本，她忍不住動了動肩膀。轉頭看去，只見李承允坐在桌前振筆疾書，一雙英挺的眉微微攏著，神情看起來有些嚴肅。

蘇心禾忽然覺得，李承允雖然看起來有點冷漠，待她卻十分溫和。

李承允並未注意到蘇心禾的目光，一心埋在眼前的公文裡，有疑問之處，便用筆在上面標註。

批閱好一疊公文，李承允抬眸看去，只見蘇心禾背對他斜靠在矮榻上，她雙腿微微屈著，帳本攤在膝頭，旁邊的一碟核桃仁吃了一小半，便沒再動了。

李承允收回了視線，目光落在手邊的木匣上。分明是個尋常的木匣，但他光用看的就有些緊張。

遲疑了好一會兒，李承允才深吸一口氣站起身來。他拿起木匣，一步步走到蘇心禾身旁，沈聲開口。「心禾。」

蘇心禾彷彿沒聽見似的，依然低著頭。

李承允的手指緊了緊，鼓起勇氣坐到她面前，道：「這是我……」

話還沒說完，他便愣住了。

不知道什麼時候開始，眼前的姑娘就抱著帳本睡著了。

她側身倚在矮榻的靠枕上，髮上的絲帶已經鬆脫，漆黑柔亮的長髮微微凌亂地披在肩頭，有種恣意的美。

平常愛笑的雙眸，此刻靜靜閉著；濃密捲翹的睫毛，好似兩隻小小的蝴蝶翅膀；瓊鼻之下的紅唇，恍若嬌豔欲滴的櫻桃，飽滿可擷。

李承允默默注視著蘇心禾，半晌後才伸手取走她身上的帳本，扶著她的頭慢慢躺下。

蘇心禾腦袋一歪，臉蛋便落到李承允的手心裡，綿軟一片。

李承允身子不禁微僵，他屏住呼吸，輕輕將她的頭往靠枕上放，又取來一條薄毯蓋在她身上。

蘇心禾躺在他的矮榻上，纖細的身子縮成一團，睡得很沈。

聽聞她今日一早便陪母親進香，接著回府忙碌了一天，既為他準備晚飯，又看了這麼久的帳本，必然累極了。

李承允為她掖好薄毯，才徐徐站起身來，他掃了餘下的核桃仁一眼——都是她親手剝的。

他隨手撚起一塊，放入口中。

——清甜誘人。

第三十四章 意外邀約

一夜無夢，蘇心禾醒來時，已經天光大亮。

她迷迷糊糊地張開眼，映入眼簾的，是古樸的書架與半掩的窗櫺。

蘇心禾睡眼惺忪地坐起身，她瞧了自己身上的薄毯一眼，這才發現自己昨夜居然宿在書房。

她環顧四周，卻不見李承允的身影。

蘇心禾連忙趿著鞋出門，卻見青梅笑容滿面地走了過來。

青梅道：「小姐，怎麼不多睡一會兒？」

蘇心禾問：「世子呢？」

青梅笑了笑，道：「世子爺一大早就去軍營了。」

蘇心禾怔了怔，試探地問道：「世子……昨夜宿在哪裡？」

青梅有些疑惑地說：「世子爺昨夜不是與您一起待在書房嗎？」

蘇心禾面色微凝。書房只有那張矮榻能躺，只怕他是不願吵醒自己，在桌前窩了一夜。

「世子走之前可有說什麼？」

青梅回憶了一下，只道：「沒說什麼，奴婢看他心情好似不錯。」

蘇心禾輕輕咳了咳，說道：「罷了，回去更衣。」

青梅跟了上去，滿臉堆笑地問：「小姐，昨夜……」

蘇心禾瞧了她一眼，便知她想問什麼，於是一本正經地說道：「昨夜世子在看公文，我在讀帳本，各忙各的，什麼都沒發生。」

青梅一聽，心涼了半截，忍不住道：「這……世子爺到底怎麼回事?!他不會是……」

「是什麼？」蘇心禾盯她一眼，道：「他是正人君子，妳別胡思亂想。」

用過朝食後，蘇心禾便帶青梅到了正院。

葉朝雲喜歡花草，正院內草木茂盛、鮮花隨處可見，行過之處，總能收穫小小的美好。

蘇心禾穿過月洞門，沿著石階而上抵達廊下，還未進門，就聽見門內有人在撒嬌。「母親，您就讓我去嘛！」

抬眸看去，就見李惜惜正站在葉朝雲身後，一臉殷勤地為她捏肩，葉朝雲卻面色淡淡，並不鬆口。

葉朝雲見蘇心禾立在門口，便招了招手。「心禾來得正好，快進來。」

蘇心禾笑著應聲，邁入正廳。

李惜惜見蘇心禾來了，神情一時有些複雜，默默回到自己的座位上。

蘇心禾向葉朝雲稟報日前與盧叔、菊芳討論過的內務，葉朝雲靜靜聽著，時不時給出一些建議，蘇心禾一一記下。

葉朝雲見她一點就通，笑意濃了幾分。「妳接觸內務的時間不長，便能有如此進步，已是不錯了。」

蘇心禾垂眸道：「都是母親教導有方。」

葉朝雲的唇角勾了勾，又瞧了自己的女兒一眼，道：「惜惜啊，看看妳嫂嫂，比妳大不了多少，卻已能操持家務了，妳怎麼一天到晚只想著出去玩？」

李惜惜聽了這話，不禁噘起了嘴，道：「我哪有這樣？我不過是想去參加菲敏的生辰宴，她連帖子都遞過來了，母親卻還不鬆口。」

葉朝雲心中仍有疑慮。「若是尋常的生辰宴便罷，但妳們不是要出城過夜嗎？」

身為嘉宜縣主，曾菲敏每年的生辰宴都辦得不同凡響，今年則包下城外的茉香園慶生。茉香園是一處十分精巧的園子，裡面有不少新鮮玩意兒。

葉朝雲最擔心的就是這個，李惜惜性子歡脫，若允她出去住一夜，只怕會像脫韁的野馬，拉都拉不回來了。

端午時長公主跟葉朝雲提過，回府的車上李惜惜也再三保證過自己會乖乖的，但她這個當母親的始終放心不下。

葉朝雲看著李惜惜，語重心長道：「妳一個未出閣的姑娘，怎能夜不歸宿？再說了，也不知道那裡安不安全……」

「母親！」李惜惜打斷她。「茉香園那麼多守衛，怎會出事？何況又不是我一個人去，菲敏不是還請了嫂嫂？」

蘇心禾本來默默聽待在一旁，此話一出，她不禁詫異地抬起頭來道：「我？」

李惜惜見蘇心禾不相信，便道：「我本來今日要告訴妳的，既然妳來了，便自己看看吧。」

說完，她便從袖袋中掏出一份紅色的帖子，遞給蘇心禾。

蘇心禾半信半疑地接了過來，打開一看，上面確實有自己的名字。

她眼角微抽。曾菲敏不是迷戀李承允多年嗎？為何會突然邀請自己這個「情敵」參加生辰宴?!

葉朝雲靜靜思量了一番後，看向蘇心禾，問道：「心禾，嘉宜縣主突然邀妳赴宴，妳作何感想？」

蘇心禾手中捏著帖子，沈思起來。

對世子妃這個身分來說，這是京城貴婦圈裡的必要應酬，但對蘇心禾本人而言，實在不想蹚這灘渾水。

她有些猶豫，問道：「母親覺得兒媳該去嗎？」

葉朝雲自然懂她的意思，便道：「嘉宜縣主既注意到妳，即便這次不見面，也難保他日不見，不如早些面對，也能做到心中有數。」

頓了頓，葉朝雲又道：「嘉宜縣主是長公主殿下的獨生女，雖然有些嬌蠻任性，但人品並不差，妳不必太過擔心。」

這話雖是寬慰，卻默認嘉宜縣主對蘇心禾有敵意。

蘇心禾聽到這裡，心中有了主意，便道：「母親，我明白了，那我便同惜惜一起前往吧。」

葉朝雲笑了笑，道：「好。」

李惜惜見母親同意自己赴宴了，不禁喜出望外，待出了正院的門，她就對蘇心禾道：「聽菲敏說茉香園很大，她生辰當天安排了許多有趣的活動，到時候咱們一起玩！」

「嗯……」蘇心禾心不在焉地應了聲。

李惜惜見她意興闌珊，便安慰道：「那個……菲敏雖然對我二哥有意，但畢竟妳才是二哥的妻子，她應當不會為難妳。況且還有我在，我與她算是手帕交，她看在我的面子上，不至於欺負妳。」

蘇心禾瞧了她一眼，笑道：「無妨，人不犯我，我不犯人。」人若犯我，往死裡整。

蘇心禾並未將這件事放在心上，她還惦記著更要緊的事，早早回了靜非閣。

初夏天氣晴好，午後陽光暖而不烈。

蘇心禾坐在院子裡的石桌前，將李承允送的那些桂花鋪開來。

經過風乾，桂花已經完全變了樣，花瓣失去水分之後打起了捲，攏在一起金黃一片，散發著淡淡的清香，十分宜人。

蘇心禾讓青梅找來一個酒罈，經過處理後，往裡面注入三成高粱酒，又將乾桂花撒進去。

她一手扶酒罈，一手持圓勺，輕輕地將酒裡的桂花攪勻。

可惜這個時代沒玻璃罐，若能看見裡面的桂花，便更能欣賞桂花酒的美了。

桂花與高粱酒融為一體後，蘇心禾繼續注入高粱酒，直到酒面逼近罈口，她才停了下來。

冰糖不可少，蘇心禾按照桂花酒的分量放入適量的冰糖，冰糖緩慢地沈到罈底，發出了一聲聲令人愉悅的輕響。

蘇心禾又往桂花酒中加了些許枸杞，才將酒罈仔細封了起來。

忙完這一切，已臨近傍晚，青梅適時上前問道：「小姐，今日的晚飯您是想用大廚房那邊的，還是想在小廚房做？」

大廚房經過整頓以後，出的菜式較之前好了不少，不過蘇心禾還是隔三差五便會自己動手，因此用飯前青梅總要問一問。

蘇心禾想了想，道：「世子早上可說過什麼時候回來？」

青梅搖頭。「世子爺沒說。」

蘇心禾輕輕「嗯」了一聲，道：「妳去後廚取些排骨、豆腐跟青菜來，我自己做。」

青梅笑著應聲，沒多久便帶了滿滿一筐食材回來。她道：「菊芳姊姊說今日的小排格外好，便讓奴婢多拿了些，小姐看看，這是您想要的嗎？」

蘇心禾瞧了一眼，盤子裡的排骨已經被剁成適當大小，鮮肉粉嫩、紋理清晰，一看便十分新鮮，她滿意地點點頭，道：「不錯，很適合做糖醋排骨。」

「糖醋排骨?!」青梅一聽，不禁嚥了嚥口水。

在臨州時經常能吃到糖醋排骨，到京城後已許久沒吃過了。

青梅笑嘻嘻地問道：「小姐怎麼突然想做糖醋排骨？您平時不是很少做甜口的菜嗎？」

蘇心禾唇角微揚，道：「沒什麼，就是想吃了。」

若李承允曾經喜歡甜食，那應該會愛糖醋排骨吧？

今日，李承允回來得挺早。他入府後便穿過中庭沿主道而行，逕自返回靜非閣。

穿過月洞門後，李承允本想如往常一般先去書房，但才行至院中，便聞到一股濃郁的香味。這香味透著點點辣意，略微有些嗆，卻又誘人至極。

李承允不由得停下步伐，沈吟片刻後，便朝臥房走去。

桌子上擺著醬色金黃的糖醋排骨、紅油潤澤的麻婆豆腐，還有翠綠鮮嫩的青菜等，菜式算不上奢華，卻十分溫馨。

白梨與青梅兩個丫鬟正在擺放碗筷。

青梅道：「白梨，那嘉宜縣主妳可見過？」

白梨聽罷，低聲答道：「見過，長公主殿下與侯夫人是舊交，嘉宜縣主小時候常常跟著殿下過來玩。」

青梅不由得擰眉。「如此說來，那嘉宜縣主果真是與世子爺兩小無猜了？」

白梨愣了愣，問道：「這話妳是從哪裡聽來的？」

青梅不由得嘆了口氣，道：「還不是大小姐，我家小姐剛入府時，她便說我家小姐搶了嘉宜縣主的姻緣，雖然後來沒再提過，但此事終究是橫在小姐與世子爺之間的一根刺。」

白梨答道：「兩小無猜倒不至於，每次嘉宜縣主來府上，都是主動追著世子爺跑，世子爺的脾氣妳還不清楚嗎？他最煩人聒噪，對嘉宜縣主能避就避，若不是看在長公主殿下的面子上，世子爺大概早就不搭理她了。說句不恰當的，就算世子爺沒娶妳家小姐，世子妃的位置八成也落不到嘉宜縣主頭上。」

青梅面色稍霽，但仍有些擔憂。「可是嘉宜縣主不這麼想啊，她這次生辰宴特地請我家小姐去，說不定要怎麼為難她呢！」

白梨也知道此事，便道：「妳說咱們要不要告訴世子爺？」

青梅小聲道：「我問過小姐了，小姐說不必，也不知道她是怎麼想的，唉……」

「咳。」

李承允一聲輕咳，讓兩人立即停下對話，白梨跟青梅連忙轉過身來見禮。

掃了她們一眼之後，李承允問：「世子妃呢？」

白梨連忙答道：「回世子爺，世子妃準備完晚飯後便更衣去了。」

話音落下，蘇心禾恰好從屏風後出來了，她笑盈盈地看著李承允，道：「夫君回來了，怎麼不進來？」

李承允見到蘇心禾，唇角不自覺地牽了牽，邁入房中。

白梨與青梅知道兩人用飯不需要伺候，識趣地退了出去。

房內，蘇心禾先讓李承允坐下，主動為他添了一碗飯，笑道：「你今日回來的時辰剛剛好，若是再晚些，糖醋排骨就涼了。」

李承允看了她一眼。「妳在等我？」

蘇心禾含笑點頭道：「是啊，兩個人用飯，總比一個人熱鬧嘛。」

李承允眉眼舒展，端起她遞來的飯碗，只覺得這碗飯熱呼呼的，暖到了心裡。

昨日他還在想，若是每日有她等著自己回家用飯也很好，沒想到今日便實現了，讓人喜悅。

「夫君，」蘇心禾見李承允靜靜坐著沒動筷，便挾了一塊糖醋排骨給他，笑道：「趁熱吃吧。」

李承允道了聲謝，垂眸打量起碗裡的排骨——這道糖醋排骨看起來金光油亮，上面還黏著幾顆零星的白芝麻。

他挾著排骨送入口中輕咬，才接觸到舌尖，便微微一愣。

排骨裹著酸甜的醬汁，又焦又甜的滋味瞬間在舌尖蔓延開來。蘇心禾對火候的掌握十分到位，排骨的肉質嚼勁十足、韌而不老，輕輕一拉，肉便能脫骨。

糖醋排骨上的白芝麻起了畫龍點睛的作用，嚼碎後為唇舌添了第二重酥香。

一塊糖醋排骨吃完，李承允胃口大開，他問道：「這是妳親手做的？」

蘇心禾下巴微揚，道：「當然，這糖醋排骨可是我的拿手好菜，夫君覺得如何？」

李承允溫聲道：「我在宮中赴宴時也吃過這道菜，但御廚卻沒做出這等滋味。」

蘇心禾一聽，不禁眨了眨眼笑道：「夫君這是在誇我嗎？」

李承允正襟危坐答道：「是。」

蘇心禾還未見過這般正經誇人的，頓時忍俊不禁。

李承允以為蘇心禾不信，便道：「以後有機會我帶妳入宮，妳就知道了。」

「我自然相信夫君。」蘇心禾笑意嫣然。「宮中大宴，自然是以穩妥為主，不敢做太出挑的菜色，以免眾口難調。這也是我喜歡自己做菜的原因，畢竟再好的廚子，也不一定能與食客心意相通。」

李承允本來安靜地聆聽，聽到這裡，卻出聲反駁。「未必。」

蘇心禾抬眸看他。「嗯？」

李承允認真道：「妳做的菜，每次都很合我的胃口。」

蘇心禾微微一怔，唇角不自覺地翹了起來。

這個大冰塊什麼時候學會哄人開心了？

彷彿想證明自己所說的話是真的，李承允又挾起一塊糖醋排骨，就著米飯大快朵頤。

蘇心禾覺得李承允此人比自己想像中更有意思，她忍著笑意，低頭扒飯。

李承允很快就吃完一碗米飯，卻還有些意猶未盡，蘇心禾便又為他添了一碗。

他接過米飯，目光落到一旁的麻婆豆腐上。

這麻婆豆腐紅白相間，隔得老遠都能聞到一股香麻味，與糖醋排骨的風格完全不同。

他舀起一勺麻婆豆腐倒入碗中，瑩白的米飯瞬間被醬汁染紅，豆腐微微在飯上抖動著，引人品嚐。

李承允挾起一塊豆腐品嚐，明明不過小小一塊，卻蘊含濃郁的鮮辣香麻，刺激整個口腔，將糖醋排骨留下的甜膩一掃而空。

他十分驚喜，心想這一桌子菜必是她精心搭配的。

這麻婆豆腐教人上癮，吃完一勺還想要下一勺，李承允不知不覺又吞下半碗米飯。

蘇心禾見李承允吃得投入，笑著指了指餘下的麻婆豆腐，道：「夫君，麻婆豆腐拌飯可是一絕，不如你試一試？」

李承允點了點頭。他在飲食上一貫克制，此刻已經吃到了十分飽，還沒有要停下的意思。

蘇心禾又幫李承允盛了一碗飯，卻未直接遞給他，而是直接倒入餘量不多的麻婆豆腐裡。

李承允有些詫異地問：「用盤子吃？」

蘇心禾一笑，將盤子推到李承允面前，笑咪咪道：「清盤便是對廚子最大的尊重，夫君請吧。」

李承允許久沒吃得這麼撐了。

蘇心禾見他一副無所適從的樣子，覺得有些好笑，便道：「夫君，不如我們去外頭走走，好消消食。」

李承允不假思索地同意了。

兩人出了靜非閣，沿著主道緩慢而行，不知不覺就走到桂花園。

這裡的四季桂比上次見到時開得更茂盛，細碎的黃色花瓣在枝頭抱香成簇，金燦一片。

蘇心禾輕輕吸了一口氣——好香。

李承允看了她一眼，忽然問道：「上次的花瓣夠用嗎？」

蘇心禾見他一手扶在腰間，隨時就要拔出匕首來，連忙答道：「夠了夠了，夫君可別再砍樹了！」

李承允這才收回了手。

蘇心禾暗自慶幸，幸好李承允聽勸，若是他再砍一回四季桂，只怕自己在婆母面前苦心經營的好形象就要崩塌了。

她斂了斂神，道：「上次的桂花，一部分被我做成桂花蜜，還有一些用來釀酒了。」

李承允側目看她，問：「妳還會釀酒？」

她身上到底還有多少驚喜是自己不知道的？

蘇心禾眉眼帶笑道：「是啊，今日下午封了一罈桂花酒，約莫三個多月就能喝了，中秋的時候我們一起暢飲，好不好？」

李承允怔了片刻。他常年領兵在外，如遇戰事，連過年都會待在北疆，他雖然想答應她，卻沒把握能做到。

他的語氣低沈。「若不起戰事，我當陪妳過中秋。」

蘇心禾聽出他的弦外之音，頓住步伐，抬眸看他道：「若夫君那時忙碌，我便將桂花酒留著，等你回來喝。」

李承允看著蘇心禾清靈的眼眸，第一次生出對相聚的眷戀，鄭重答道：「好。」

兩人在桂花樹下踱步，這對李承允而言，也是難得的悠閒時光。

「聽說妳要去參加嘉宜縣主的生辰宴？」

這突如其來的問題讓蘇心禾有一些意外，她點頭道：「不錯，夫君這麼快就聽說了？」

李承允輕輕「嗯」了一聲，又問：「妳自己想去嗎？」

第三十五章 拉攏盟友

蘇心禾說道：「也沒有想與不想，只是覺得縣主既發了帖子邀我，不去總是失禮。」

李承允長眉微動，道：「若不想去，拒了就是，不必勉強自己。」

蘇心禾覷了他一眼，小聲道：「縣主還邀了夫君……夫君會去嗎？」

李承允搖搖頭。「我與那嘉宜縣主不過相識得早，其實不太熟。」

蘇心禾愣了片刻。他這是在向自己解釋與嘉宜縣主的關係嗎？

她淺淺一笑道：「我既答應了便會去，只是我對京中人事不熟，若有什麼需要注意的地方，還望夫君告知，以免丟了侯府的顏面。」

李承允道：「京城的圈子關係複雜，後宮又與朝廷相連，往往牽一髮而動全身，妳與那些人打交道，最重要的便是學會保護自己。」

蘇心禾知道李承允這麼說是為自己著想，心頭微動，問道：「夫君可否詳細說說？」

李承允沈默了片刻後，道：「嘉宜縣主是長公主殿下的獨生女，長公主殿下又是太后娘娘的掌上明珠，也是後宮妃嬪爭相結交的對象。後宮除了皇后娘娘之外，以張貴妃娘娘為尊，張家這幾年在朝中的勢力逐漸擴大，其父如今官至戶部尚書，他私下約過父親見面，但父親都拒絕了。」

蘇心禾試探著問道：「難不成戶部尚書想巴結父親上位？抑或是為女兒跟外孫鋪路？」

李承允不敢置信地看了蘇心禾一眼。他本不想說得如此明白，沒想到她這般聰慧，一下子便抓住重點。

「不錯。」李承允看著她道：「張貴妃娘娘之子，是陛下唯一的兒子。」

蘇心禾思索了一會兒，道：「聽聞陛下有好幾位公主，卻只有一位皇子，但陛下才剛過而立之年，張家便急不可耐了？」

李承允回道：「江山之謀，自然長遠。不過這只是我的揣測，妳心中有數便好，萬萬不可對人言。」

蘇心禾笑著頷首，道：「夫君放心，我記下了。」

夜風清涼，捲起零落的花瓣，風中傳來陣陣淡淡馨香，令人心曠神宜。

兩人走到一棵桂花樹下，見花瓣不斷落下，蘇心禾不禁伸出手來想接住，她不經意地抬起頭，卻見李承允正靜靜凝望著她。

四目相對，李承允眸色漸深，忽然，他慢慢靠了過去。

蘇心禾下意識退了一步，背脊幾乎靠在桂花樹上，李承允卻道：「別動。」

她身子微僵，卻乖乖地停下動作。

李承允無聲逼近她，一張俊臉近在咫尺，蘇心禾不自覺地屏住呼吸。

兩人的距離極近，蘇心禾杏眼輕眨，一顆心有如小鹿亂撞，不知所措。

李承允仔細地端詳她，從眉眼、鼻梁，再到精巧的紅唇，直到看得有些失神，才驀地收回目光。

他伸出手，掠過她的面頰，往她髮髻上輕輕一撚，一片細小的桂花花瓣便躺在他手裡。

蘇心禾暗暗鬆了口氣，笑自己多心。她鼓起了小臉，對著李承允攤開的手心輕輕一吹——

細小的黃色花瓣，瞬間飄逝在黑夜裡。

李承允頓了頓，眸光凝聚在蘇心禾身上，蘇心禾衝他一笑，自顧自地往前走。

他收回了手，覺得手心彷彿被羽毛撩過一般，又癢又熱，再也無法平靜。

夜深人靜，李承允見臥房的燈已經滅了，才喚來白梨。

他坐在長案之前，淡聲問道：「妳可知嘉宜縣主的生辰宴設在何時何地？」

白梨看過請帖，便按照記憶一五一十地回答了。

李承允聽罷，出聲道：「那日我有要事在身，妳陪世子妃前往，不得離開她半步，明白？」

表面上，白梨是個掌事丫鬟，不過她卻從小習武，是個武婢，不到迫不得已的情況，李承允不會讓她展露身手。

白梨會意，福身道：「世子爺放心，奴婢一定竭盡全力保護世子妃。」

李承允微微頷首。「下去吧。」

嘉宜縣主生辰這一日，李惜惜早早起了床，收拾妥當之後，便到了靜非閣。

「喂，妳好了嗎？」李惜惜人未至，便揚聲催促起來，結果一入月洞門，便與正要出門的李承允撞了個正著，她連忙收起自己的莽撞，規規矩矩行了個禮。「二哥。」

李承允淡淡瞥了李惜惜一眼，道：「妳方才說什麼？」

見到自家二哥的神情，李惜惜喉間輕哽，忙道：「我、我是想來看看嫂嫂準備好了沒有，侯府離茉香園遠，若是遲到就不好了。」

李惜惜最初認識蘇心禾之時，便喊過她「喂」，後來在喚她名之餘偶爾喊她嫂嫂，近來倒是不太喚蘇心禾的名了，又改成了「喂」。

蘇心禾已經了解她的脾性，不甚在意，但李承允卻聽得刺耳，他沈著臉道：「妳怎麼如此目無尊長？是在何處學來的壞毛病？」

李惜惜嚇了一跳，忙道：「二哥，我並非有意對嫂嫂不敬。」

雖然嫂嫂做的東西很好吃，待她也不錯，但若是那麼快就認了這個嫂嫂，豈不是在打自己的臉？

蘇心禾出了臥房，見那兩人站在月洞門口，便笑著走了過去。「夫君怎麼還沒出門？」

李承允沒說話，只冷冷看了李惜惜一眼，道：「若再讓我得知妳如此無禮，就別怪我拿家法伺候了。」

聞言，李惜惜往蘇心禾身後縮了縮，老老實實地應聲。「是……」

李承允又看了蘇心禾一下，才轉身離開。

見李承允走了，李惜惜心口那顆大石頭才緩緩落下，她神情複雜地盯著蘇心禾，道：

「妳到底給我二哥灌了什麼迷魂湯，他竟如此護著妳？」
蘇心禾聽了這話，隨即笑開，她從青梅手中拿過一個竹筒，塞給李惜惜。
李惜惜疑惑地問道：「這是什麼？」
「迷魂湯啊。」蘇心禾隨口道，自顧自地往外走，走了幾步，才發現李惜惜沒跟上。
她回頭看過去，就見李惜惜已經拔開竹筒，正在瞇眼往裡瞧。
蘇心禾忍不住搖搖頭，走回去拉她。「走了，這是給妳帶在路上喝的。」
李惜惜手裡緊緊抱著竹筒，問道：「這到底是什麼？難不成真的是迷魂湯？」
「椰汁西米露！」

在這個時代，椰子並不易得。
蘇心禾早早就寫了一張單子，讓菊芳外出採買時留意，菊芳找了好幾個市坊，才將單子上寫的東西買了個七七八八，椰子便是其中之一。
開椰子並不簡單，要先找到椰子的罩門才行。一般的椰子一頭有三個柔軟的孔眼，可以拿錘子跟長釘或小刀，在這些孔眼上開洞，利用巧勁打開椰子。
蘇心禾昨日喚來兩個家丁，折騰了好一番，才艱難地破開兩、三顆椰子。
取出來能用的椰汁不多，單喝不過癮，於是她便熬了些西米與椰汁混合在一起，灌入竹筒中，好在路上解渴。
這椰汁雖然比不上後世的那般濃郁，但勝在天然，李惜惜從第一口開始便愛不釋手，清甜的椰汁混合圓潤的西米，柔柔地滑過喉嚨，清爽至極。

每當李惜惜想停下來，就會有西米落入口中，輕輕一嚼，頗有趣味，不知不覺又喝了一大口下去。就這樣，平南侯府的馬車還未駛出街口，她便將椰汁西米露喝了個底朝天。

蘇心禾一言不發地看著李惜惜喝完椰汁西米露，才緩緩打開自己那個竹筒，優雅地品了起來。

李惜惜顯然還沒喝夠，她瞧著蘇心禾手中的竹筒，忍不住問道：「還有嗎？」

「沒了。」

簡簡單單兩個字，對李惜惜而言猶如晴天霹靂。

「只有一筒嗎?!」李惜惜不敢置信地看著蘇心禾。哪次出門她不是帶一馬車好吃好喝的，怎麼今天還沒走多遠，好喝的就沒了？

蘇心禾一笑，道：「椰汁西米露雖然沒了，但有別的。」

說完，她便從一旁的食籃中掏出一個小小的木盒。

她當著李惜惜的面打開木盒，只見裡面擺著許多黑色的小丸子，每顆都如拇指指甲大小，看起來其貌不揚，聞起來卻有種神奇的味道，又香又苦。

李惜惜好奇地問道：「這是什麼？」

蘇心禾笑而不答，只拿起一顆遞給她，道：「妳嚐嚐再說。」

李惜惜接過小丸子，疑惑地嗅了嗅，有股苦澀的味道，不知道是用什麼做的。

她將小丸子送入口裡，輕輕一咬——

黑色外皮碎裂開來，變成許多碎片，碎片被口腔裡的熱度融化，滋味既苦且甜，一點一點滲透到唇舌之間，很快成了柔軟甜蜜的一片。

待黑色外皮消失殆盡，裡面還有個脆生生的小丸子，嚼起來「嘎吱嘎吱」響，裹住嘴裡的甜味，一起進了肚子。

李惜惜從未吃過如此特別的零嘴，一顆吃完，便不自覺地伸出手來，又向木盒探去，蘇心禾卻連忙收走，「啪」的一聲蓋上蓋子。

撲了個空，李惜惜的眉頭頓時擰成了麻花，嘟囔道：「妳這是做什麼?!」

蘇心禾一笑，道：「想吃也可以，但妳得幫我一個忙。」

李惜惜頓時嗅到一股非比尋常的味道，她警戒地問道：「妳想利用我做什麼？若是殺人放火的事，我可是不會幹的啊！」

話雖如此，李惜惜還是忍不住瞄了瞄蘇心禾手中的木盒，也不知道那到底是什麼玩意兒，怎麼這麼好吃……

蘇心禾秀眉微揚，笑道：「放心，我要妳辦的事情，不過舉手之勞。」

馬車晃晃悠悠，李惜惜目不轉睛地盯著蘇心禾，以及她手中的木盒，默默等著下文。

蘇心禾氣定神閒地開口，道：「妳方才吃的東西叫麥提莎，是用西域食材，按照傳世秘方製成的，除了我，沒人會做。」

前世她便研究過麥提莎的作法，說是傳世秘方，一點也不為過。

「只要妳肯答應生辰宴上一切聽我安排，我便送妳一整盒麥提莎。」

「一整盒?!」李惜惜旁的沒在意，唯獨這三個字聽得最清楚，兩隻眼睛幾乎射出了光。「當真？」

蘇心禾笑道：「一言既出，駟馬難追。」

李惜惜思量了一番，食慾終究戰勝了骨氣，道：「就聽妳的，妳還能造反不成？」

蘇心禾笑了笑，拿出一顆麥提莎塞給李惜惜。「這是訂金，等回府了再結帳！」

李惜惜一口咬碎了麥提莎，含糊不清道：「成交！」

今日天氣好，馬車行駛順利，很快便從南門出了城。

越接近目的地，李惜惜便越興奮，道：「聽聞茉香園是一京城富商開的，只做達官貴人的生意，若要包場，更是要提前許久預定，也不知裡面有沒有傳聞說的那麼有趣。」

蘇心禾完全能理解李惜惜對這場生辰宴的期待，在這個時代，對女子的管束雖然比前朝放開了些，但依然不輕鬆。

李惜惜出生於武將之家，家中還算開明，能允她偶爾出門幾次，尋常士族貴女大多是大門不出、二門不邁，以宅在家為榮。

兩人有一搭沒一搭地聊天，馬車緩緩駛上一條林間小路。

小路兩邊的草木明顯修繕過，越往深處走，兩邊的鮮花便開得越燦爛。漸漸的，馬車駛入一片廣闊的花圃，蘇心禾抬起車簾看去，就見花圃一眼望不到盡頭，百花齊放、風景秀麗，讓人彷彿置身於仙境之中。

茉香園便矗立在花圃中央，外牆雪白，瓦片泛著淡淡的琉璃光澤，在日光照耀下熠熠生輝，飛翹的簷角上，連屋脊獸也雕刻得栩栩如生。

京城中富麗堂皇的院落有不少，但如此高雅別緻的卻不多。

馬車緩緩停了下來，茉香園門口的司閽連忙迎上前，將李惜惜與蘇心禾引入門。

茉香園不僅建築高雅氣派，內部也五步一景、十步一畫，處處透著精緻唯美，進入外院後便見到不少貴女，她們個個打扮得花枝招展，三三兩兩湊在一起聊天，一片衣香鬢影。

這些都是來參加嘉宜縣主生辰宴的貴客。

「瞧瞧，這不是李小姐嗎？」

這話語伴隨著一聲輕笑，蘇心禾看了過去，就見迎面走來一妙齡少女，身著桃粉色對襟短褂與一襲精緻的繡花長裙，走起路來婀娜多姿。

她頭上金釵顫顫，看起來造價不菲，年紀雖輕，妝容卻有些濃，看起來比同齡人多了幾分嫵媚。

李惜惜眸色微微一頓，隨即不冷不熱地開口。「張小姐來得這麼早啊。」

張婧婷手持團扇，掩唇而笑。「說實話，我也不想來得這麼早，但縣主非要讓我早些過來陪她，我也沒辦法。」

說著，張婧婷不住地打量李惜惜，李惜惜臉上沒什麼多餘的表情，只淡淡說了句。「原來如此。」

張婧婷見李惜惜不甚在意，正打算繼續開口，可當她的目光不經意地掃過蘇心禾時，動作不禁一頓，神情中露出幾分嫉妒。「這位是？」

「是我二嫂。」李惜惜說罷，又對蘇心禾介紹道：「這位張小姐，是張貴妃娘娘的姪女。」

張婧婷面色微微一變，隨即笑意更盛，道：「原來這位就是世子妃啊，失敬失敬！」

蘇心禾笑了笑，道：「張小姐好。」

張婧婷盯著蘇心禾看了一會兒，唇角明顯有幾分玩味，她笑著開口。「李小姐，方才縣主還在念叨妳呢，她就在前面，我帶你們去見她吧。」

李惜惜本不想與張婧婷同行，但對方已經開了口，她不好下了人家的面子，只得點頭。

蘇心禾刻意落後一步，拉了拉李惜惜的衣袖，低聲問道：「妳跟她關係很好嗎？」

李惜惜翻了個白眼，道：「好個鬼，她一來準沒好事！」

張婧婷見兩人落到後面，還嬌滴滴地轉頭向她們招手道：「快走呀！」

李惜惜道了聲「來了」，便快步追了上去。

張婧婷引著兩人進入內院，此處的長廊曲折，每隔幾步便有一個彎道，走起來雖然有趣，路程卻遠了不少。張婧婷扭著身子走在前面，桃粉色的衣袖飛展，彷彿一隻花蝴蝶，讓蘇心禾不禁有些眼花。

過了迴廊之後，眼前便豁然開朗，內院之中陳列若干長案，長案上擺了點心、瓜果等食物，一旁的涼亭裡，坐著幾名衣著華貴的少女，正中間的一位，身著緋色流彩雲錦裙，姿容明麗、氣質不凡，被眾星拱月地圍著，這便是今日的主角，嘉宜縣主曾菲敏。

「縣主，看看我把誰帶來了？」

張婧婷喚了一聲，惹得涼亭中的少女們皆聞聲看來。

曾菲敏懶洋洋地轉過頭，她看見李惜惜，還未來得及露出笑意，便怔住了。

李惜惜身旁站著一名女子，那女子身穿淺青色的煙雲流沙裙，雙眸若星，紅唇如珠，雲鬢花顏，身姿楚楚。

「菲敏。」李惜惜喊道。

這一聲打斷了曾菲敏的思緒，她連忙斂了斂神，衝李惜惜一笑。「妳來了。」

李惜惜點點頭，又指了指蘇心禾，道：「這位……是我二嫂。」

當著曾菲敏的面說出「二嫂」兩字，李惜惜有種難以言喻的心虛，擔心曾菲敏斥她叛變。

然而此時此刻，曾菲敏卻無暇顧及李惜惜，她的注意力全在蘇心禾身上。

蘇心禾對曾菲敏審視的目光毫不在意，只波瀾不驚地開口行禮道：「參見縣主。」

見她姿態優雅、落落大方，曾菲敏心情複雜。

曾菲敏本以為李承允娶的是一粗陋村婦，故而一直為他打抱不平，沒想到蘇家女竟是此等美人……她一時不知這是好事還是壞事。

無論如何，蘇心禾的出現，都讓曾菲敏難以忍受。

她下巴微抬，端起了縣主的架子，一字一句道：「免禮，世子妃請坐。」

「世子妃」這三字彷彿是從齒縫裡擠出來的，在場之人無不感受到了壓力。

蘇心禾未對曾菲敏的態度有任何反應，只淡淡一笑。「多謝縣主。」

她依言坐下，與曾菲敏呈對角之勢，李惜惜瞧了瞧曾菲敏，又看了看蘇心禾——一個是她的手帕交，還有一個是……她的「衣食父母」！

李惜惜在心中天人交戰了一番，最終一臉忐忑地坐在蘇心禾身旁。

曾菲敏見狀，涼涼地瞪了她一眼，李惜惜心頭不禁「咯噔」了一聲，可想起那滿滿一盒麥提莎，又將背挺得直了些。

張婧婷手中團扇搖個不停，嬌笑著開口。「世子妃入京城多久了？」

第三十六章 有失顏面

蘇心禾答道：「不到兩個月。」

張婧婷聽了這話，哈哈笑道：「妳來了這些時間，我們還是第一次見呢，怪不得世子爺不帶妳出來，若是我得了如此美人兒，也要日日在府中拘著，免得飛了！」

這話明褒暗貶，表面上聽起來是在誇讚蘇心禾，實則暗諷她，彷彿她是李承允養的一隻金絲雀，不配與他一起出門。

眾人一聽，都忍不住笑了起來。

曾菲敏很吃張婧婷這些話，她悠悠道：「世子哥哥公務繁忙，怎麼可能有時間管阿貓阿狗呢？」

說罷，她便神情倨傲地看著蘇心禾，臉上滿是挑釁。

李惜惜秀眉微蹙。「菲敏！」

她知道那些話不妥，但自己夾在曾菲敏與蘇心禾中間，一時不知如何反駁。

蘇心禾卻不氣惱，甚至還帶著一絲笑意，道：「夫君日理萬機，自然沒時間陪我出門閒逛，不過，我有空的時候，去軍營裡看一看他，倒也有趣。」

「軍營?!」曾菲敏面色驟變。「駐軍重地，豈是妳一介女子能去的？世子哥哥怎麼會同意?!」

李承允常年駐守北疆，即便回到京城，也日日待在南郊大營，曾菲敏去周邊蹲了多次，但南郊大營的門守得極嚴，不讓她進去半步。

蘇心禾垂眸笑了笑，表情有些羞澀，道：「尋常人不行，但婆母給了我侯府的令牌，夫君又親自將我送到門口，士兵們認得我，之後便能直接進去了。縣主也去過軍營嗎？」

曾菲敏面色一僵，心底的火氣「噌」地就起來了，冷聲道：「軍營裡又髒又臭，我堂堂縣主，為何要去那種地方？」

蘇心禾眨了眨眼道：「縣主怎麼突然生氣了？是我說錯話了嗎？」

就算不照鏡子，蘇心禾也知道現在自己看起來一定很欠打。

曾菲敏臉色難看至極，正要出聲，卻被張婧婷擋了下來，她小聲道：「縣主，那蘇氏不過一介鄉巴佬，何必與她一般見識呢？」

聞言，曾菲敏這才緩了緩怒氣，重新坐定。

張婧婷見氣氛有些尷尬，趕緊說道：「唉呀，好端端的，提什麼軍營呢？與咱們沒什麼關係！對了，今日的茶點妳們可嚐了？這可是長公主殿下跟縣主四處搜羅而來的，都是一等一的好東西呢！」

眾人點點頭，紛紛配合地吃起了茶點。

一名貴女說道：「縣主果真有眼光，這點心比八香坊的還好吃呢！」

「八香坊的點心算得了什麼？」旁邊一個圓臉貴女道：「依我看啊，比起御膳房做的也不遑多讓！」

大夥兒妳一言、我一語地奉承曾菲敏，曾菲敏不禁有些得意。

然而蘇心禾卻一直沒說話，只安靜地坐著，默默品茶。

曾菲敏方才失了一局，覺得沒面子，她端起了眼前的茶盞，衝蘇心禾輕輕一晃，道：「我見世子妃品了這茶，覺得如何？」

蘇心禾緩緩放下茶盞，如實答道：「好茶。」

曾菲敏一笑，道：「這可是千日銀針，傳聞每採千日才得一斛。聽聞世子妃是臨州人士？雖然江南產了不少茶，但在臨州那不毛之地，只怕是出不了什麼好茶。」

她的語氣十分輕蔑，話裡話外直指蘇心禾出身卑微，引得眾人一陣怪笑。

蘇心禾聽了這話，卻若有所思地點點頭，道：「這千日銀針我確實是第一次喝，但論滋味，還是比不上椰汁西米露。」

曾菲敏疑惑地看著她。「椰汁西米露是什麼？」

蘇心禾瞪大了眼，一臉的不敢置信。「縣主身分如此貴重，怎麼連椰汁西米露都沒喝過?!」

曾菲敏見蘇心禾神情誇張，不免懷疑自己是否孤陋寡聞，便用探詢的眼光看向周邊的貴女們。

在場的貴女們出身不凡，誰都不願承認沒聽過什麼椰汁西米露，皆支支吾吾起來。

張婧婷不肯落了面子，強撐著開口。「我雖然沒嚐過，但、但聽姑母提過。」

蘇心禾等的就是這句話，笑道：「還是張小姐見多識廣！惜惜，同她們說說，椰汁西米露是什麼滋味？」
李惜惜回憶了起來。「椰汁西米露是椰子做的，汁水很甜，裡面還有晶瑩剔透的小圓子，吃起來軟乎乎的，很美味……」
她說得一本正經，眾人卻更摸不著頭緒了，曾菲敏忍不住道：「難不成妳喝過？」
李惜惜點頭道：「不錯，比千日銀針好喝多了！」
此話一出，曾菲敏氣得差點跳腳，她喊道：「怎麼可能?!千日銀針可是我好不容易找到的，就算在宮裡，也難尋二兩！」
她可是長公主的獨生女、嘉宜縣主！怎麼可能有她沒嚐過的好東西?!
蘇心禾輕輕拍了拍李惜惜的手背，道：「惜惜，這麼說就有些失禮了……椰汁西米露算不上什麼瓊漿玉露，比起珍珠奶茶、燒仙草跟雙皮奶，還是有些差距的。」
曾菲敏聽得眼皮直跳。「這些又是什麼?!」
蘇心禾面色微驚，同情地看著曾菲敏，小心翼翼問道：「這些好東西，縣主不會一樣都沒聽過吧？」
涼亭中，曾菲敏一張小臉一陣紅、一陣白，其他貴女們的神情也是變幻莫測，精采極了。
曾菲敏胸口起伏，聲音因為不甘心而略微有些顫抖。「妳說的這些東西我們都沒見過，要麼是妳信口雌黃，要麼便是些不入流的東西！」
張婧婷一聽，連忙附和道：「不錯！我時常去宮中向姑母請安，也不曾聽聞過這些亂七八糟的東西！」

蘇心禾看了她們一眼，輕輕地「嘖」了聲，道：「大千世界，無奇不有，縣主與張小姐怎能因沒見識過，就輕易貶低其價值呢？」

曾菲敏的面子更掛不住了，正當她要發作時，蘇心禾又開口了。「剛才說的那些茶飲，諸位沒嚐過，便不懂其中的好，不過，我今日恰好帶了一樣佐茶的點心，若各位有興趣，倒是能嚐一嚐。」

說著，蘇心禾便遞了一個眼神給白梨，白梨快步上前，呈上一個木盒。

蘇心禾將木盒打開，露出一堆黑黑的小丸子，被日光一照，呈現深棕色的光澤。

李惜惜一見到這木盒，馬上急得站了起來，道：「咱們不是說好了，這盒麥提莎要送給我嗎？」

蘇心禾淡淡笑了笑，道：「別急，家裡還有呢。」

眾人面面相覷。她們本來不覺得這堆黑黑的小丸子有什麼特別，但見李惜惜如此緊張，又生出了幾分好奇來。

張婧婷不禁問道：「李小姐，妳剛剛說這東西叫什麼？」

「麥提莎。」李惜惜答道，她見張婧婷一臉疑惑，不免有些得意。「怎麼樣，沒吃過吧？」

張婧婷臉色僵了僵，嘟囔道：「看起來不是什麼好東西……」

李惜惜頓時不太高興。「妳連吃都沒吃過，憑什麼說這不是好東西？有本事妳嚐一個！」

張婧婷向來高傲，她輕哼了一聲，道：「嚐就嚐，我就不信了，小小一顆丸子，還能變出花兒來?!」

說著，張婧婷便一手攏袖，另一手作蘭花指，撚起了一顆麥提莎，徐徐送入口中。

麥提莎一沾唇舌，便溢出了一股苦澀，張婧婷兩條細細的柳葉眉擰了一下，正想問是怎麼回事，可還未開口，這小小的丸子便滲出了濃郁的甜，蓋住方才那一瞬間的苦澀。

糖衣融化後，留下一顆小小的硬球在口中，張婧婷下意識一咬，齒間便發出了「嘎吱」的脆響。

猝不及防的一聲，引得眾人紛紛側目，張婧婷尷尬不已，連忙抿緊了嘴。

曾菲敏緊緊地盯著她的表情，蹙眉問道：「如何？」

「這……」張婧婷在品嚐麥提莎前已經打定主意，無論這東西好不好吃，她都要將其貶得一無是處，可是嚐過之後，卻說不出違心之論。

然而張婧婷不想得罪曾菲敏，便道：「縣主自己試一試不就知道了？」

曾菲敏瞥了張婧婷一眼。「故弄玄虛！」

李惜惜抓緊機會勸道：「菲敏，妳就試一試嘛，一定不會讓妳失望的！」

曾菲敏沒好氣地說：「惜惜，我可是看在妳的面子上才試試的，換作平日，這般難看的東西，我瞧都不會瞧上一眼！」

李惜惜深知她嘴硬的毛病，笑道：「是是是，快吃吧！」

曾菲敏撚起一顆麥提莎，毫不在意地放入口中，其他貴女們見曾菲敏都動手了，便一人拿起一顆，抱著試試看的心態品嚐起來。

麥提莎一入口後，雖然無人說話，卻無一例外地露出了驚喜之色。

心聲像雪花般飛進了蘇心禾的耳裡——

怎麼會有這麼好吃的點心啊?!

麥提莎果真不錯，看來世子妃沒騙人……

連麥提莎都這麼好吃，那世子妃說的珍珠奶茶，豈不是滋味更美？

要不還是跟世子妃交個朋友吧……

就連一直繃著臉的張婧婷，都忍不住在心裡嘀咕：麥提莎當真美味，不知哪裡能買到？若是能進獻一些給姑母，姑母一高興，說不定就會幫我請陛下賜婚了！

賜婚？蘇心禾聽得秀眉微挑，看來這張小姐有意中人了。

貴女們都有些興奮，唯有曾菲敏依然沈著一張臉。

蘇心禾微微一笑，問道：「縣主覺得麥提莎味道如何？」

曾菲敏輕咳了一下，說道：「勉、勉強能入口吧！」

府裡那幫廢物是幹什麼吃的？讓他們尋些上好的茶飲點心來辦生辰宴，結果尋了一堆，還不如這小小一顆麥提莎！嗚嗚嗚……

曾菲敏又瞧了案桌上的茶點一眼，只覺得與麥提莎一比，那些東西都索然無味了，如何配得上她的身分?!

蘇心禾忍俊不禁，道：「既然縣主不喜，那便罷了。」

說完，蘇心禾便伸手將木盒收回來，當著眾人的面扣上蓋子。

曾菲敏看得頭皮一緊，手指不自覺地攥住手帕，臉色比方才更難看了。

眾人見狀，全都欲言又止，張婧婷則鬱悶地看了曾菲敏一眼，心中扼腕。

蘇心禾將她們的表情盡收眼底。

請她們吃東西不是最重要的，了解她們的心聲、分辨善惡，才是她的目的。

眼下，目的已經達到，蘇心禾唇角微揚，對眾人道：「現在離開宴的時辰還早，我想去園子裡轉轉，先失陪了。」

她站起身來對曾菲敏行了一禮，轉身離開了。

李惜惜看了看蘇心禾的背影，又瞧了瞧怒火中燒的曾菲敏。罷了，吃人嘴軟啊！

「菲敏，我擔心二嫂迷路，我先跟過去看看，晚點再來找妳，呵呵呵……」李惜惜說著話，快步追上蘇心禾。

張婧婷惦記著麥提莎，也虛虛地笑了一聲，道：「縣主，聽聞茉香園裡有捶丸、投壺、釣魚等遊戲？趁沒開宴，我也先去看看，妳們慢慢聊，不必管我。」

說完，她拎起裙裾，匆匆離開了。

其他貴女們見張婧婷走了，便也大著膽子開口——

「縣主，我去方便方便，晚些就過來。」

「我頭有點暈，得找地方休息休息，縣主莫怪……」

「妹妹不舒服？來，我陪妳去一邊休息休息。」

見眾人都在找藉口離去，曾菲敏臉色頓時黑如鍋底，怒道：「滾滾滾，都給我滾！」

此話一出，更沒人願意留在她身邊了，紛紛福身告退。

轉眼間，曾菲敏身邊的人撤得一個不剩，她氣得一陣亂叫，竭力喊道：「來人！來人！」

自幼伺候她的白嬤嬤快步過來，忙道：「縣主，您怎麼了？」

曾菲敏咬牙切齒道：「麥提莎！」

白嬤嬤聽得一頭霧水。「什麼莎？」

曾菲敏跺腳道：「我不管妳用什麼辦法，都要買到與蘇心禾一模一樣的麥提莎！她不過有小小一盒，有什麼了不起的！我要買一車子麥提莎回來，讓所有人吃到撐！我要讓她們知道，誰才是今日的主角！」

與曾菲敏的歇斯底里不同，蘇心禾在茉香園裡逛得十分愜意。

茉香園種植了不少奇花異草，她一路細細觀賞，見到不少沒見過的品種，遇上特別好看的花草，便向茉香園的管事詢問。管事的態度極好，不但一一為蘇心禾介紹，還教她如何培育。

蘇心禾聽得認真，不知不覺便隨管事將茉香園中的花卉看完了大半。

李惜惜一直跟在蘇心禾身旁，走得有些累了，忍不住抱怨道：「這些花花草草有什麼好看的？好玩的都在別處呢！」

蘇心禾瞧了她一眼，道：「這裡有許多難得的品種，都是咱們府上沒有的，若妳下次還想出來玩，最好給母親帶一些回去。」

李惜惜聽了這話，頓時恍然大悟。「對，妳說得很有道理！」

「敢問管事，這裡的花草可否購買？」

管事愣了一愣。今日包場的人是嘉宜縣主，嘉宜縣主請來的客人，門戶個個顯貴，他哪裡敢開口要銀子？

於是管事溫和地笑道：「這些花卉都是小人帶著下人們培育的，能入世子妃與李小姐的眼，那是咱們的福氣，兩位若是喜歡，挑幾盆帶走便是了。」

李惜惜笑顏逐開道：「那便多謝了！」

蘇心禾與李惜惜一起挑了幾盆花，讓人搬去馬車上，末了，蘇心禾塞了一錠銀子給管事。

管事本來不敢要，但蘇心禾誠心要給，他便半推半就地收下了。

茉香園是讓達官貴人享樂用的，管事還是第一次見到有貴人如此客氣，不免生出了幾分親近之意，道：「世子妃跟李小姐怎麼不去前院玩一玩？那邊有捶丸、葉子牌、投壺、風箏等，可比這花園熱鬧多了！」

蘇心禾笑了笑，道：「前面人多，我便不去湊熱鬧了。」

前院是爭奇鬥豔的地方，去了那邊，不是看別人，便是被人看，有什麼趣味呢？

管事是個人精，自然聽得出蘇心禾的言外之意，出於對蘇心禾的好感，他壓低了聲音道：「世子妃若喜靜，這後園子的西南角，倒是一個好去處。」

「西南角？」蘇心禾還未開口，李惜惜便好奇地問：「哪兒有什麼？」

管事溫和一笑。「那兒有一處石桌，我家主人在那裡搭了個爐灶，可用來炙肉飲酒，雖然地方不大，風景卻十分優美，兩位若是感興趣，可以過去看看。」

一聽到「炙肉」兩字，蘇心禾與李惜惜頓時眼前一亮。

蘇心禾瞧了李惜惜一眼，道：「妳還要去前院玩嗎？」

李惜惜的頭搖得像撥浪鼓，管他什麼捶丸、風箏跟葉子牌，那些東西哪有炙肉香?!

蘇心禾對管事點了點頭，道：「有勞您帶路。」

管事恭敬地應下，帶著蘇心禾與李惜惜往茉香園的西南角走去。

這茉香園呈四方形，前院以娛樂為主，內院則以宴飲為主，前院與內院之間還有一條小河穿過，裡面荷葉田田，錦鯉歡游。

按照常理推斷，來到茉香園的賓客，應該大部分都在前院與內院活動，但這茉香園主人的設計倒是別出心裁，越往角落走，景色越別緻、陳設越高雅，有種反其道而行的感覺。

管事將蘇心禾與李惜惜帶到一處矮牆前，此處有一片美麗的花圃，花圃邊上是一列長長的石凳，石凳前的長案上架著築好的銅爐。

這銅爐四四方方，約莫一尺多寬，上覆一蓋，左右兩側各掛著一個銜環，蓋子頂部有橢圓的口臺，可用來溫酒。

蘇心禾來京城這麼久，還是第一次見這麼合自己心意的銅爐，連忙問道：「管事，這銅爐能讓我們用嗎？」

管事笑著答道：「自然可以，不但銅爐可用，小人還可以差後廚送些好酒與好肉來，讓世子妃跟李小姐一邊炙肉、一邊暢談。」

蘇心禾與李惜惜相視一笑——此舉正合她們心意。

李惜惜問：「我看過茉香園的圖紙，似乎沒見到這個能炙肉的地方？」

管事聽了這話，揚了揚眉，道：「這個地方叫『小酌苑』，是我們家主人最喜歡的地方，只不過平時很少有賓客過來。」

李惜惜疑惑地問道：「為何很少有人過來？是因為地方偏僻嗎？」

蘇心禾思量了片刻後，道：「茉香園座落在京城郊外，又修築得如此精緻，能用得起這裡的人非富即貴，大家來到這兒，多半是為了應酬，誰會像咱們一般，這麼悠哉地來烤肉呢？」

第三十七章 偷閒炙肉

李惜惜這才明白過來，她笑嘻嘻道：「她們不來豈不是正好？我本就不喜歡應付那些嬌滴滴的小姐們，與其同她們大眼瞪小眼，還不如在這兒好好烤肉吃呢！」

管事聽了這話，忍不住笑了起來。「請兩位稍等，小人這就讓人準備。」

蘇心禾微微點頭，笑道：「有勞管事了。」

等管事離去，蘇心禾便蹲下身來研究銅爐。

這銅爐雖然比不上後世的燒烤爐，但用來烤肉已是足夠。她掏出手帕輕輕擦了擦銅爐，這銅爐雖然有些年頭了，卻收拾得纖塵不染，可見茉香園裡的管理嚴格，哪怕是沒什麼客人使用的物品，都有人日日清理。

過了不久，管事便帶著兩個丫鬟過來了。丫鬟們端著托盤，托盤上不但有肉有菜，還有酒壺、碗筷等。

管事示意讓丫鬟們放下東西，便對蘇心禾與李惜惜欠身道：「世子妃、李小姐，若還有什麼需要，請隨時吩咐。」

蘇心禾含笑點頭道：「多謝管事。」

待管事與丫鬟們退下後，蘇心禾與李惜惜便挽起了衣袖，蘇心禾開始「對付」食材，而李惜惜則研究如何點火。

蘇心禾用筷子挾起肉片仔細看了看，這肉片明顯醃製過了，也去了腥，直接上爐烤即可。

除了肉片以外，送來的食材還有馬鈴薯、茄子、玉米等，都是適合炙烤的東西。

蘇心禾確認過食材，就見李惜惜還拿著兩個火石使勁摩擦，她的眉毛差點擰成了麻花，火苗卻依然不見蹤影。

她瞧了李惜惜一眼，問：「妳到底會不會點火？」

李惜惜忙道：「怎麼可能不會？我可是點火的高手！今日是我手氣不好，再等等，馬上就點著了！」

蘇心禾秀眉微蹙，道：「其實我……」

「我一定會點著的！」李惜惜信誓旦旦道：「妳別打擾我！」

蘇心禾只得「喔」了一聲，又整理起了燒烤所需的醬料。

待蘇心禾將所有食材與醬料按照使用順序擺好後，李惜惜依然在敲火石，但她顯然呈現半放棄的狀態了。

蘇心禾嘆了口氣，道：「罷了，別用火石了。」

李惜惜愣住了，問道：「那怎麼辦？」

蘇心禾打開隨身的布袋，往裡面掏了一會兒，便找出了一個火摺子，扔給李惜惜，道：「用這個。」

李惜惜瞠目結舌，她忍不住磨了磨牙，道：「妳不早說？我用這火石打火，打得手都快斷了！」

蘇心禾悠悠道：「我方才便想告訴妳了，是妳自己讓我別打擾的。」

李惜惜說不出話來。

罷了，看在蘇心禾會烤肉的分上，不跟她計較了！

李惜惜得了火摺子，很快便點燃了木炭。

蘇心禾將管事送來的鐵網架了上去，用刷子蘸了些油，朝網面刷了一遍。些許油水滴到木炭上，發出了「嘶嘶」聲，李惜惜嚇了一跳，下意識往後面閃了閃。

蘇心禾笑了笑，道：「沒事，不會燙到妳的。」

李惜惜這才放下心來，她目光掃向旁邊的菜餚，問道：「我們先烤什麼？」

蘇心禾不假思索地答道：「肉。」

平南侯府離茉香園有點遠，她們到此地時，已經過了晌午用飯的時間，蘇心禾與李惜惜只在馬車上草草吃了些點心，挨到現在，早就餓了。

蘇心禾用筷子挾起一片生肉，平穩地放到鐵網上。

燃燒的炭火已經等待許久，乍一遇到生肉，便迫不及待地竄了上來，裹住生肉。

蘇心禾眼明手快地挾起肉片翻面，只見原本粉色的生肉，背後已經被烤出成熟的肉色，隱隱可見網紋。

眼下蘇心禾對這銅爐還不熟悉，她擔心火勢太猛，所以不敢一次放太多肉片，一次烤約三到四片而已。

李惜惜坐在一旁，碗筷都已經拿在手裡了，只等著蘇心禾一聲令下，她便準備試肉。

蘇心禾瞧出她的急迫，道：「這生肉雖然醃過，但滋味還不夠，妳幫我取些孜然跟辣椒粉來。」

李惜惜很快就將調味粉遞給蘇心禾，讓她輕輕抖落在烤肉上。

辣椒粉又辣又嗆，被爐火的熱量一拱，便飛散到了四周，李惜惜忍不住打了個噴嚏——

「哈啾！」

「哈啾！」

李惜惜愣了愣，她疑惑地看向蘇心禾。「妳也打噴嚏了？」

蘇心禾奇怪地看了她一眼，道：「沒有啊。」

李惜惜撓了撓頭，道：「我好像聽見了什麼聲音……」

蘇心禾又往肉上撒了一把辣椒粉，兩人屏氣凝神，靜坐不動。

果不其然，又聽到一聲不明來源的「哈啾」。

蘇心禾與李惜惜循聲看去——

花圃的矮牆上，有兩隻小小的手扒著，露出了半顆腦袋，一雙又大又圓的眼睛正盯著銅爐，那人一見蘇心禾與李惜惜轉過頭，連忙縮回身子躲了起來。

李惜惜站起了身，三步併作兩步繞到矮牆後，眼明手快地將那人拎出來。

「放開我……放開我！」

李惜惜定睛一看，是個十來歲的小姑娘，她不禁有些詫異地問道：「妳是誰呀？」

小姑娘眨巴眨巴眼睛，小聲道：「我、我是個丫鬟，跟小姐走散了……」

蘇心禾打量起了她。

這小姑娘穿著丫鬟的衣服，衣袖卻長了一截，明顯不大合身；小臉生得標致，嘴邊有個小小的梨渦，一雙眼睛滴溜溜的，格外好看。只可惜臉上染了些灰塵，頭髮也亂糟糟的，看起來有些邋遢。

蘇心禾問道：「妳叫什麼名字，是誰家的丫鬟？」

小姑娘眼珠子一轉，道：「奴婢名叫年年，是跟著張小姐來的。」

李惜惜脫口而出。「張婧婷?!」

年年聽了，連連點頭道：「是是是，那就是我家小姐。」

李惜惜半信半疑地看著年年。「我剛見過張婧婷，她沒說自己丟了丫鬟啊……」

年年微微一愣，隨即黯然地低下頭，道：「小姐一向討厭奴婢，不記得奴婢也正常，她若想起來，發現奴婢走丟了，只怕會要打死奴婢……」

說著，年年抬起手來抹了抹眼淚。

李惜惜回頭看向蘇心禾，蘇心禾也有些不忍，便道：「妳別害怕，妳家小姐還在內院陪縣主，不如我們現在送妳過去，總好過讓她四處尋妳，如何？」

年年聽了這話，感激地點了點頭，道：「多謝兩位姊姊，只不過……」

蘇心禾見她面露猶豫，便問：「只不過什麼？」

年年不好意思地開口道：「奴婢已經餓了一日了，還沒吃過東西，實在有些走不動了……」

說完，她不禁看了銅爐邊的烤肉一眼，喉間跟著嚥了嚥。

李惜惜忍不住笑了。「妳這小丫頭，居然還敢惦記我們的烤肉，膽子不小啊！」

年年縮了縮身子，小聲嘟囔道：「兩位姊姊烤的肉太香了嘛……」

蘇心禾笑道：「罷了，妳家小姐應當還沒時間顧及妳的事，不如妳與我們一起吃點東西，填飽了肚子，再去找妳家小姐。」

李惜惜卻拉了拉蘇心禾的衣袖，壓低聲音道：「妳當真要留這個小丫頭與我們一起吃東西？那張婧婷可不是省油的燈，若被她知道了，說不定又要鬧事。」

蘇心禾瞧了年年一眼，她正眨著大眼睛，可憐巴巴地看著自己。

這是求餵食的眼神啊！

蘇心禾實在不忍心，便對李惜惜道：「讓她吃一會兒再走，應當沒什麼。」

年年一聽這話，烏溜溜的大眼睛發出了光，一張小臉笑逐顏開。「多謝姊姊！」

說完，年年便湊到蘇心禾面前，乖乖地幫她遞上筷子，蘇心禾著實喜歡這個可愛的小姑娘，便從她手中接過筷子，繼續烤起肉片。

李惜惜見年年搶了自己的位置，有些不樂意了，隨手拿起一根玉米塞給她道：「要吃肉，就得剝玉米！」

年年抱著圓滾滾的玉米瞧了起來，上面的葉子裹了一層又一層，頂上還掛著幾綹玉米鬟，活像一個剛開始長頭髮的胖娃娃。
她不知所措地問道：「怎麼剝？」
李惜惜奇怪地看了她一眼，道：「妳連剝玉米都不會嗎？」
年年嘆了口氣，她的年齡明明很小，說起話來卻很老成。「奴婢小時候家裡窮，沒吃過一整根玉米，入了張府之後，一直跟在小姐身旁，沒接觸過後廚之事。」
李惜惜聽得直搖頭，道：「罷了罷了，我來教妳，妳看著啊——」
說罷，李惜惜主動拿起一根玉米，她將玉米轉了一圈，伸手將最外層的苞葉剝了下來。
年年學李惜惜的動作，將最外面的玉米苞葉慢慢扯了下來。
然而玉米的苞葉不止一層，即便已經去掉外衣，玉米粒卻還被牢牢地封在裡層。
其實李惜惜也是第一次親手剝玉米皮，但她不想被眼前這個小丫頭看出來，只得梗著脖子道：「嗯，妳剝得不錯！接下來，像這樣——」
李惜惜一手握著玉米，一手拽著苞葉，奮力一扯，便將最外層的玉米苞葉給扯了下來。
好傢伙，這玉米苞葉還挺難扯的！
李惜惜覺得手疼，但她裝出一副若無其事的樣子，對年年道：「明白了吧？」
年年認真點頭。「明白了！」
於是，她按照李惜惜的方法，將最外層的玉米苞葉一片片扯下來，可是有些苞葉黏得緊，她人小，又沒什麼力氣，扯完幾片之後，背後都發汗了。
蘇心禾看到她們剝玉米的樣子，頓時傻住了。

只見兩人拔得手心通紅、齜牙咧嘴，還在比誰更賣力，果然是一個敢教、一個敢學。

她安置好了烤肉，便從年年手中接過玉米，道：「剝玉米的苞葉，不用一片一片來，可以集中在一起，再用刀切。」

說罷，蘇心禾便將玉米上剩下的苞葉往下剝，集中到了玉米的尾部，彷彿一條「小裙子」，隨後拿起一旁的刀對著玉米的尾部俐落一切，所有的苞葉便一口氣處理掉了。

李惜惜不禁睜大了眼。「原來是這樣！」

年年忍不住看了李惜惜一眼，道：「惜惜姊姊，妳真的會剝玉米嗎？」

李惜惜面色微僵，輕咳了一聲。「剝玉米的辦法不止一種，咱們都能試試嘛……」

說罷，李惜惜又塞了一根玉米給年年，道：「來，又輪到妳了。」

年年不想說話了。

於是，蘇心禾烤肉，李惜惜與年年剝玉米、切茄子，三人分工明確，這小酌苑，很快便被炙烤的香味填滿了。

蘇心禾將玉米跟茄子架上銅爐後，便道：「我們可以邊吃邊烤。」

李惜惜與年年等的便是這句話，兩人連忙放下手中的活計，拿起了自己的筷子。

蘇心禾將剛烤好的一盤肉端到三人中間，道：「這肉裡已經放了不少料，左側是辣的，右側是不辣的，妳們自取。」

李惜惜與年年忙不迭點頭。

這烤肉李惜惜盼了許久，她挾起一片肥瘦參半的烤肉往嘴裡塞，不料這烤肉還有些燙嘴，她猝不及防地被燙了一下舌頭，但又捨不得將烤肉吐出來，只得五官扭曲地嚼著烤肉，嘴裡「嘶哈嘶哈」個不停。

年年見狀，哈哈笑了起來。

李惜惜又好氣又好笑，忍不住戳了一下年年的臉蛋，年年笑得更歡了。

蘇心禾笑意盈盈道：「年年，妳也趁熱吃。」

年年乖巧地應聲。「好，多謝心禾姊姊！」

她拿起筷子挾起一片不辣的烤肉送到嘴邊，輕輕吹了兩下，才慢慢放入口中——

肉片肥瘦適當、葷香四溢，薄薄的一片，上面卻附著豐富的佐料，一入口便激得舌頭微微發顫；四邊的肉皮被烤得發焦，中間卻柔韌有餘，很有嚼勁，吃起來可口至極。

年年不自覺瞪大了眼。「心禾姊姊不但生得美，手藝也好好啊！我還從來沒吃過這麼好吃的烤肉呢！」

雖然年紀小，年年的嘴巴卻甜得很，此刻她吃得小臉都鼓了起來，一雙清靈的大眼睛也瞇成了月牙。

她不但嘴上誇人，心裡也小聲念叨著：這烤肉也太好吃了，若能日日都吃到就好了，唉，但是不可能……

蘇心禾聽到年年的心聲，不免有些難受，便柔聲道：「年年，妳若是喜歡吃烤肉，就多吃些，烤茄子也馬上就熟了。」

年年聽了，臉上浮現一絲感動，道：「心禾姊姊，妳真好。」

蘇心禾淡淡一笑，她拿起筷子輕輕戳了戳正在銅爐上炙烤的茄子。茄子經過烘烤後，變得軟綿綿的，蘇心禾撒上一把孜然粉，又撚起幾顆蔥花覆上，一道色、香、味俱全的烤茄子便完成了。

「嚐嚐看。」蘇心禾對自己的烤茄子格外有信心，笑著催促李惜惜與年年動筷。

李惜惜還沈迷在烤肉中不能自拔，年年嚥下口中的烤肉之後，便朝烤茄子下手。

「心禾姊姊，這烤茄子該怎麼吃呀？」

眼前這盤烤茄子幾乎比年年的臉還要大，她歪著頭看了半天，不知道該從哪裡開始。

蘇心禾抿唇一笑，道：「從兩頭開始便可，像這樣——」

說著，她用筷子挑起烤茄子的一頭，輕輕一撕，將一條茄肉從頭到尾撕了下來。

年年看得雀躍。「好厲害啊，原來茄子還能這麼吃！」

蘇心禾將撕下來的茄肉放到年年面前的碗裡，道：「試試看喜不喜歡？」

年年重重地點頭，她用筷子挾起那一長條茄子，嘟起小嘴，輕輕吹了吹，便吸入嘴裡。

烤熟的茄子吃起來口感綿軟，因年年還是個孩子，吃不了太辣，故而蘇心禾只放了一點點辣椒粉，這烤茄子在鹹鮮之中，既帶著些許辣椒的嗆香，又保留了茄子本身的一點點甜。

年年吃完一條茄肉便停不下來了，又像蘇心禾一般，從茄子頂頭開始刮肉，一條撕到底，挾到碗裡後，便暴風一般吸入小嘴裡。

蘇心禾見年年吃得滿嘴油光，笑著遞給她手帕，年年也不客氣，「嘿嘿」一笑，便接了過去。

待年年好不容易嚥下口中的烤茄子，蘇心禾又遞了一根烤玉米給她。

玉米烤得外表金黃，每一顆玉米粒都與火苗進行了均勻的接觸，焦而不糊，溢出濃郁的玉米香。

這烤玉米的苞葉是年年自己剝的，捧著這一根黃澄澄的玉米，特別有成就感，她張口啃下幾顆焦黃的玉米粒，玉米粒便蹦進嘴裡，焦香一片，嚼碎後便品出了玉米粒內裡的甘甜。

年年「唔唔」好幾聲，顧不得多說，像一隻小白兔似的，抱著玉米棒子一排一排地啃了起來。

李惜惜吃了不少烤肉之後，也將目光轉移到茄子上，然而烤茄子幾乎被年年與蘇心禾吃得所剩無幾了，她好不容易刮下兩條茄肉，入口後便懊悔自己下手太晚。

李惜惜見年年啃起了玉米棒，便伸長脖子看了看還在烤的玉米，問：「快好了嗎？」

蘇心禾將銅爐上的兩根玉米翻了面，玉米才穿了一半「新衣」，顯然還沒烤好。

李惜惜只得耐心等候，她的眼睛時不時瞄向年年，見對方吃得一臉投入，不禁問道：「好吃嗎？」

年年吞下口中的玉米粒，如小雞啄米般點頭道：「美味極了！奴婢在家時，無論什麼食物，都只能吃一點點，現在這麼大一根玉米都歸奴婢一人，真是太好了！」

她話音落下，李惜惜便與蘇心禾對視一眼，心道：這孩子也太可憐了，平常連整根玉米都吃不著嗎?!

李惜惜不禁搖頭。「張婧婷這主子也太刻薄了！年年，妳儘管吃，不夠的話還有！」

年年高興地應聲，道：「兩位姊姊對奴婢可真好！心禾姊姊烤的吃食，簡直是天上有、地上無，就連皇宮裡的御廚都比不上呢！」

李惜惜聞言笑了起來，道：「說得那麼真，好像妳吃過御廚做的菜似的？」

年年微微一愣，連忙道：「奴婢聽、聽我家小姐說過，皇宮裡的菜沒什麼特別的，也不知是真是假……」

李惜惜想了想，道：「張婧婷這話應該是誆妳的吧！聽聞張貴妃娘娘是陛下最寵愛的女人，想必她的宮裡有私廚，又怎會吃御膳房的東西呢？」

誰知年年的一張小臉皺了起來，道：「誰說張貴妃是宮裡最受寵的女人？若是她最受寵，那皇后又算什麼?!」

李惜惜有些奇怪地說：「我這不過是道聽塗說，隨口提一句罷了，妳這是……生氣了？」

蘇心禾也疑惑地看著她，問：「年年，妳怎麼了？」

第三十八章 神秘丫鬟

年年微怔，連忙斂起神色，道：「我、我家小姐說了，萬萬不可說她姑母是宮裡最受寵的女人，這可是犯忌諱的……」

忌諱?!

李惜惜默默思量了一會兒，這麼說好像也有幾分道理。

年年避開兩人探究的目光，瞥了銅爐上的烤玉米一眼，忙道：「唉呀，玉米是不是熟了？」

李惜惜一聽到這話便有些緊張，顧不得繼續問年年了，立即去撈那兩根烤玉米。

蘇心禾卻緊緊盯著年年，不知怎的，她覺得年年不像個普通的丫鬟。

李惜惜手忙腳亂地「救」起了烤玉米，笑道：「還好沒糊！妳們要吃嗎？」

蘇心禾與年年尚未開口，就聽到矮牆外傳來了對話聲——

一年名輕女子道：「那管事不是說她們就在這附近嗎？路都要走到底了，怎麼還不見蹤影？」

丫鬟安慰道：「小姐別急，想必是那世子妃不敢與嘉宜縣主面對面，所以才找了個角落躲了起來，咱們再往前走走，定然能找到。」

女子輕輕「嗯」了一聲，隨即又「咦」了一聲，道：「這是什麼味道？」

李惜惜聽得清楚，小聲道：「好像是張婧婷的聲音……」

說完，她看向正在發呆的年年，道：「妳家小姐來找妳啦！」

年年這才回過神來，只見她神情微變，連忙放下手中的烤玉米，驚慌道：「不能讓她看見奴婢！」

李惜惜不解地看著她，問道：「妳不是說與她走散了，要找她嗎？怎麼了，怕她看見妳在這兒吃東西，會罰妳？」

年年順勢點頭道：「是！兩位姊姊，奴婢先躲一躲，妳們可千萬別說見過奴婢啊！」

說完，年年不等兩人答應，便鑽進矮牆後面的灌木叢。

與此同時，張婧婷也帶著丫鬟，邁入小酌苑。

她撚著一方手帕，輕輕掩著口鼻，兩條細細的柳葉眉幾乎皺成一個「川」字，直到看清了李惜惜與蘇心禾，才放下手帕，快步走了過來。

張婧婷掛起三分笑意，道：「世子妃、李小姐，原來妳們在這兒啊，真是讓我一陣好找。」

李惜惜面無表情地瞧了她一眼，問：「妳找我們做什麼？」

張婧婷笑了笑，道：「確切地說，我不是來找李小姐，而是來找世子妃的。」

蘇心禾正氣定神閒地坐著烤肉，一聽到這話，才慢悠悠抬起了頭。「喔？」

張婧婷瞧見蘇心禾身旁煙霧繚繞，雖然有點嫌棄，但還是勉為其難地坐到她身邊，笑道：「敢問世子妃，剛才給咱們嚐的點心，是不是叫麥提莎？」

蘇心禾不假思索地點頭。「不錯，怎麼了？」

張婧婷用團扇搧了搧周圍的氣味，臉上的笑容有點勉強，她試探著問道：「實不相瞞，我今日是第一次嚐到麥提莎，那滋味實在讓人回味無窮，不知世子妃從哪裡得來這樣好的東西？」

蘇心禾將手中的烤肉翻了個面，道：「是我自己做的。」

「自己做的?!」張婧婷不敢置信地看著蘇心禾，嘴巴張成了一個圓形。她想遍了京城所有的點心鋪子，唯獨沒想過這點心是蘇心禾自己做的。

見張婧婷不信，李惜惜便說道：「我嫂嫂廚藝了得，構思也奇巧，做出來的點心飲品比外面的強上許多，妳若不信，下次雅集去我們府上嚐嚐便知！」

在京城，但凡有頭有臉的人家，都要輪流主持雅集或詩會，也算是一種例行性的應酬。

張婧婷尷尬地笑了笑，道：「我怎麼會不信？我不過是沒想到世子妃不但容貌出眾，居然還通庖廚之事，當真是世子爺的良配啊……」

她一面說，一面打量蘇心禾的神色，但對方的注意力一直在銅爐上，彷彿對自己的恭維沒多大興趣。

張婧婷只能硬著頭說問道：「雖說有些冒昧，但我是真的喜歡這道點心，不知世子妃可否將麥提莎的作法教給我？或者……賣給我也可，價錢隨便妳開！」

蘇心禾來赴宴之前，李承允便同她說過朝廷與後宮的利害關係，平南侯府手握重兵，張家示好多次，李儼都沒給過對方回應，蘇心禾當然也不會與張家有任何牽扯。

於是蘇心禾說道：「張小姐，麥提莎是我家傳的一道點心，不可外流，還請見諒。」

張婧婷的面色頓時一沈。

她的姑母是寵冠後宮的貴妃娘娘，祖父又是戶部尚書，平常幾乎是要風得風、要雨得雨，何時在這等小事上栽過跟頭？

張婧婷收起了笑臉，下巴一揚，一臉驕傲道：「普天之下，莫非王土，這天下的一切，包含妳所謂的家傳之物，都是屬於陛下的。我要麥提莎的方子，也不是為了自己，而是想進獻給我姑母。我姑母可是陛下心尖上的人，妳獻給她，便是獻給陛下，乃是臣民本分！我勸妳還是識相些，將這方子讓出來！」

李惜惜聽得窩火，正想怒懟張婧婷，蘇心禾卻挾起一片烤肉，慢條斯理地放到她的碗裡，示意她稍安勿躁。

過來這裡之前，李惜惜便答應蘇心禾一切都聽她的，只得生生嚥下這口氣。

蘇心禾抬起眼簾，淡淡瞥了張婧婷一眼，道：「張小姐方才說，獻給張貴妃娘娘，便等於獻給陛下，按照妳的意思，張貴妃娘娘的身分等同於陛下？」

張婧婷愣住了，忙道：「我何時說過我姑母等同於陛下？」

蘇心禾一笑。「妳剛剛不就是這麼說的嗎？惜惜，妳可聽見了？」

「沒錯，我也聽見了！」李惜惜連忙附和，還伸手指了指附近的丫鬟與小廝，道：「小酌苑周圍守了一圈下人，想必聽見的人不少，張小姐想賴也賴不掉！」

張婧婷急著否認，她不自覺地看了身旁的丫鬟一眼，但丫鬟也心虛地低下頭。

蘇心禾繼續道：「張小姐，東西可以亂吃，話可不能亂說，妳方才這番話，連三歲孩童都知道犯了大不敬之罪，也不知……這話是張小姐自己的意思，還是張貴妃娘娘的意思？」

張婧婷一時面色煞白，忙道：「妳、妳胡說！妳這是誣衊我，還想拉我姑母下水！」

蘇心禾笑了笑，道：「張小姐，不是妳對我恐嚇在先嗎？怎麼如今又變成我誣衊妳了？若妳不服，不如將此事拿到眾人面前，讓大家評評理，如何？」

張婧婷一張臉氣得發青，配上略微濃豔的妝容，活像個五顏六色的調色盤，看起來有幾分滑稽。

她原本認為蘇心禾不過是個小門小戶出身的女子，只要自己開口，對方一定會乖乖就範，沒想到蘇心禾卻抓住自己的漏洞，反將一軍。

如今張家雖然在朝廷和後宮都有些根基，但畢竟不敢過於張揚，張婧婷即便心中有氣，也不好明目張膽地撒出來。

她恨恨地瞪了蘇心禾一眼，道：「世子妃可真是口齒伶俐，既然妳不願貢獻方子，那便罷了，只盼世子妃別後悔才好！我們走！」

張婧婷說罷，怒氣沖沖地拂袖而去。

李惜惜見到她這氣急敗壞的樣子，忍不住笑了起來。「這個張婧婷，整日把自己的姑母掛在嘴邊，恨不得讓全天下的人都知道她姑母是張貴妃娘娘，這與狐假虎威有什麼區別？」

蘇心禾淡定地收回目光，道：「站得高雖然風光，卻容易跌得重，張婧婷這般口無遮攔，遲早會給家族惹出禍端來，我們出門在外，一言一行也要注意，免得落人口實。」

李惜惜若有所思地點點頭，道：「妳放心，我心中有數，才不會像張婧婷那麼笨呢！」

蘇心禾笑了笑。「對了，年年呢？」

李惜惜這才想到那躲起來的小姑娘，便往矮牆的方向喊了一聲。「喂，可以出來啦！」

誰知矮牆後卻毫無動靜。

蘇心禾與李惜惜有些疑惑地對視一眼，李惜惜站起身來，踮起腳尖，目光越過矮牆看去——後面早就空無一人了。

張婧婷離開小酌苑，走了許久，心情都沒完全平復。

「有個李惜惜就夠討厭了，再來個蘇心禾，簡直是煩人至極！偏偏縣主還邀請她們一起赴宴，這不是給我們添堵嗎?!」張婧婷氣得揪起了手中的帕子。

丫鬟見狀，連忙安撫道：「小姐，那世子妃不過是從江南遠嫁而來的，在京城毫無根基，雖然得了個好夫婿，但如何能與您相比？」

不提夫婿還好，一提夫婿，張婧婷的臉色就更難看了。

之前她的祖父便找過平南侯李儼，側面探聽過李承允的婚事，甚至還想過讓張婧婷與李承允結親，卻被李儼婉拒了。

張婧婷一向自視甚高，此事雖然沒多少人知曉，但她心裡始終有個疙瘩。

她輕哼了一聲，道：「區區一個平南侯府有什麼了不起?李承允再好，也比不過啟王爺。」

丫鬟順勢奉承道：「是啊，啟王爺年輕有為，又尚未娶正妃，普天之下，除了陛下，還有誰能與之相比？」

張婧婷想到此處，表情多了幾分志在必得，道：「罷了，來日我登上王妃之位，再來收拾那些人也不遲，時辰差不多了，我們先走吧。」

丫鬟低聲應是。

蘇心禾與李惜惜將管事送來的食材都烤完了，此時此刻，兩人正肩並肩地坐在矮牆之上，小腿微晃，欣賞著眼前的景色。

茉香園外是一片茂盛的花圃，花圃裡的花色經過精心排列，從近到遠、由淺入深，五彩繽紛。

微風一吹，便將花圃裡的香味送了過來，李惜惜喃喃道：「若是能日日待在這兒，好像也不錯啊……」

蘇心禾的手撐在左右兩側，目光放得很遠，道：「這兒的花圃是很美，但我覺得比不上江南。」

李惜惜側目瞧她，道：「我還沒去過江南，那兒是什麼樣的？」

蘇心禾唇角微揚道：「江南的春天，細風扶柳、朝露生潤，走在小路上、河堤旁、石橋邊，處處都是春意。眼前的花圃雖好，但終究是人刻意栽種，可江南卻是上天寫在人間的一首詩。」

李惜惜聽蘇心禾這麼一說，神情嚮往地說道：「我聽說江南還有不少好吃的？」

「那是自然。」蘇心禾面上笑意更盛，道：「紅燒獅子頭、東坡肉、桂花糯米藕、赤豆小圓子……應有盡有！以後若有機會，我帶妳去江南好好嚐一嚐，必定讓妳流連忘返。」

李惜惜雖然期待，卻搖了搖頭，道：「母親一定不會讓我去那麼遠的地方。」

蘇心禾知道李惜惜說的話是事實，以她平南侯府大小姐的身分，若無特殊緣由，是不能離開京城的，於是她說道：「這還不容易？以後若是我有機會回江南探親，就請求母親讓妳陪我一起去，不就行了？」

李惜惜笑了，道：「這可是妳自己說的啊，不許抵賴！」

蘇心禾杏眼微挑，笑道：「那要看妳的表現了。」

李惜惜最喜歡出去玩，聞言連忙不要臉地為蘇心禾揉起了肩。「嫂嫂今日烤肉辛苦了，妹妹來為妳鬆鬆筋骨！」

蘇心禾被她捏得又癢又疼，忍不住笑了起來。

兩人打鬧了一陣，李惜惜又道：「其實我也想出去走走，大哥跟二哥從十幾歲起便走南闖北，待到明年，李承韜也能出去了，而我……就只能待在府中，等著嫁人。」

說著，李惜惜姣好的面容上有一絲悵然。

蘇心禾思量了片刻，問道：「妳可想過自己要嫁什麼樣的人？」

李惜惜頓時面色微熱，嘟囔道：「好端端的怎麼問起這個來了？」

「這又不是什麼見不得人的事。」蘇心禾笑道：「妳早已及笄，想一想也無妨，畢竟沒人比妳更了解自己。」

李惜惜聽了這話，不由自主地沈思起來，道：「我若要嫁，便要嫁個蓋世英雄，像我父親那樣的。」

蘇心禾笑問：「如今的婚事，都是父母之命、媒妁之言，若妳嫁不到蓋世英雄呢？」

李惜惜想了想，道：「那我便自己當蓋世英雄！不是我吹牛啊，我雖然是個女兒身，但李承韜都打不過我呢！」

李惜惜彷彿怕蘇心禾不相信似的，還對她秀了一下自己的二頭肌。

蘇心禾忍俊不禁，道：「我信我信……」

李惜惜嘆了一口氣，抿了抿唇道：「妳是不是覺得我的想法很幼稚、很可笑？可不瞞妳說，我真是這麼想的。我有時候很不甘心，為何自己不是一名男子？若我是男子，便能上陣殺敵，說不定還能成為所向披靡的少年將軍，做很多自己想做的事，而不是整日被母親困在府中練字、繡花。」

蘇心禾認真地聽著，沈聲道：「以我所見，男子也好，女子也罷，稱不上誰好誰壞，只不過在這個時代，賦予女子的機會跟選擇太少，這才讓我們舉步維艱。」

說罷，蘇心禾看著李惜惜的眼睛，一字一句道：「妳方才說的話，我並不覺得幼稚可笑，反而覺得妳很有勇氣，妳若想做，就大膽地去做，不要管別人怎麼想，我支持妳。」

李惜惜不禁心頭微動，說道：「當真？妳、妳為何……」

蘇心禾笑了笑，道：「就憑妳是李惜惜。」

在這個時代，被束縛的女子太多，敢想敢做的女子太少，李惜惜算是一個，蘇心禾便很自然地對這位小姑生出了更多包容與信任。

李惜惜定定地看著蘇心禾，一時之間說不出話來。

蘇心禾剛剛入府時，李惜惜總覺得對方壞了好友的姻緣，又配不上近乎完美的二哥，故而為難蘇心禾，但經過一段時間的相處，她心中對蘇心禾的那點成見，早已消失殆盡。

李惜惜的唇角慢慢勾起一個弧度，道：「那好，若我成了蓋世英雄，便帶妳出去吃香喝辣；若是我嫁了蓋世英雄……我便向妳學習庖廚之藝，為那位『英雄』洗手作羹湯！」

蘇心禾點頭道：「一言為定。」

兩人相視一笑。

天邊泛起火紅的雲霞，朦朧的暮色降臨。

蘇心禾與李惜惜玩耍了一下午，身上的衣服已經有些髒了，白梨適時送來了乾淨的衣服，兩人便就近在小酌苑換裝梳洗了一番，待收拾妥當後，才前往宴席場地。

宴席設在枝春臺，那裡張燈結綵，裝飾得華麗非凡，臺中有一個巨大的圓形舞臺，約莫可容二十幾人表演，而臺邊則圍著一圈長案，可供賓客落坐。

此時，丫鬟跟小廝們還在忙著準備晚宴，不少賓客已經來了，正三兩成群地聚在四周，然而今日生辰宴的主角嘉宜縣主卻不見蹤影。

李惜惜猶疑了片刻，才開口道：「嫂嫂，今日是菲敏生辰，我想單獨去看看她，要不……」

蘇心禾明白她夾在曾菲敏與自己中間，多少有些為難，便道：「快去吧，我在這兒等妳便是。」

李惜惜聽罷，清淺一笑。「好，我去去就來。」

於是，她便轉過身尋曾菲敏去了。

白梨道：「世子妃，您要不要找個地方休息休息？」

蘇心禾卻搖了搖頭，道：「剛才我們從小酌苑一路走來，妳可曾瞧見年年？」

白梨仔細回憶了一番，道：「奴婢未曾看見。說也奇怪，那位年年姑娘怎麼說不見就不見了呢？」

李惜惜離開蘇心禾之後，在枝春臺邊上轉了一圈，都沒找到曾菲敏。

她走到偏廳外面時，見白嬤嬤帶著一列丫鬟自長廊而過，她才逮到機會，上前詢問。

「白嬤嬤，菲敏在哪兒？」

白嬤嬤知道李惜惜是曾菲敏的好友，便揚起了笑臉，道：「見過李小姐，您要尋縣主的話，直接去偏廳即可。」

說罷，白嬤嬤刻意壓低了聲音道：「您來得正好，求李小姐幫奴婢勸一勸縣主吧！她白天吃了那什麼莎的，便讓老奴差人去城中搜尋，如今都找了二十幾家鋪子了，還未找到她要的東西。縣主氣得很，說若沒有那東西，今晚便不開宴了。」

李惜惜一聽，忍不住扶額。這的確是曾菲敏做得出來的事！

於是她點了點頭，道：「白嬷嬷別著急，一會兒我進去試試吧。」

白嬷嬷一聽，連連道謝，一刻也不敢耽誤地將她領到門口。

李惜惜才一叩門，曾菲敏便沒好氣地開了口。「找到麥提莎沒有？若是沒找到，就別回來見我了！」

「唷，連我也不見啦？」李惜惜笑著推門進去。

曾菲敏一見是她，先是愣了愣，隨即又「哼」的一聲扭過頭，冷冷出聲。「妳來做什麼？陪著妳的二嫂不就好了嗎？」

李惜惜乾笑兩聲道：「人可是妳自己請的，我幫妳陪她，還怨上我了？」

第三十九章　節外生枝

「我……」曾菲敏一時語塞，她定了定神，又道：「就算人是我請的，我又沒讓妳去陪，妳到底是來給我慶生的，還是來陪她玩的？」

李惜惜與蘇心禾一起吃了一下午的烤肉，有些心虛，便道：「我當然是來給妳慶生的，賀禮不是都放到庫房去了嗎！」

曾菲敏涼涼道：「一下午不見人影，別以為我不知道妳同她炙肉去了！妳不會這麼快就被她用吃食收買了吧？」

李惜惜的頭搖得像撥浪鼓，道：「怎麼可能呢？我們可是手帕交，過十年的交情，何人能比？」

曾菲敏見李惜惜差點對天發誓了，這才面色稍霽，道：「那好，以後妳不許同她說話了，更不許對她笑、吃她的東西，聽見沒？」

李惜惜微微一愣，道：「可是她是我二嫂啊，非得如此嗎？」

「什麼二嫂！」曾菲敏聽到這個稱呼就瞪了李惜惜一眼，道：「世子哥哥根本就不喜歡她！若不是侯爺非要履約，她哪有資格入平南侯府？」

李惜惜將曾菲敏拉到一旁，低聲道：「菲敏，無論我二哥喜不喜歡她，如今他們已經成婚，況且她對我們一家也很好，並未做錯過什麼，我若繼續欺負她，豈不是太不講道理了？」

「妳！」曾菲敏小臉氣鼓鼓的。「妳居然幫她說話，妳到底是站哪邊的？」

李惜惜拉著曾菲敏的手，道：「菲敏，我把妳當成好友，才不願騙妳，妳沒嫁到想嫁之人，可她也是一個人孤零零地遠嫁京城，未必那般如意……妳何不放過她，也放過自己呢？」

「我不管！」曾菲敏怒氣未消。「她憑什麼能嫁給世子哥哥，我卻不能？」

李惜惜瞧了她一眼，道：「菲敏，平心而論，若我二哥沒娶她，便一定會娶妳嗎？」

「這……」曾菲敏癡戀李承允多年，知曉他對自己無意，這件事根本怪不到蘇心禾頭上。

然而，最讓人難接受的，往往是事實。

曾菲敏咬著唇，眼眶瞬間紅了。

李惜惜何嘗不知她的委屈，她輕輕拍了拍曾菲敏的手，道：「菲敏，今日是妳的生辰，何必為了過去的事不開心呢？況且，我的嫂嫂人很好，還會翻著花樣做吃食，等妳心裡的坎過去了，我還想讓妳們好好結交一番呢！」

曾菲敏依然噘著小嘴道：「就算她會再多的花樣，我也不稀罕！」

李惜惜忍不住笑道：「既然不稀罕，妳又為何讓白嬤嬤去尋麥提莎？」

曾菲敏小臉頓時紅了。「李惜惜，我打妳！」

李惜惜左閃右躲，還乘機撓曾菲敏的癢。

曾菲敏被李惜惜這麼一鬧，怒氣消了大半。「妳居然幫蘇心禾當說客，說吧，到底吃了她多少東西？」

李惜惜當真數了起來。「有蛋撻、優格、粽子、香辣豬蹄、松鼠鱖魚……」

「夠了夠了！」曾菲敏才聽了一會兒便聽不下去了，她咬牙切齒擠出兩個字。「叛徒！」

話雖如此，她卻並非真的發怒。

李惜惜「嘿嘿」兩聲，道：「下次等她做了好吃的，我再拿一些分給妳，保准妳喜歡！」

曾菲敏差點氣笑了，她正要開口，卻見一個丫鬟匆匆忙忙跑進來。「啟稟縣主，長公主殿下到了。」

一聽這話，曾菲敏頓時驚訝地站起身來，道：「我不是同母親說好了，今日要自己待客，毋須她過來嗎？」

曾菲敏這次的生辰宴沒邀請任何長輩過來，全由她一手安排。

長公主歐陽如月一貫寵愛女兒，便隨著她去，故而此時曾菲敏聽到她過來，不禁有些意外。

丫鬟道：「奴婢也不清楚是怎麼回事，但長公主殿下似乎有些著急，讓您趕快過去見她呢！」

曾菲敏「嗯」了一聲，轉頭對李惜惜道：「妳去枝春臺等我，我很快就過去。」

李惜惜從丫鬟的話語中嗅到一絲不尋常的味道，道：「妳去吧。」

曾菲敏點點頭，隨丫鬟離開了偏廳。

歐陽如月在一旁的暖閣中等候，曾菲敏進去的時候，她正急得來回踱步，看起來十分不安。

曾菲敏極少見到母親這樣，一邁入門檻便問：「母親，您怎麼突然過來了，是不是發生了什麼事？」

歐陽如月一見到女兒，便急忙讓白嬤嬤關上門，她一把將曾菲敏拉到身前，低聲問道：「妳今日可有見到念兒？」

曾菲敏愣了愣，道：「我一直在茉香園，並未入宮，怎麼會見到她？皇后娘娘不是不允許她出宮嗎？」

歐陽如月著急道：「問題就在這裡！皇后娘娘說一早便不見念兒，在宮裡找了許久都沒找到人，後來皇后娘娘想起前段日子念兒吵著要來妳的生辰宴，但她覺得茉香園太遠，念兒又太小，便未應允……」

曾菲敏終於明白過來，頓時面色微驚，道：「母親的意思是，她可能偷偷出宮，想法子來茉香園了?!」

李惜惜回到枝春臺，賓客們幾乎到齊了，她很快便找到蘇心禾，朝她走了過去。

宴了。」

蘇心禾正坐在長案前，一見到李惜惜過來，便隨口問道：「縣主還沒過來嗎？似乎快開

李惜惜小聲道：「長公主殿下突然過來這裡了，說有要事找她。」

蘇心禾點了點頭，道：「我本來還覺得奇怪，怎麼縣主辦生辰宴，長公主殿下跟駙馬爺卻沒出席？」

李惜惜笑道：「這便是我羨慕菲敏的地方，聽聞當年長公主殿下難產了三天三夜，好不容易才生下她，疼得跟眼珠子似的，對她有求必應。菲敏今年十六了，說是生辰宴想自己操辦，殿下便沒插手，全讓她自己作主。若我同母親說我想包下一個園子，自己安排生辰宴，只怕會挨家法！」

蘇心禾笑著搖搖頭，道：「家法倒是不至於，不過恐怕他們不會允妳只請朋友，不請長輩。」

她知道曾菲敏對李承允有好感，長公主殿下如此疼愛女兒，卻沒因此為難過自己，可見是一位明辨是非的長輩。

「喲，這不是世子妃與李小姐嗎？」張婧婷拖著華麗的長裙，從蘇心禾與李惜惜身旁而過，悠然地在她們對面落坐，不屑地說道：「怎麼，下午的炙肉還未吃飽，這麼快便坐定等著開席了？」

李惜惜聽得擰眉，道：「張小姐這般說話，是下午吃癟得還不夠嗎？」

此話一出，一旁的貴女們不禁面面相覷。

吃癟？高高在上的張家小姐，居然吃癟了?!

在場眾人有些露出好奇之色，有些則拿團扇掩飾自己臉上的幸災樂禍，還有些不敢作聲，偷偷瞄著張婧婷的神色。

這情況一時讓張婧婷有些尷尬，她輕咳兩聲，瞪了旁邊的貴女一眼。

那貴女名叫吳思思，父親是戶部侍郎，為張尚書的下屬，因此她時常充當張婧婷的跟班。

吳思思最會見風使舵，她見氣氛不太對，便道：「開宴的時辰還未到，閒著也是閒著，不然哪位身懷絕技的姊妹，為咱們跳一段舞，也好熱鬧熱鬧啊！」

張婧婷聽了這話，便用團扇掩唇而笑，道：「聽聞江南一帶煙花之地最多，不如就請世子妃來為我們表演一段？」

此話一出，全場譁然。

在場大部分人都知道蘇心禾出身江南，「煙花之地」這四個字，對她而言是赤裸裸的諷刺。

蘇心禾極少動怒，可聽了這話，面色也有些難看，不自覺攥緊了手指。

李惜惜氣得站起身來，正要開口斥責，卻被蘇心禾拉住了。

蘇心禾低聲說道：「今日是縣主的生辰，不宜公開與她起衝突，免得生出是非。」

萬一因此讓平南侯府與張家結下梁子，又墮了長公主府的面子，那就麻煩了，況且，在蘇心禾看來，回擊的方式有很多，不見得要在此刻節外生枝。

李惜惜眉頭緊蹙，憤憤道：「可是她這話說得太過分了！」

蘇心禾依然搖搖頭，李惜惜只得氣呼呼地坐了下來。

張婧婷見蘇心禾不語，以為她怕了自己，便洋洋得意道：「不知世子妃會跳什麼舞？是水袖舞、胡旋舞，還是劍舞？」

說著，輕蔑地瞧了蘇心禾一眼，道：「莫不是一樣也不會吧？哈哈哈……」

「為什麼要讓別人跳？」一個稚嫩的聲音冷不防從人群裡冒了出來。

眾人左右張望，尋找聲音的主人，張婧婷也循聲望去——

只見一個十來歲的小姑娘雙手抱胸站在人群裡，她雖然穿著丫鬟的衣裳，氣勢卻相當不凡，一雙好看的大眼睛正憤怒地瞪著張婧婷。

待張婧婷看清對方的面容之後，臉色白了白，既驚訝又忐忑地開了口。「公、公主殿下？您怎麼在這兒?!」

「公主殿下?!」

在場之人瞠目結舌，目光集中在那位小姑娘身上。

歐陽予念幾步跨到人前，自顧自地在蘇心禾與李惜惜身旁坐下，先是衝她們兩人一笑，又對張婧婷下巴一揚，擺手道：「妳別管本公主為什麼在這兒，現在本公主命令妳，跳個舞給我們看！」

蘇心禾早就猜到年年不是普通的丫鬟，但萬萬沒想到她竟然是皇后的獨生女、大宣唯一的嫡公主，歐陽予念。

李惜惜更是瞪大了眼。天哪，她下午居然指揮嫡公主剝玉米？光想都腦子發脹。

歐陽予念俏皮地朝她們眨了眨眼，又一本正經地板起臉來，對張婧婷道：「怎麼還不跳啊？奏樂！」

在場的樂師們哪裡敢忤逆公主的意思，當下便奏起樂曲。

樂聲一起，張婧婷便騎虎難下了，她氣得五官扭曲，但礙於歐陽予念的身分，只得牙一咬跳起舞來。

歐陽予念好整以暇地盯著張婧婷跳舞，還時不時發出「嘖嘖」聲，鬧得她氣息不順，步伐也亂了起來。

眾人本來就抱著看熱鬧的心態，見張婧婷跳舞的節奏逐漸紊亂，都忍不住偷笑起來。

李惜惜輕嘆一聲，道：「聽聞張小姐舞姿曼妙，沒想到不過爾爾。」

一曲舞畢，張婧婷的臉色黑如鍋底，她對歐陽予念略一福身，便轉身離開枝春臺。

歐陽予念嘻嘻一笑，也不在意，由著她去。

張婧婷才走到門口，便被自家的嬤嬤勸誡道：「小姐，今日是嘉宜縣主的生辰，您可別忘了貴妃娘娘交代的正事！」

如今的後宮，張貴妃與皇后可說是分庭抗禮，為了博得太后歡心，張貴妃打算從長公主一家入手，特地備了一份厚禮讓張婧婷帶來，讓她好好與曾菲敏結交。

張婧婷也知道此時離開便前功盡棄，可依然氣得想哭。「她們都欺負我，我還有什麼顏面坐回去?!」

嬤嬤又道：「小姐，小不忍則亂大謀，等縣主到了，必不會讓公主殿下這般胡鬧，您放心吧！」

張婧婷還在猶豫，曾菲敏的聲音卻從她背後響起。「張小姐，妳怎麼在這兒？」

聞言，張婧婷連忙收起了臉上的怒氣，勉強揚起笑容，道：「縣主來了，枝春臺那邊有些吵鬧，我便出來透透氣。」

曾菲敏上下瞧了她一眼，道：「妳看起來臉色不大好，是不是出了什麼事？」

張婧婷眼珠子一轉，悠悠嘆了口氣，一臉委屈道：「也沒什麼，只是方才公主殿下突然駕臨，不知怎的要罰我跳舞，我雖人微言輕，但好歹是縣主請來的……」

她話還沒說完，曾菲敏便捏住她的手腕，睜大眼睛問：「妳說公主殿下在裡面?!」

張婧婷一呆，道：「是啊，她還……」

曾菲敏不等她說完，便轉頭直接進了枝春臺。

張婧婷見曾菲敏話未聽完就走了，氣得差點跺腳，但她一想到姑母的交代，不敢再離開了，而是跟在曾菲敏後面進入枝春臺。

曾菲敏一入枝春臺，眾人紛紛起身相迎，她笑著應付一番，便看見坐在長案前吃點心的歐陽予念，她在蘇心禾與李惜惜身旁坐著，看起來與她們十分熟稔的樣子。

「公主殿下，妳果真在這兒！」曾菲敏驚呼出聲。

歐陽予念甜甜地笑了起來，道：「表姊，生辰快樂呀！」

曾菲敏神情複雜地看著她道：「公主殿下駕臨，怎的不提早告知一聲，也好讓我們到門口相迎啊！」

這個臭丫頭，不知是怎麼混出宮來的，宮裡此刻掀翻了天，母親還為此數落了我一頓，又到別處找人去了……她倒好，居然在這兒吃點心！

歐陽予念朝曾菲敏撒嬌似的一笑。「自家姊妹，何必客氣？」

早點告訴妳們，我哪能出宮玩？不讓我來，我偏要來，嘿嘿嘿……

曾菲敏眼角抽了抽。「這份好意表姊心領了，只是妳母后還在宮中尋妳呢。」

她再不回去，只怕我的生辰宴都不得安寧了！

歐陽予念不慌不忙地回道：「我出來時確實匆忙了些，未曾告知母后，還請表姊送個消息給她，待表姊的生辰宴結束之後，我便立即回宮。」

我就不回，妳能奈我何?!

曾菲敏眉眼彎彎，卻是皮笑肉不笑；歐陽予念則淡定地看著她，笑得人畜無害。

兩人的對峙，旁人只能感知到一、兩分，蘇心禾卻將她們的心聲聽了個清清楚楚。

原來這嫡公主是偷偷溜出宮來玩的，膽子可真大，縣主當真是一個頭兩個大了！

曾菲敏見歐陽予念不肯回宮，不好在眾人面前多勸，只能壓低聲音道：「公主殿下的衣裳實在不大合身分，還是隨白嬤嬤去換一換再回來吧？」

歐陽予念見曾菲敏鬆口，高興地站起身來，道：「多謝表姊！」

她離席之前，還不捨地看了蘇心禾與李惜惜一眼，道：「兩位姊姊，我先去更衣啦，晚些再來找妳們玩！」

於是，曾菲敏讓白嬤嬤將歐陽予念這個小麻煩精領走了。

歐陽予念走後，曾菲敏一個眼刀掃向李惜惜，李惜惜忙道：「我們是今日下午偶然碰見的，我之前不知道她是公主殿下啊！」

蘇心禾也道：「此事當真，小酌苑的下人都瞧見了。」

曾菲敏有些無語，但眼下不便多說，只能往自己的座位去。

歐陽予念很快就更衣完畢，回到了枝春臺。

褪下丫鬟的破舊衣裳，換上一身鵝黃色宮裝，小臉擦乾淨之後，現出俏麗容顏，她頭上還梳了個圓鼓鼓的蚌珠髻，鎏金珠花一簪，更顯貴氣逼人。

歐陽予念緩步向前，姿態優雅，與那可憐巴巴求吃食的小姑娘判若兩人，她的目光掠過眾人，在蘇心禾與李惜惜臉上停留了一瞬，輕輕揚了揚嘴角。

李惜惜差點認不出她來了，蘇心禾也回以一笑——果然是個漂亮的小姑娘！

然而，對面的張婧婷臉色更難看了。

難怪蘇心禾敢對自己如此無禮，原來是攀上皇后了！她如此行事，便是不把自己放在眼裡，也不把姑母放在眼裡！

張婧婷氣得胸口劇烈起伏，但當著曾菲敏與歐陽予念的面卻不能發作，只能生生忍著，滅火的茶水一杯接一杯往肚子裡灌。

白嬤嬤引歐陽予念上了高臺，直接在曾菲敏身旁落坐，曾菲敏見一切就緒，這才吩咐正式開宴。

眾貴女紛紛舉杯，恭賀嘉宜縣主福壽安康，曾菲敏也含笑舉杯致意，待目光經過蘇心禾時，她本能地秀眉微蹙，可一想起李惜惜的話，便勉強地扯了扯唇角，沒再擺臉色了。

蘇心禾敏銳地注意到了這個變化，對曾菲敏淡淡一笑，端起酒杯，一飲而盡。

坐下之後，蘇心禾看向一旁的李惜惜，問道：「妳是不是跟嘉宜縣主說了什麼？我怎麼覺得她對我似乎沒那麼強的敵意了？」

李惜惜表情愉悅，驕傲道：「我不過是吃人嘴軟，才勉為其難替妳說了幾句話，想來是菲敏聽進去了。妳不必太感動，若實在想報答我，就給我多做些麥提莎！對了，還有椰汁西米露，還有那什麼奶茶珍珠也要……」

蘇心禾失笑。「是珍珠奶茶。」

李惜惜點點頭道：「對，珍珠奶茶！」

兩人正在聊天，便見茉香園的管事帶著丫鬟們魚貫而入，開始上菜。

在這個時代，食材算是豐富，只是尋常人家料理食材的方法多為水煮、煎炒，故而滋味單一。不過曾菲敏與蘇心禾有一個共同之處，就是熱衷於研究吃食，她很早之前便差人遍尋名廚，準備生辰宴的料理，因此今日的菜餚一送上來，便讓人眼前一亮。

第四十章　吃貨相惜

頭一道菜是蜜汁乳鴿，乳鴿已經去頭去尾，外表烤得醬黃油亮，光是躺在盤子裡，以兩朵鮮花為佐，便引得人垂涎三尺。

曾菲敏見眾人都端詳著盤中的乳鴿，便笑著開口。「這道蜜汁乳鴿是我特地請北疆來的名廚做的，諸位快嚐一嚐吧！」

乳鴿旁邊配置了小刀，可說是十分貼心，一眾貴女瞧著眼前的乳鴿，雖然想吃，卻猶豫了起來。

她們為了參加嘉宜縣主的宴席，個個盛裝打扮、妝容精緻，如今見到這一整隻烤乳鴿，有些不知從何下手。一想到吃烤乳鴿可能會弄得滿臉油光，或染髒衣裙，便打起了退堂鼓。

曾菲敏見眾人都不動筷，笑道：「我原本也想讓後廚片好了蜜汁乳鴿再送上來，但那樣會有損口感，所以作罷，還請諸位姊妹自行處理。」

眾人笑著應是，但仍未動手。

見狀，曾菲敏有點尷尬。她自詡懂吃、會吃，原想藉生辰宴的機會，讓自己親自安排的四司六局大放異彩，卻沒想到第一道菜就遇冷了。

就在此時，她見到蘇心禾徐徐拿起一旁的小刀。

蘇心禾盯著蜜汁乳鴿看了一會兒，先是用筷子將乳鴿翻了個面，便用小刀緩緩插入鴿腿處，藉巧力一切一拉，鴿子腿便鬆開一個口子。

接著她將鴿子腿半切半撕地取了下來，待鴿子腿成功地與鴿身分離，她又切分起鴿子翅膀與背脊上的肉。

蘇心禾坐姿優美，動作如行雲流水一般，讓眾人詫異不已。原來片鴿子肉也能片得如此好看?!

此刻蘇心禾的注意力全都在這道蜜汁乳鴿上，這烤乳鴿一看成色便知火候極好，若是不趁熱吃，簡直是暴殄天物！

蘇心禾的動作加快，她將一整隻乳鴿分成四至五塊之後，便一抬手，將整盤都遞給李惜惜。

李惜惜本來還在琢磨如何應對這乳鴿，乍一見一盤切好的鴿子肉，頓時心花怒放。她朝蘇心禾一笑，不客氣地將乳鴿接了過來。

這乳鴿本來就大小適中，分成小塊後，便能用筷子挾著入口了，李惜惜挾起一塊乳鴿腿，嘟起嘴巴，輕輕吹了吹，迫不及待地送入口中——

貝齒剛剛觸及乳鴿油皮，便像碰破了一層脆脆的殼，「嘎吱」一聲，頓時滲出了鮮美的肉汁，李惜惜輕輕一吸，滋味美得她差點連舌頭都吞了！

這乳鴿外表烤得十分焦脆，內裡的肉質瘦而不柴、汁水飽滿，牙齒一咬，便能撕下鮮嫩的鴿子肉。

李惜惜吃完了一條鴿子腿，臉上都是滿足的笑意。

蘇心禾再次切分乳鴿後，開始享用自己那份。對她而言，食骨的趣味大於單單食肉，故而她先挑了一塊乳鴿翅品嚐。

這蜜汁乳鴿上的蜂蜜塗得恰當好處，烤過後便與乳鴿皮融為一體，她慢慢咬下一口翅尖，只覺蜜汁入骨、酥香無比，翅尖上的肉也被蜜水浸透，葷香中還帶著絲絲甜意。

兩人吃得極香，看得不少人喉間輕嚥，有人學蘇心禾一點一點地分切乳鴿，待第一塊乳鴿肉入口後，便再也停不下來了。

曾菲敏見方才還無人問津的烤乳鴿，一下便成了炙手可熱的香餑餑，也高興不已，她不自覺地看向正在認真啃食蜜汁乳鴿的蘇心禾，只見對方一臉沈靜，彷彿對周圍的一切置若罔聞。

對！就該這樣！

這烤乳鴿的材料——鴿子，從飼養起便精心培育，一點一點餵大，適時趕出去放風，又要設法收回來，透過適宜的活動量養出精瘦的肉質。烤炙前更要精挑細選，太胖則肥膩，太瘦則過柴，處理過後，要與調製了數十次的蜂蜜結合，經過大火烘烤、小火慢焙，才成為如此美味的一道料理，合該遇見懂它的人才是！

李惜惜向來喜歡美食，吃得津津有味自然正常，但曾菲敏沒想到蘇心禾竟然如此捧自己的場，一時對她多了幾分好感。

一道乳鴿吃了大半，蘇心禾便停下來，端起一旁的飲子輕抿一口，眸色瞬間微微一凝。

這酸梅飲子是剛從冰窖裡取出來的，喝起來酸酸甜甜，十分爽口，這股舒適感從口腔蔓延到胃腹，消去烤乳鴿帶來的油膩感，讓人的胃口再開。

蘇心禾看向李惜惜，問：「這酸梅飲子的梅子似乎有些特別。」

李惜惜正在賣力吃蜜汁乳鴿，聽到這話，還未來得及開口，就有另外一道聲音答了。

「不錯，這是江南今年新出的梅子釀的，如何？」

蘇心禾聞聲看去，見回答自己的是不遠處上座的曾菲敏，她表情平淡，彷彿剛才那句話不是她說的一般。

沒想到蘇心禾舌頭還挺靈的，這梅子可貴著呢！那麼多達官貴人之女，卻沒一個識貨的，真是浪費我的用心！

蘇心禾聽到這心聲，淺淺笑了笑，她當著曾菲敏的面又飲下一口。「我認真品了品這酸梅飲子，果真與從前喝過的不同。」

曾菲敏秀眉微挑，道：「喔？哪裡不同？」

此話一出，眾人的注意力便全都被吸了過來。

蘇心禾輕輕晃了晃手中的酸梅飲子，又湊近兩分，輕嗅了一下，道：「這酸梅飲子中甜有七分，酸有三分，初入口時，會先品嚐到甜味，酸過之後，再以微甜收尾，口感極好。

「不僅如此，這酸味中帶了一股淡淡的花香，這並非所有梅子都有，只有在江南臨縣周邊的果園才能長出這種梅子，名為『花果梅』，一年只得數百株，價格不菲，一株難求。」

說罷，蘇心禾笑盈盈地看著曾菲敏，道：「縣主為了招待我等，用了如此珍貴的食材，卻不言明，當真是有心了！」

聽她這麼說，眾人不禁將目光投向那酸梅飲子，紛紛附和起來——

「縣主如此用心，當真讓我們受寵若驚！」

「這酸梅飲子一看便不是凡品，多謝縣主款待！」

「縣主品味極佳，託您的福，我們今日也能嚐到這麼好的酸梅飲子了！」

眾人妳一言、我一語地恭維曾菲敏，就連歐陽予念都道：「表姊，這酸梅飲子可還有多的？我想帶回宮給母后嚐嚐！」

曾菲敏笑逐顏開。「有，等會兒給妳裝上一罈！」

唯獨張婧婷，她彷彿要與蘇心禾較勁似的，始終黑著一張臉，待蘇心禾誇過酸梅飲子後，她連喝都不喝了。

蘇心禾見時機到了，舉起手中的杯盞道：「不如我們再敬縣主一杯，賀縣主青春永駐、福壽永享！」

眾人連忙舉杯。「願縣主青春永駐、福壽永享！」

曾菲敏心情大好，端起手邊的酒杯與眾人遙相呼應，將這場生辰宴的氣氛，推向了一個小高潮。

枝春臺內觥籌交錯，歡聲笑語不斷，待雜耍班子一進場，眾人更歡呼了起來。

李惜惜抓著一把瓜子忘了嗑，目不轉睛地盯著雜耍，只見兩名大漢抬著一列長梯立在舞臺正中央，一人扶住一邊，另有一身材纖瘦的男子，額上綁一段紅綢，翻著跟斗到了長梯前，他收了身勢後，先是對眾人一拜，隨後一手背在身後，另一手攀著長梯，開始登階。長梯每一階都相距甚遠，若換作常人，定然爬得十分吃力，但那男子卻彷彿一隻靈活的猴子，僅憑一隻手，兩三下便攀到長梯頂端。

待他抵達長梯頂端，就只靠單腳站立，看起來搖搖欲墜，男子卻不慌不忙地對同伴喝了一聲。「鞭子來！」

話音落下，下方一人便將捆好的鞭子扔了上去，男子伸手接過，身子再次晃了一下，嚇得貴女們一陣驚呼。

只見那男子持鞭在長梯頂上舞了起來，長鞭子彷彿一條靈蛇，在空中變幻出不同的形狀，時而揮成一個圓圈，時而繞著男子旋轉，時而勾住長梯頂部，助男子在空中飛旋，這一系列動作，看得大家驚叫連連，紛紛拍手叫好。

李惜惜也忍不住道：「站得這麼高還要舞鞭子，萬一摔下來怎麼辦？看他的樣子，也不會輕功啊！」

蘇心禾笑了笑。這些把戲她在江南看了不少，看上去危險，其實大多是演出來的，不過是為了引人注意，多討些賞錢罷了。只是這些表演對京城中的大家閨秀而言卻難得一見，故而每個人都看得瞠目結舌，喝采聲不斷。

想到這裡，蘇心禾不禁看了高位上的曾菲敏一眼，忽然覺得對方將生辰宴安排在偏遠的茉香園中，不僅僅是為了自己玩樂，應當也是為其他小姊妹著想——畢竟與其他姑娘比起來，曾菲敏擁有難得的自由。

曾菲敏似乎感知到了這道目光，下意識地看了過去，四目相對，兩人都愣了一瞬，隨即各自扭頭看戲。

雜耍在一片熱烈的掌聲中結束，眾人皆連連讚嘆。

歐陽予念也是嘖嘖稱奇，連忙扭頭問曾菲敏。「表姊，這雜耍班子可真厲害，妳是從哪兒找來的？」

曾菲敏笑道：「這是從上百個京城周邊的雜耍班子裡選出來的，可謂百裡挑一，自然精采了。」

歐陽予念點了點頭，道：「這雜耍比去年皇祖母壽誕上的節目好看多了。」

曾菲敏隨口道：「去年皇外祖母的壽宴，張貴妃娘娘安排的節目大多出自宮中伎人之手，看了那麼多年，自然沒什麼新意。」

言者無意，聽者有心，張婧婷開口道：「公主殿下與縣主有所不知，去年太后娘娘壽宴前後正值南方旱災，朝廷和後宮的精力都放在賑災上，姑母雖然也想為太后娘娘盡孝，但太后娘娘的意思是一切從簡，姑母這才縮減了開支。」

張婧婷說罷，又故意看了歐陽予念一眼，道：「對了，那場壽宴是我姑母主持的，皇后娘娘當時病著，並未參與，難怪公主殿下不清楚箇中細節了。」

皇后出身名門，賢德慧柔，只可惜生女之後身子一直不大好，時不時需要臥床調養，在她生病時，統領六宮的權力便落到張貴妃頭上，張婧婷這番話便是明晃晃地表示，張貴妃在代行皇后之職了。

眾人不由自主地將視線轉向歐陽予念，想看她如何應對，卻見歐陽予念輕輕笑了起來，說道：「我不過與表姊隨便聊了兩句，張小姐不必如此急著解釋！去年皇祖母的壽宴，張貴妃確實按照吩咐事事從簡，但我記得張貴妃的母親……也就是張小姐的祖母，可是戴了一條罕見的翡翠珠玉項鍊，豔驚四座，比那一整晚的節目都好看呢！」

歐陽予念笑咪咪地說完，張婧婷的面色卻白了白。

去年是張貴妃第一次操持太后壽宴，對張家而言本是件好事，可張老夫人卻因為太過得意，戴了條價值連城的項鍊去赴宴，結果在壽宴上被太后訓斥奢靡鋪張，未心繫黎民之苦。因為此事，張尚書被罰了三個月的俸祿，成了張家之醜，一直不願對外人道，歐陽予念此舉，便是將張婧婷的面子徹底撕下來，丟在地上踩了。

蘇心禾靜靜看著歐陽予念。傳聞嫡公主是宣明帝最喜歡的孩子，但歐陽予念的神情及言語，再三顯示她受過不少磨鍊，可見即便出身高貴，要在後宮生存也十分不易。

張婧婷好似一隻被踩到痛腳的貓，不敢再出聲了，歐陽予念懶得同她計較，問曾菲敏。

「表姊，下一個節目是什麼呀？」

曾菲敏笑道：「是才子舞劍。」

「才子舞劍？」李惜惜聽了這話，犯起了嘀咕。「所謂才子，不是應該吟詩作對、揮毫潑墨嗎？」

曾菲敏朝她一揚眉，道：「妳看了就知道了！」

話音剛落，鼓聲便響了起來，鈍重的「咚咚」聲，一下又一下，彷彿撞擊在心頭，就在眾人的好奇心被拉到最高點時，一位翩翩公子從天而降。

他穩穩落地之後，便徐徐轉身——長眉入鬢、面如冠玉、英俊不凡，他靜立臺中，一襲白衣隨風而擺，恍若話本中的武林俠客，讓在場的貴女們心神為之一蕩。

鼓點越發急促，其他樂器漸漸融了進來，音律讓枝春臺的氛圍變得更加緊張、神秘，只見那男子一把抽出腰間長劍，踩著鼓點折腰而舞。

他時而足尖點地、飛旋而起，在空中挽出若干劍花；時而落地迴轉，鯉魚打挺而起，動作極其瀟灑。

待樂曲聲逐漸高昂起來時，男子便一面舞劍，一面吟誦起詩歌，不但在詩中為曾菲敏祝賀生辰，還讚頌在場的女子們，撩得不少貴女面紅耳赤。

男子見氣氛正酣，舞得更起勁了，額前的八字劉海隨動作微微飄動，再配上迷離冷酷的眼神，迷倒了一眾大家閨秀。

貴女們有的用帕子捂著心口，有的用團扇掩面，個個嬌羞不已。

這位公子簡直是謫仙落凡塵，我的心都要跳出來了！

天哪，若是能嫁給這樣的男子，就算是浪跡天涯，我也心甘情願！

縣主到底是從哪裡找來了這位公子？莫不是長公主府的面首吧?!長公主跟縣主也太有福氣了！

啊啊啊，公子好俊俏，我要暈倒了！

眾人下午都吃了蘇心禾的麥提莎，此時讀心術的效用還沒過，因此蘇心禾的耳中收到了一片土撥鼠尖叫。
蘇心禾忍不住揉了揉太陽穴，覺得有些頭疼，她只得與李惜惜說話，好分散注意力。
「惜惜，妳覺得此人的劍法怎麼樣？」
李惜惜嚥下口中的瓜子，回道：「不怎麼樣。」
蘇心禾點了點頭，道：「我也覺得不怎麼樣。」
李惜惜聽罷，好奇地看了她一眼，道：「妳也懂劍法？」
蘇心禾淡淡道：「我見過妳二哥練劍……與這位公子很不同。」
李承允身手淩厲，出劍又快又狠，決然狠辣的氣勢，有如氣吞山河，但眼前這位舞起劍來，卻是花拳繡腿，每招每式都是為了突顯他的身姿偉岸。
蘇心禾與李惜惜對視一眼，此人給她們的感覺就是兩個字：油膩。
然而，不得不說嘉宜縣主會玩，誰讓人家是妥妥的權二代呢？
男子仍持續舞劍，他見貴女們大多露出傾慕之色，心中一時得意，待目光掠過蘇心禾時，卻瞬間凝結。
眼前的女子肌膚勝雪、仙姿玉貌，坐在一眾花枝招展的貴女中，顯得格外清雅出挑，但她好像對自己舞的劍興致缺缺。
男子心頭生出一絲不甘，挽劍迴旋、縱身躍起，到了蘇心禾五步之內。
他嘴角含笑，目光緊緊地盯著蘇心禾，使出自己的看家本領，一柄長劍從右手轉到左手，劍花飛舞、冷光閃爍，引得眾女子尖叫連連。

蘇心禾被男子盯得有些不自在，但當著嘉宜縣主的面，她不好多說什麼，只打算起身離開。

就在此時，只聽「叮」的一聲，男子手中的長劍忽然從空中掉落，摔在地上，斷成了兩截。

見狀，男子忍不住怒喝了一聲。「是誰?!」

在場的貴女們也嚇了一跳，驚呼之餘，紛紛後退自保。

但見兩個高大的身影緩步而來，其中一人聲音清朗，還透著些許笑意。「你瞧瞧，何必如此衝動？都嚇著姑娘們了。」

眾人循聲望去，歐陽頌臨溫潤如玉的面容展露在眼前，不少人認識他，當下便驚喜地喊出了聲。「是啟王爺！」

張婧婷也伸長脖子去看，見確實是歐陽頌臨，頓時心花怒放。沒想到留到現在居然能見到啟王爺，可真是意外之喜！

看清歐陽頌臨後，眾人便打量起他身側的男子來——

男子一身藏藍色暗底長袍，玉帶加身、風姿卓然。他五官雋朗、俊逸非凡，一路走來，神情極冷極淡，讓人想看，卻不敢多看一眼。

「二哥?!」李惜惜不禁喊出了聲。他不是有事要忙嗎？怎麼過來了?!

在場的貴女們內心又發出了一陣驚喜的尖叫：世子爺也來了！

蘇心禾忍不住扶額——好吵。

曾菲敏見到兩人，情不自禁地站起身來。「舅父、世子哥哥……」

歐陽頌臨走近之後，朝她笑著說道：「菲敏，生辰快樂，舅父給妳備的禮雖然已經送到了，但轉念一想，還是得來看看妳才好。」

曾菲敏乖巧一笑。「多謝舅父。」

她同歐陽頌臨打過招呼，又怯生生地看向李承允，道：「世子哥哥，你也是來祝賀我生辰的嗎？」

「不全是。」李承允雖然站在她面前，目光卻落在蘇心禾身上，道：「我本打算來接夫人，順道為縣主賀壽，卻沒想到這生辰宴如此荒唐。」

第四十一章 千鈞一髮

蘇心禾眼皮一跳，有些心虛。那男子雖然有些油膩，但她剛剛確實盯著他看了好一會兒。

曾菲敏一聽，面上有些掛不住了，道：「世子哥哥誤會了，我是想到許多姊妹都沒見過男子舞劍，才安排了這齣節目，若是世子哥哥不喜，我撤下便是！」

她立刻瞪了那男子一眼，道：「還不快滾？」

舞劍的男子本來心懷怒氣，但得知李承允的身分後，一時嚇得跪了下去，生怕對方遷怒自己，聽了這話，頓時如獲大赦，連斷劍也不敢撿，灰溜溜地走了。

曾菲敏穩了穩心神，道：「舅父、世子哥哥，兩位既然來了，不妨坐下來一起看表演吧？晚些時候會放煙花，是我母親安排的。」

歐陽頌臨笑著拍了拍李承允的肩，道：「正好，上次你欠我的一頓酒，今日可是要還了。」

說罷，他便隨曾菲敏上了高臺，曾菲敏一面向前走，一面回頭看向李承允，卻見他逕自朝蘇心禾而去。

蘇心禾見李承允來了，連忙站起身來。「夫君。」

這一條長案至多能坐兩個人，蘇心禾本想讓座給李承允，可李承允卻無聲地看了李惜惜一眼。

李惜惜心頭一個「咯噔」，彷彿擰開鎖頭一般，瞬間開竅——

「二哥陪二嫂坐吧，我、我去旁邊擠一擠……」李惜惜說完便火速起身。

蘇心禾原本想留住李惜惜，但張了張嘴，終究沒說出口。

李承允抬起眼簾看向蘇心禾，說道：「坐。」

蘇心禾乾巴巴地笑了一下，道：「好。」

坐定以後，蘇心禾悄悄看向李承允。她總覺得今日的他渾身上下散發著寒氣，在那舞劍男子對自己示好時，她甚至感受到了殺氣。

這股殺氣與上次在龍舟賽後，將歐陽旻文打落水中時一模一樣，難不成……他是吃味？

此時李承允忽然側目看向她，問：「妳在想什麼？」

「沒什麼！」蘇心禾連忙斂了斂神，岔開話題道：「剛才啟王爺說夫君欠他一頓酒，是怎麼回事？」

李承允還未答話，就聽歐陽頌臨輕輕笑了起來，道：「弟妹不知道吧？前段日子承允來我府上求藥，我二話不說便給他，誰知他竟拿了就走，連一頓酒也不肯跟我喝，妳說說，哪有這般過河拆橋的人？」

蘇心禾並未聽說過此事，清淺一笑，回應道：「夫君求藥，想必是急著救人，還請王爺莫怪。」

歐陽頌臨擺了擺手道：「那藥並非用來救命，而是祛疤的良藥——玉肌膏。」

玉肌膏?!

蘇心禾微微一怔，倏地轉頭看向李承允，只見李承允面色如常，只靜靜飲酒，不發一語。

他給自己的那瓶藥，居然是特地找啟王爺求來的？

蘇心禾垂眸看去，手心的傷痕已經淡化到幾乎看不出來了，都是那玉肌膏的功勞。

想到這兒，蘇心禾內心湧上一股暖意，唇角也逐漸翹了起來。

她主動拿起筷子為李承允布菜，兩人靠近時，蘇心禾小聲說了句。「夫君有心了。」

李承允長眉微動，方才的不悅瞬間消散，無聲看了她一眼。

其實那個混帳會跑到她面前舞劍也在情理之中，畢竟她這般甜美可人，任由哪個男人看了，都少不得魂牽夢縈。

蘇心禾被李承允盯得面頰發燙，卻不敢迎上他的目光，李承允就這般深深看著她，眉眼間多了一絲若有似無的笑意。

這個畫面落在曾菲敏眼中，令她的心一抽一抽地疼。

歐陽頌臨發現外甥女的異常，輕咳了一聲，道：「菲敏，等會兒還有什麼安排？」

曾菲敏收起思緒，神情有些悵然若失。「節目已經表演完，接下來便要去石橋上看煙花了。」

歐陽頌臨笑了一聲。「甚好，我許久沒看過煙花了。」

煙花即將釋放，眾人一一起身，隨茉香園的管事往外院的石橋移步。

張婧婷用手扶了扶髮髻，快步走上前來，柔柔喚了聲。「啟王爺！」

歐陽頌臨聞聲回頭望去，看了張婧婷一下才認出她。「原來是張小姐。」

張婧婷以團扇掩面，嬌羞道：「上次在宮中一別，已經數月有餘，沒想到王爺還記得小女……」

歐陽頌臨笑了笑，道：「張小姐才貌雙全，無論是誰見了，都會記住的。」

張婧婷聽了這句話，臉頰瞬間飛上兩朵紅雲，道：「聽姑母說，王爺一直在訓練王軍，十分辛苦，這麼晚了，王爺還特地趕來為嘉宜縣主賀壽，當真重情重義。」

歐陽頌臨只道：「菲敏是本王的外甥女，本王自然要多疼她一些。」

張婧婷還想跟他再多聊幾句，不料她與歐陽頌臨中間卻突然擠進一個人。

「皇叔，您今日還沒陪念兒玩呢！」歐陽予念冷不防將張婧婷擠出一步開外。

歐陽頌臨見到姪女，笑著摸了摸她的頭道：「今日是妳表姊的生辰，下次皇叔再陪妳玩好不好？」

誰知歐陽予念卻主動拉住歐陽頌臨的手，撒嬌道：「那皇叔陪念兒聊天！」

張婧婷心頭一把怒火驟起，卻不敢表現出來，只能擠出笑意，道：「公主殿下，煙花就要放了，您不想快些去看嗎？」

聞言，歐陽予念轉頭看她一眼，道：「想啊，煙花那麼好看，我當然要帶皇叔一起去看了！」

歐陽頌臨一時哭笑不得。「妳這個鬼靈精！是皇叔帶妳，還是妳帶皇叔？」

他這一說，歐陽予念便笑了起來，叔姪倆有說有笑地往前走，完全將張婧婷拋在腦後。

張婧婷氣得面色發白，指甲不知不覺地嵌入肉裡，疼了也不鬆手。

一旁的丫鬟綠柳見到她的神色，心中有些忐忑，壓低聲音問道：「小姐，您沒事吧？」

張婧婷冷冷抬眸，看向河面上的石橋，問：「是在那橋上觀看煙花嗎？」

綠柳想了想，答道：「縣主是這麼說的。」

張婧婷微微頷首，她長眸微瞇，定定望著歐陽頌臨跟歐陽予念的背影，一個邪惡的念頭瞬間萌芽。

李承允與蘇心禾並肩而行，才走到石橋下，蘇心禾就面色微變，停下步伐。

見她神色緊張，李承允便問道：「妳怎麼了？」

蘇心禾剛剛聽到了一個人的心聲，雖然隔得遠，聽不大清楚，她卻真切地感受到其中的怨恨，可再凝神去聽，聲音又沒了。

她心中生出一股不安，看著李承允的眼睛道：「夫君，我要去尋公主殿下一趟。」

兩人正在說話，一束煙花驟然炸開，點亮整個夜空。

煙花綻放，零落的火光有如繁星點點，劃過深邃的蒼穹，閃耀一瞬後便消逝在眼前，儘管短暫，卻絢爛無比。

見煙花開始燃放，眾人不自覺地加快步伐，爭先恐後地上了石橋。

來赴宴的貴女不少，加上隨身的丫鬟與婆子，數十人全往石橋擠去，天色又昏暗，蘇心禾根本找不到歐陽予念在哪裡。

她一面隨人群往前走，一面踮腳抬眸搜尋，李承允則始終護在她身側，防止旁人撞到她。

「夫君，石橋上都是女眷，你靠近多有不便，還是我自己去吧？」

李承允頷首，輕聲道：「妳小心些，有事就喚我。」

蘇心禾朝李承允一頷首，便拎起裙裾拾階而上。

煙花接連在天邊炸響，不僅五彩繽紛，還呈現出各式各樣的形狀，看得人眼花撩亂。暗黑的天幕彷彿一張深色畫布，一束束煙花就像上天畫筆下的傑作，不但讓夜空熠熠生輝，還倒映在小河裡。這條小河引自山中瀑布，雖然河面不寬，卻是活水，被月光與煙花一照，波光粼粼，有如一條金紗。

貴女們大多在石橋上，她們靠在一起，時不時發出讚嘆聲，蘇心禾好不容易擠了上去，便見到李惜惜陪在曾菲敏身旁，兩人正一面欣賞煙花一面聊天，周圍的人群黑壓壓的，很是擁擠。

「惜惜！」蘇心禾穿過重重人群才來到兩人面前，道：「縣主、惜惜，不知妳們可曾看見公主殿下？」

李惜惜搖了搖頭，曾菲敏則道：「剛剛見她拉著舅父上橋，也不知到哪兒去了，但很有可能擠到了第一排。」

第一排，便是石橋的欄邊。

見蘇心禾的表情既焦急又凝重，李惜惜便道：「菲敏，我陪我二嫂去看看吧。」

曾菲敏不曉得蘇心禾有什麼要緊的事，不過她還是點了點頭。「好。」

蘇心禾忙道：「多謝縣主。」

李惜惜個子高一些，她拉著蘇心禾從一旁借道，艱難地靠近欄邊。

一路上，蘇心禾都在凝神傾聽之前那道心聲，卻沒任何收穫，不過她能確定的是，那人想對歐陽予念不利。

蘇心禾見歐陽予念好好地待在欄邊，稍微鬆了一口氣，跟李惜惜努力擠到她的身旁。

「哇！煙花好美呀！」歐陽予念激動地趴在欄邊上，一雙大眼睛盯著夜空中的煙花。

「公主殿下。」

蘇心禾溫柔地笑了笑。「臣婦當不起殿下一聲『姊姊』。」

歐陽予念一見是蘇心禾跟李惜惜，頓時笑彎了眼。「兩位姊姊！」

李惜惜也在一旁拚命搖頭。

歐陽予念卻眨了眨眼道：「我可不管，妳們就是我的姊姊。」

蘇心禾只得輕聲道：「那好。」

歐陽予念主動挽起蘇心禾的手，笑著指向夜空裡的煙花，道：「心禾姊姊，妳看那煙花，像不像一隻咧開嘴的貓？」

她還沒說完，自己便笑了起來。

「確實有些像。」蘇心禾一邊含笑應聲，一邊觀察四周。

旁邊的貴女們都在欣賞空中的煙花，火光閃爍，將每個人的面容照得時明時暗，表面上一派祥和，但在蘇心禾眼裡，這一切卻如石橋下的河水一般，暗流湧動。

李承允負手立於岸邊，目光始終淡淡地停在那個纖細的身影上。

「這煙花如此絢爛多姿，一看便是皇姊花了大錢準備的，承允一眼也不看，豈不是辜負了良辰美景？」

歐陽頌臨不知何時到了李承允的身側，笑著揶揄道。

李承允面色如常道：「王爺不是也沒好好欣賞嗎？何必五十步笑百步？」

歐陽頌臨疑惑道：「承允怎知我沒好好欣賞？」

李承允平靜地答道：「若是王爺全神貫注地欣賞煙花，又怎會注意到我的事？」

歐陽頌臨忍不住笑了起來。「你啊你，不言則已，一開口便能讓人氣死。」

李承允淡淡一笑。「王爺言重了。」

歐陽頌臨順著李承允的視線看去，只見蘇心禾站在歐陽予念身旁，歐陽予念正興高采烈地同她說著什麼，蘇心禾聽得一臉認真，還時不時點頭應和。

「念兒似乎很喜歡弟妹。」

李承允沈默了片刻，道：「平南侯府上下也很喜歡她。」

歐陽頌臨瞧了李承允一眼，道：「也包含你？」

李承允眸色微凝，唇角微微抿了一下，並未回答。

歐陽頌臨見狀，搖了搖頭，笑道：「罷了，不說便不說！只是，對姑娘可不能太悶了，該說的得說，不然人家可不知道你的心意。」

李承允默默注視著橋上之人，將她的一顰一笑都納入眼底。

石橋上，歐陽予念看了好一會兒煙花，忽然問道：「心禾姊姊，妳放過煙花嗎？」

蘇心禾回想了一下，低聲回道：「放過。」

在前世，她時常與三五好友出去野餐、露營，搭好帳篷之後，便會跟大家一起看星星、放煙花，只是穿越過來之後，便再沒有這樣的機會了。

歐陽予念聽了，有些羨慕地說：「我只遠遠地看過煙花，卻從來沒放過呢，以後若有機會，心禾姊姊帶我去放好嗎？」

蘇心禾斂了斂神，笑道：「好。」

歐陽予念笑逐顏開，與蘇心禾更加親暱了。

這一幕落入張婧婷眼中，讓她眸色微沈。

蘇心禾的身後是平南侯府，而平南侯府掌管著大宣三分之一的兵馬，若是平南侯府與皇后一派走到一處，對張家而言後果不堪設想。

張婧婷心頭一緊。她目光微轉，瞟了四周一下，只見眾人都聚精會神地觀看煙花，連她的貼身丫鬟綠柳也不例外。

「綠柳。」

綠柳聞聲，連忙湊了過來，問道：「小姐有何吩咐？」

張婧婷示意她靠得再近一些，接著在她耳邊低語了幾句。

綠柳面色微驚，她看了不遠處的歐陽予念一眼，頭搖得像撥浪鼓一般，用只有她們兩人聽得見的聲音道：「小姐，萬萬不可，若被發現了，可是要殺頭的！」

張婧婷將她拉到一旁，低聲道：「這兒這麼多人，法不責眾，且只要妳辦得漂亮，便不會有人發現。」

綠柳忐忑得很，還是一個勁兒地搖頭。

張婧婷的眸色狠辣起來，道：「違抗我是什麼結果，妳應當清楚。」

綠柳自然知道自家小姐的脾氣，只得硬著頭皮答應下來。

張婧婷滿意地笑了，道：「去吧，注意些！」

綠柳深吸一口氣，轉身往歐陽予念的方向而去，張婧婷雙目盯著滿臉雀躍的歐陽予念，心頭逐漸升起一絲快意——

不過是個乳臭未乾的死丫頭，還想拉攏平南侯府、壞我姻緣？活該去死！

這個心聲一出，蘇心禾頓時渾身一僵，她連忙偏頭看去，卻聽到身後有人抱怨。「別擠啊！」

不知是怎麼回事，橋上的貴女們一個擠一個，接連向前撲倒，蘇心禾、李惜惜與歐陽予念站在最前方，若是真擠了過來，她們首當其衝。

歐陽予念疑惑地轉過頭。「發生什麼事了？」

混亂間，綠柳擠到歐陽予念身後，她心一橫，伸手奮力向歐陽予念推去。

然而蘇心禾早有準備，就在千鈞一髮之際，她一把拉開歐陽予念，讓綠柳撲了個空。

綠柳是用盡全身的力量要推人的，這一落空，讓她穩不住身子，整個人翻到欄後，栽了下去！

隨著她「撲通」一聲落入水中，全場一片尖叫，場面頓時混亂不堪。

蘇心禾死死抱著歐陽予念，面色有些發白，而李惜惜往下一看，就見綠柳落水之後，頭撞向橋墩邊的石頭上，還未來得及呼救，就一命嗚呼了。

李承允施展輕功，很快便抵達蘇心禾與李惜惜面前。「妳們沒事吧？」

蘇心禾搖頭，歐陽予念則被嚇到了，抱著蘇心禾的胳膊不肯放手，小小的臉蛋上滿是驚恐。「那個丫鬟死了?!」

歐陽予念能感覺到剛才那股推力朝自己而來，若不是蘇心禾伸出援手，此時摔死在橋墩下的人，便是自己了。

李承允原先站得遠，只見到橋上起了一陣騷動，而後便有個丫鬟墜落。他有輕功在身，但那石橋不夠高，人一掉下去不過眨眼的事，根本沒有反應時間，只能眼睜睜地看著她失去性命。

此刻，李承允看向蘇心禾，沈聲問道：「怎麼回事？」

蘇心禾道：「方才那個丫鬟突然衝了過來，想推公主殿下下水，我將殿下拉開之後，她便掉下去了。」

承允見蘇心禾面無血色，連忙脫下自己的外袍披在她肩頭，低聲安撫道：「別怕，沒事了。」

直到此時，張婧婷才撲到欄邊，她看了橋墩下的屍首一眼，差點吐出來。

歐陽頌臨也趕到橋上了，他伸手扶起張婧婷，只見她哭得梨花帶雨，一臉委屈地指向蘇心禾，道：「世子妃，綠柳可是我的貼身丫鬟，橋上人多，她定是急著尋我，才在人群中穿行，如今不幸殞命，已經夠可憐了，妳怎能血口噴人？」

蘇心禾聽了這話，聲音微冷。「我是不是血口噴人，張小姐難道不清楚？」她的聲音不大，眼神卻十分堅定。

張婧婷的心頭不禁打起了鼓，但她仍是裝出無辜的模樣道：「世子妃，今日下午我確實無意衝撞了妳，但妳也不能見死不救吧？妳明明站在欄邊上，若是能順手拉綠柳一把，她便不會死了！」

說罷，張婧婷便掩面而泣，哭得楚楚動人。

蘇心禾將歐陽予念交給一旁的李惜惜，開口道：「有些事我本不想扯開來談，但妳非要顛倒是非，便休怪我無情。若我沒記錯的話，剛剛妳站在靠後邊的位置，妳的丫鬟就跟在妳身旁，我相信後排其他幾位小姐定然有印象，沒錯吧？」

待蘇心禾說罷，站在後排的幾位貴女便先後點了頭，其中一人道：「當時張小姐與她的丫鬟確實站在我們身側。」

張婧婷一時有些心虛，道：「剛剛不知怎的，忽然擁擠起來，這橋上太黑，我便與綠柳走散了，她四處尋我，也是人之常情。」

第四十二章　苦無證據

聽到這裡，李承允道：「既然發生推擠的情況，身為丫鬟，自當先行護主，又怎會與妳的方向相反？」

張婧婷面色微僵。「這、這我怎麼知道？興許她是沒看清方向，胡亂鑽進人群……」

蘇心禾笑了聲，道：「好一個胡亂鑽進人群，她怎麼就尋得那麼準，直衝公主殿下而去？按照方才的站位，公主殿下與張小姐中間至少隔著七到八人，綠柳若無目標，為何會艱難擠上前，還順勢推了一把？難不成這也是巧合？」

此話一出，歐陽予念頓時反應過來，對張婧婷怒目而視道：「妳竟敢指使丫鬟害我?!」

張婧婷徹底亂了陣腳，慌忙擺手，道：「不、不是我！我也不知道她為何要去前面……」

看到歐陽頌臨站在旁邊，張婧婷拉住他的袖子，道：「啟王爺，您明察秋毫，一定要相信小女啊！小女有什麼理由害公主殿下呢？」

歐陽頌臨見張婧婷滿臉淚痕，不禁有些憐憫地說道：「承允、弟妹，方才之事都是推測，若無證據，還是不要冤枉了張小姐才好。」

張婧婷哭哭啼啼道：「我張家的清白，豈容你們誣衊？若無證據，我可要告訴姑母，請她為我主持公道了！」

蘇心禾心頭微沈。她雖然知道張婧婷內心所想，但綠柳已死，自是死無對證，她也拿不出令人信服的證據來，只能一口氣堵在胸口，悶得難受。

末了，蘇心禾冷瞪張婧婷一眼，道：「不知張小姐可信天理報應？綠柳是為誰而死，這份罪惡便會報應到誰身上，還望張小姐好自為之，莫要再生殺孽！」

張婧婷又怕又恨，但依然裝出一副人畜無害的樣子，求歐陽頌臨庇護。「啟王爺……真的不是小女！」

歐陽頌臨繼續打起圓場，道：「雖然我看得不真切，但那丫鬟確實是自己掉下去的，至於她為何擠到前排，是不是有意衝撞公主，就不得而知了，還需進一步查證。」

說完，歐陽頌臨看向李承允，道：「出了這事，想必各家閨秀都嚇得不輕，依我看，不如先讓各位小姐歸家，案子咱們慢慢再查，如何？」

李承允讀出了歐陽頌臨眼中的深意，便道：「但憑啟王爺作主。」

好好一場生辰宴被鬧成這樣，曾菲敏沒了興致，她安撫好歐陽予念之後，便提前讓眾人散了。

張婧婷還裝模作樣地守著石橋哭泣，歐陽頌臨安慰了幾句不成，只得親自護送她回家。

歐陽予念臨走前特地跑過來，拉了拉蘇心禾的手，道：「心禾姊姊，今日的恩情，我記下了，多謝妳。」

蘇心禾卻高興不起來，只輕輕捏了捏她的小手，道：「好了，妳快些回宮去吧，下次別偷偷跑出來玩，太危險了。」

歐陽予念乖巧點頭，隨著白嬤嬤走了。

石橋旁邊，只剩下李承允、蘇心禾，還有李惜惜與曾菲敏。

「菲敏，妳還好吧？」李惜惜見曾菲敏臉色難看得緊，便伸出手來拍了拍她的背脊。

曾菲敏搖了搖頭，道：「我沒事。這場生辰宴，我本想邀大家過來好好遊玩一番，卻沒想到有人因此殞命……」

李惜惜安慰道：「不過是一場意外，怎麼能怪到妳頭上?!再說了，那綠柳突然往前面擠去，也不知是安的什麼心！」

蘇心禾則溫聲道：「縣主，不要將責任攬到自己身上，以免徒增煩惱。」

李承允也開口說道：「此事蹊蹺，我會派人調查，縣主還是早些回去休息，不必為此事勞神。」

說罷，李承允便從袖袋中掏出了一個小盒子，遞到曾菲敏面前。

曾菲敏愣了一瞬，眼裡隨即溢出歡喜。「這是……世子哥哥送給我的生辰禮物？」

李承允搖頭道：「這是我兄長託我帶給妳的，妳拿好，我們這便走了。」

任務完成，李承允帶著蘇心禾與李惜惜一起離開了。

曾菲敏怔然看著他的背影，直到他們三人消失在黑夜之中，她才緩緩垂眸，將目光落到手中的小盒子上。

茉香園蓋在山間，即便每隔幾步便有燈籠照明，但路終究不太好走，蘇心禾跟在李承允身後，走得深一腳、淺一腳，李承允便駐足等她。

蘇心禾低著頭走路，看起來心事重重，自階梯下來時險些踏空，李承允伸手扶了她一把，她才免於摔倒。

她定了定神，道：「多謝夫君。」

李承允卻沒再放開她的手，低聲問道：「還在想方才的事？」

蘇心禾無聲點頭。

她活了兩世，還是第一次見到有人死在自己面前，即便她知道綠柳是咎由自取，但心頭卻仍像有一塊大石壓著，覺得沈重。

李承允道：「多行不義必自斃，綠柳的死是張婧婷造成的，與妳無關。」

蘇心禾聽了這話，不禁有些詫異，道：「你相信我？」

李承允疑惑地看著她，問：「為何不信？」

蘇心禾抿了抿唇道：「我剛才所說不過是自己的推斷，況且你不是聽了啟王爺的話，打算息事寧人嗎？」

李承允又道：「我選擇將此事暫時按下，不代表息事寧人。」

蘇心禾不太明白，開口問道：「夫君此話何意？」

李承允牽著她走向馬車，沈聲道：「上車再說。」

蘇心禾踩著凳子上了馬車，李惜惜剛才聽到了兩人的對話，自然也很好奇，正要跟著蘇心禾上去，卻被李承允瞪了一眼。

「妳去隔壁的馬車。」

李惜惜一頓，秀眉微擰。「為何？」

只見李承允面色冷峻。「好好反省妳自己。」

聞言，李惜惜一頭霧水，道：「二哥，我何錯之有？」

李承允道：「我問妳，公主殿下今夜是否與妳跟心禾走得很近？」

聽到他這麼問，李惜惜不假思索地答道：「是啊，那又如何？」

李承允又問：「事發之時，公主殿下站在哪裡？」

回憶了一下後，李惜惜說道：「我本來跟菲敏在一起，後來嫂嫂要找她，我們就站到她身邊。」

李承允「嗯」了一聲，道：「若今夜綠柳真的將公主殿下推了下去，妳覺得結果會如何？」

想了想，李惜惜回答道：「公主殿下是陛下最寵愛的女兒，又是皇后娘娘的獨生女，陛下當然會大怒，追查事情緣由，在場之人只怕都會受到責罰。」

今夜橋上的人很多，說起推擠的情況，很難證實是不是誰有意為之，若找不到帶頭之人，事情只能不了了之，然而陛下與皇后卻一定會怨恨待在公主身邊，卻護駕不利之人……若真是如此，只怕她跟蘇心禾難逃一劫。

李惜惜想到這兒，頓時心頭微震、背後發涼，害怕了起來。

「這麼說來，那張婧婷不但想製造混亂，還想藉此事將髒水潑到我們身上……」李惜惜咬牙切齒。「她真是太狠毒了！」

思索了片刻後，李承允交代道：「此事還沒完，當天在場的人難免會被人查問，妳跟母親說一聲，讓她有個心理準備。」

李惜惜認真地點了點頭，道：「我記下了。」

待李惜惜上了隔壁的馬車，李承允才坐到蘇心禾身旁。

她依然裹著他的外袍，面色較方才已經好了不少。

馬車緩緩行駛，車內安靜得落針可聞。

半晌過去，李承允才低聲開口。「妳……」

蘇心禾垂眸笑了笑，道：「我沒事，夫君與惜惜說的話我都聽見了……還好公主殿下沒事，不然，我們可能都要跟著陪葬。」

李承允靜靜地看著她，忽然開口。「對不起。」

蘇心禾微微一怔，抬起眼簾，不解地看著他。「夫君何出此言？」

「在妳察覺不對時，我便該留在妳身邊的。」

馬車緩緩而行，月光穿過車簾，灑在李承允的面頰上，他凝視著她，眸中有一絲歉意，道：「若當時我在橋上，便能阻止這件事發生，妳也不會受到驚嚇了。」

李承允清楚地記得，當他躍上石橋時，蘇心禾眼裡的不安與驚恐，看得讓人有些心疼。

李承允微沈的聲音舒緩了蘇心禾緊張的情緒，她心頭微動，咬了咬唇，道：「夫君不必自責，當時是我讓你留在橋下等的，而且我也沒什麼事，都過去了。」
原本李承允沒有要來，眼下他能守在自己身邊，便已是安慰。
「剛才妳的手心裡滿是冷汗。」李承允目不轉睛地看著她，道：「是不是第一次見到死人？」
蘇心禾點了點頭，想起橋墩下的那一幕，還是令人毛骨悚然。
李承允沈默了片刻，道：「把手給我。」
馬車走過一段又一段山路，始終行得穩當。蘇心禾一路上都沒吭聲，默默看著兩人交疊在一起的手。
「緊張的時候，輕輕揉按虎口，有緩解之效。」李承允低聲說道，他一手托著蘇心禾的手，另一手為她按壓虎口。
李承允手掌寬大，輕而易舉便能將她的手指全部握住，因常年習武，指腹上生出了薄薄的繭，略微粗糙的觸感，反而讓蘇心禾感到安心與踏實。
蘇心禾悄悄抬眸瞧了他一眼，李承允低著頭，側臉輪廓俐落，薄唇微抿，正聚精會神地盯著她的手，向來冷峻的人，卻溢出了點滴溫柔。
「剛剛的問題，夫君還沒回答我。」蘇心禾小聲說道。
李承允淡笑了一下，道：「此事孰是孰非，明眼人一目瞭然，只不過，這判官卻未必要我們來當。」
蘇心禾頓時明白過來。「夫君的意思是，我們點到為止，後續讓皇后娘娘處理？」

李承允唇角微揚。「聰明。張婧婷想害公主殿下，無非有幾個原因。第一，公主殿下是陛下最寵愛的女兒，也是他與皇后娘娘之間最重要的情感連結，若沒了公主殿下，對張貴妃娘娘更有利；第二，她見公主殿下與妳走得近，擔心平南侯府與皇后娘娘連成一線，因此想藉暗害殿下打壓我們；第三，可能與啟王爺相關。」

蘇心禾疑惑地問道：「此事與啟王爺有何關係？」

李承允低聲道：「張家想與啟王爺聯姻，但啟王爺與皇后娘娘自幼相識，又很疼公主殿下，考慮到這層關係，王爺不見得會答應張家。」

蘇心禾若有所思道：「張家果然是衝著兵權去。」

李承允點了點頭，低聲道：「張家從文入朝，如今雖然在朝中有了根基，但始終沾不到半分兵權，張貴妃娘娘想在後宮長盛不衰，甚至為兒子鋪路，便需要有力的盟友。」

蘇心禾已憑藉讀心術將朝廷和後宮的關係釐清了大半，待李承允說完後，便徹底明白了。啟王手中掌握王軍兵權，又是宣明帝最信任的弟弟，若能攀上他，張家的勢力便會更上一層樓。

李承允繼續道：「今夜妳將此事點破，公主殿下定會告知皇后娘娘，皇后娘娘本就與張貴妃娘娘水火不容，此事交由她們自己解決，再恰當不過。」

蘇心禾稍稍放下心來，道：「那就好，我還擔心今夜之事會讓你與父親捲入後宮的鬥爭中。」

平南侯府一直以來只效忠宣明帝，從不結黨營私，這點蘇心禾還是明白的。

李承允道：「在生死面前，別的都不重要，妳能救下一條無辜的性命，已是行了大善。」

頓了頓，李承允忽然想起了什麼，問道：「對了，妳是如何猜到張婧婷會害公主殿下的？」

蘇心禾微微一怔，心思飛轉，答道：「就是……就是一種女人的直覺。」

李承允好似聽到了不理解的詞。「直覺？」

蘇心禾一本正經地點頭，道：「女人是直覺敏銳的動物，有時能猜到別人在想什麼，夫君是男子，自然不會明白。」

聽完這話，李承允便用探究的目光看著蘇心禾，眸色逐漸加深。

蘇心禾被他盯得頭皮發麻，正打算開口，李承允的身子卻突然前傾，逼近了她。

兩人之間的距離極短，蘇心禾的手還被他緊緊握著，她不由自主地往後仰，背後緊緊抵著車壁。

「夫君？」

李承允目不轉睛地看著她，道：「那妳用直覺猜一猜，我在想什麼？」

他眸子幽深，恍若寒潭般不見底，蘇心禾只覺得周身被他的氣息環繞，心臟都快跳出來了。

她努力鎮定心神，道：「直覺也不是時時都靈的，我又不是神仙，怎麼會知道夫君此時在想什麼？」

李承允盯著她看了一會兒，才慢慢坐了回去。

「罷了。」

李承允淡淡吐出這兩個字，蘇心禾懸著的一顆心才慢慢放了下來。

說起來，她還從來沒聽過他的心聲呢，不知他的內心，是否也同表面一般沈默寡言？

方才的話題結束後，車廂內便重新安靜下來。

山林之地入夜後涼意漸濃，零星的幾聲蛙叫襯得山中更加空曠與寂靜，李承允不禁沈思起來——

今夜此事，只怕會加深皇后與張貴妃的隔閡，且張婧婷定會記恨蘇心禾，若是他日後去了北疆，京城中還得留人護著她才是。

李承允想到這裡，不由自主地開了口。「心禾。」

話音落下，卻無人應聲。

李承允抬眸看去，只見蘇心禾已經靠著車壁睡了過去。

清冷的月光為蘇心禾的輪廓鍍上一層銀輝，她的睫毛濃密微捲，在眼瞼下方形成一層淡淡的陰影，讓巴掌大的小臉更顯精緻。此刻她秀麗的眉微微皺著，似是有些冷。

蘇心禾還蓋著李承允給她的外袍，只不過這外袍對她來說過分寬鬆，已經掉到腰際了。

李承允坐得近了些，伸手拾起外袍蓋在蘇心禾身上，就在此時，馬車不穩地晃了晃，蘇心禾便腦袋一歪，靠在李承允的肩頭。

他微微一愣，一個低頭，下巴便觸到一片柔軟的髮頂，傳來一陣馨香。

蘇心禾折騰了一日，早就累了，馬車行得搖搖晃晃，正好助眠，然而她用來靠頭的車壁太硬，睡得並不舒服，乍一遇見又暖又結實的「枕頭」，便自然而然地蹭了上去。

調整好姿勢後，蘇心禾細膩柔滑的臉頰幾乎貼上李承允的脖頸，甜暖的呼吸就噴在他的喉結上，讓李承允不自覺地屏住呼吸，一動也不敢動。

找到了舒服的姿勢，蘇心禾終於不再亂動了。

李承允低頭凝視她一瞬，隨後抬手扶住她的肩，蘇心禾便睡得更加安穩了。

半個多時辰後，馬車終於入城，繞過幾條主街後，抵達了平南侯府。

李惜惜一見到家了，立即躬身而出，很快就下了馬車。

她在門口等了一會兒，卻見一旁的馬車毫無動靜，便快步走了過去。

李惜惜隨手撩起車簾，正準備開口催促，卻瞬間瞪大了眼。

嫂嫂身上裹著二哥的外袍，正靠在他身旁酣睡，看起來姿態相當親暱，讓她見了都有點面熱。

李惜惜目光往上移，落到李承允臉上，只見他淡定地抬起一隻手，無聲做了個「噓」的手勢。

見狀，她連忙放下車簾，退了出去。

李惜惜才入庭院不久，便在拐角處碰到蔣嬤嬤了。

「見過大小姐。」蔣嬤嬤福身道。

李惜惜此時此地見到蔣嬤嬤，有些詫異，便問道：「蔣嬤嬤怎麼在這兒？」

蔣嬤嬤笑了笑，道：「夫人還未睡下，聽聞世子爺帶世子妃與大小姐回來了，便讓老奴過來看看。對了，怎麼不見世子爺跟世子妃？」

李惜惜眉目微挑，壓低了聲音道：「二哥跟二嫂還在門口的車上呢，我剛才過去看了一眼，他們……一時半刻應該下不了馬車，蔣嬤嬤還是直接回去覆命為好！」

說完，李惜惜衝蔣嬤嬤神秘一笑，便邁著悠閒的步伐離開了。

蔣嬤嬤滿臉疑惑，將目光投向與李惜惜一起回來的丫鬟，丫鬟面色微僵，連忙擺手，小聲道：「奴婢什麼也沒看見！」

越是這樣，蔣嬤嬤便越覺得奇怪。

她斂了斂神，並未聽李惜惜的勸，逕自向門外走去。

平南侯府的大門口，馬兒百無聊賴地刨起了地面，似是有些不滿，車夫見狀，連忙安撫牠，可安撫了好幾次後，便不奏效了。

最終，馬兒不耐地蹬起了腿，鼻子裡也發出了響聲，以示抗議，馬車也跟著震了震，讓車廂裡的人一晃。

直到此時，蘇心禾才察覺到了動靜，悠悠轉醒。

她迷茫地張開雙眼，只見眼前是車廂，待她清醒一些後，才緩緩轉過頭，映入眼簾的，是李承允的側臉。

蘇心禾呆住了。

李承允肩頭的衣裳被她壓得有些皺了，他的脖頸上還有些紅痕，似乎也是被她壓的，彷彿在昭示她方才的「侵略」。

第四十三章　同榻而眠

蘇心禾的面頰倏地紅了，忙道：「我、我怎麼睡著了……」

她說著，連忙伸手幫李承允理了理肩頭的衣裳，但李承允卻毫不在意，只看著她輕聲問道：「睡得可好？」

蘇心禾唇角微抿，輕輕點了點頭。確實是……睡得挺暖和的。

李承允見她神情嬌羞，右臉因靠在自己肩頭，壓出了一團紅紅的印子，只覺得十分可愛，讓人想伸手揉一揉。

他溫聲問道：「若是睡好了，是不是能下車了？」

蘇心禾這才意識到馬車似乎許久沒動過了。「既然到家了，夫君怎麼不叫醒我？」

李承允笑了笑，道：「見妳睡得沈，便沒叫妳。」

蘇心禾頓時有些緊張，問道：「我方才可說了什麼？」

李承允輕笑道：「也沒什麼，只是好像在嚐什麼好東西。」

紅唇總是在他肩頭蹭來蹭去的，只怕連唇脂都蹭沒了。

蘇心禾大窘，只想避開李承允的目光早些下車，可她才移了一步，還未徹底站起來，便重重跌回了位置。

她咬牙「嘶」了一聲，小臉皺成一團。

李承允眉頭微蹙，連忙道：「妳怎麼了？」

蘇心禾指了指自己的腿，不好意思地開口道：「睡得太久……麻了。」

車廂內的空氣彷彿凝住了，隨後，李承允低低笑出了聲。

蘇心禾不禁又窘又惱，卻不好多說什麼，只能硬著頭皮道：「夫君先下車吧，我坐一會兒就好，你不必等我。」

李承允未回應蘇心禾的話，他自顧自地起身，一手摟住蘇心禾的腰，一手自她雙膝後方穿過，輕而易舉地將她抱了起來。

「夫君?!」

蘇心禾那雙清靈的杏眼，滿是詫異地看著李承允，小手不自覺地抓住他的前襟，明顯有些不安。

李承允垂眸看她，唇角含笑，聲音低沈而溫柔。「若是手沒麻，便抱緊我。」

在司閽等人驚訝的視線中，李承允橫抱著蘇心禾，一步步邁入平南侯府。

蘇心禾縮在李承允懷中，像一隻乖順的貓兒，時不時偷瞄他一眼，只要李承允低頭看她，她便立即閉上眼裝死。

李承允覺得好笑，在眾目睽睽下逕自將她抱回了靜非閣。

一路上遇到不少下人，下人們連忙福身行禮，將頭埋得低低的，待李承允走過去之後，又紛紛伸長了脖子去看。

兩人這親密的一幕，也被匆匆趕來的蔣嬤嬤盡收眼底。

蔣嬤嬤看著李承允長大，深知他一貫克己復禮，如今這畫面，簡直百年難得一遇！

她既驚訝萬分，又欣慰非常，待李承允的身影消失在轉角，她便一扭身，快步回了正院。

正院之中，燈火明亮。

李儼還未回府，葉朝雲正坐在案前練字，她坐得端正，手腕輕撇，便讓筆鋒吸滿了墨汁。

她手腕一抬，將毛筆提至白紙前，正要落下，便聽見了急促的敲門聲——

「夫人，夫人！」

葉朝雲聽出是蔣嬤嬤的聲音，開口道：「進來。」

蔣嬤嬤連忙推門而入，她走得太快，入門之後，呼吸仍然有些急促。

葉朝雲難得見她如此激動，有些疑惑。「發生了什麼事，怎麼如此倉皇？」

蔣嬤嬤一貫沈穩，極少喜怒形於色，眼下她卻滿臉笑意地湊近葉朝雲，低聲耳語了幾句。

葉朝雲面色不禁一頓，毛筆抖了一下，墨汁滴到即將完成的這幅字上。

蔣嬤嬤大呼可惜，葉朝雲卻顧不得這些了，她放下筆，緊盯著蔣嬤嬤，問道：「此話當真？」

只見蔣嬤嬤笑著說道：「當然是真的，老奴怎麼敢欺騙夫人？大夥兒都看見了，世子爺抱著世子妃從大門口一路走回了靜非閣呢！」

葉朝雲聽到這兒，頓時眉眼舒展，笑容也爬上嘴角，道：「好啊！我兒終於想通了！對了，讓妳辦的事，準備得怎麼樣了？」

蔣嬤嬤忙道：「靜非閣那邊一切都安排好了，青梅那丫頭也機靈，想必能水到渠成！」

葉朝雲點了點頭，笑道：「那就好，明日一早，妳讓紅菱去打聽打聽，但千萬別讓承允與心禾起疑！」

蔣嬤嬤笑著應道：「是，夫人。」

青梅等人得了主子提前回來的消息，早早地候在靜非閣門口，一見李承允抱著蘇心禾回來，眼睛瞬間瞪得如銅鈴大，呆了片刻之後，才笑逐顏開地迎了上去。

「小姐與姑爺回來啦！」

自入府之後，青梅見到李承允時，總是刻板地稱一聲「世子爺」，今日這一改口，讓李承允不禁看了她一眼，臉上似乎多了兩分笑意。

「去開門。」

李承允一吩咐，青梅便連忙應是，她小跑上前，快步拾階而上，推開了臥房的門。

一眾下人跟在李承允身後，抿唇憋笑。

蘇心禾面色漲紅，拉了拉李承允胸前的衣襟，小聲道：「夫君，放我下來吧，我已經好了，可以自己走……」

李承允卻笑了一聲。「馬上就到了，妳莫不是想過河拆橋，一盞茶都不給我喝？」

蘇心禾一時語塞，只得老實地任由他抱著。

李承允笑著將蘇心禾抱進房，繞過屏風之後，他便俯下身來，將她放到床榻邊。

蘇心禾鬆開李承允的脖頸，手扶床柱坐穩，卻見青梅與白梨都笑盈盈地盯著自己。

她的臉更紅了，低聲道：「夫君，坐吧。」

李承允「嗯」了一聲，在她身旁坐下，袖袍中的手指緩緩握拳，指尖似乎還留有她的餘溫。

他看了她一眼，只見她面頰緋紅、雙眸閃亮，實在可愛。

「腿好些了嗎？」

「好些了。」蘇心禾小聲道：「有勞夫君了。」

李承允笑笑。「妳太輕了，應該多吃些。」

她平常吃得不算少，但不知為何，抱在手裡卻輕得很，纖細的腰身盈盈一握，彷彿能被他一隻大手掐住。

蘇心禾乖乖「喔」了一聲，李承允才輕輕咳了下，道：「時辰不早了，妳快些休息吧。」

她點了點頭，道：「嗯，夫君也是。」

見李承允起身要走，青梅與白梨對視一眼，白梨略一點頭，青梅便跪了下去。

「小姐、姑爺，奴婢有罪！」

聽了這話，蘇心禾與李承允都有些詫異。

蘇心禾問道：「青梅，這是發生什麼事了？」

「回小姐，您前兩日不是交代奴婢，找個天氣好的日子整理一下江南帶來的東西嗎？奴婢見今日日頭好，小姐又恰好不在府中，便將您的食譜都擺到院子裡晾曬，也將您挑出來的作廢食譜燒了，沒想到……」

青梅忐忑地瞧了蘇心禾與李承允一眼，繼續道：「沒想到當時書房的窗戶開著，奴婢沒留神，火星便飄進去，將姑爺的矮榻點著了，所幸撲救及時，沒波及其他物品，只是那矮榻燒焦了一塊，不能用了。」

說到這兒，青梅磕了個頭，道：「求小姐與姑爺責罰！」

蘇心禾向來將青梅當成自己的妹妹，聽了這話，第一個問題便是：「著火危險，妳與其他人有無受傷？」

青梅搖頭，道：「沒有，多謝小姐關懷。」

蘇心禾抿了抿唇。這矮榻若是她的，那便罷了，但偏偏是李承允的，倒是有些難辦了。她的聲音提高了幾分，道：「書房中機密要件太多，萬一燒著了，誤了夫君的正事如何是好？妳也太馬虎了！」

青梅忙道：「奴婢知道錯了！求小姐與姑爺開恩！」

蘇心禾這才對李承允道：「夫君，青梅是我的丫鬟，她做錯了事，是我管教無方，還請夫君不要生氣，我明日就幫夫君重新置辦一張矮榻，好不好？」

李承允面色如常，只淡淡瞥了青梅一眼，道：「罷了，不過是一件小事，下不為例。」
蘇心禾暗暗鬆了口氣，笑道：「多謝夫君！」
她又轉過頭對青梅道：「好了，妳下去吧。」
青梅低聲應是，趕緊站起身來，白梨則適時開口道：「那奴婢等就不叨擾世子爺跟世子妃休息了。」
白梨說完，便匆匆拉著青梅出了臥房，眼明手快地關上門。
臥房中，只剩下蘇心禾與李承允兩個人。
房內一時安靜得出奇，燭光閃爍，彷彿一顆跳動的心。
蘇心禾小聲道：「夫君，那矮榻已不能用了，若夫君願意的話，不如與我一起……將就一晚？」
李承允站在房中，聽了這話，緩緩抬眸看了她一眼。
蘇心禾見李承允沒回應，以為他心中不悅，忙道：「對了，其實這兒也有一張貴妃榻，若夫君覺得我們兩人睡一張床有些擠，那我便挪到貴妃榻上去，絕不打擾夫君。」
畢竟是青梅的過失，她身為主子，該盡力彌補他才是。
蘇心禾說著便要抱著被褥下床，李承允卻拉住她的胳膊，道：「不必麻煩了。」
「嗯？」蘇心禾不解地看著他。
李承允沈默了片刻，道：「就睡這兒吧。」

夜色深沈，明月高懸，房中燭火已滅，黑漆漆的一片，剛好助眠。

臥房的床榻寬敞，蘇心禾與李承允一人一個被窩，幾乎挨不到被角，李承允以手當枕，仰面朝上躺著，蘇心禾卻連續翻了好幾次身。

「怎麼了？」李承允問道。

蘇心禾輕嘆道：「在馬車上睡得太久，如今有些睡不著了。」

李承允「嗯」了一聲，道：「想不想聊天？」

蘇心禾有些意外，這冰塊臉還會聊天?!

她翻身過來，面對他的側臉，笑盈盈道：「好啊。」

甜美的呼吸輕輕掃過李承允的耳畔，令他神情微微一頓。

「夫君，」蘇心禾問道：「啟王爺說，那玉肌膏是你特地去找他要的，是真的嗎？」

李承允沈吟片刻之後，回道：「是。」

「那你之前為何不告訴我？」

「不過舉手之勞，不足掛齒，而且妳是因為我才受傷的。」

蘇心禾抿唇一笑道：「我的傷不過是小傷，不值得你欠啟王爺一個人情。」

「沒有值不值得。」李承允聲音微沈，道：「只有我情不情願。」

蘇心禾微怔，心下一暖，道：「你倒是跟我想像的很不一樣。」

李承允問：「哪裡不一樣？」

他轉過臉去看她，眸色幽深，彷彿想透過眼睛看清蘇心禾的心一般。

蘇心禾定了定神道：「我本以為你很討厭我。你出身勛爵之家，出類拔萃，而我不過一介商戶之女，身分低微，若不是當年一句承諾，我們兩人可能永遠也不會相遇……無論換成誰，要接受這樣一門婚事，只怕都會不平。」

她的語氣再平常不過，似乎這事與她沒多大關聯，但越是這樣，便越讓人心疼。

房內安靜了一會兒，就當蘇心禾以為這個話題結束時，李承允卻忽然開了口——

「其實，我從未討厭過妳。」

黑暗之中，李承允凝視著蘇心禾的眼睛，一字一句道。

「起初，我對妳是有些冷淡，但那是因為父親從未針對婚事問過我的意見。我知道父親有諾必踐，我身為嫡子，理應接受他的安排，但我也是個人，不喜歡被人擺布……但後來我發現，這樣是不對的。」

蘇心禾輕聲問道：「哪裡不對？」

李承允薄唇微抿道：「妳同我一樣，也是被迫接受這場婚事，我若再欺負妳，就對妳太不公平了。」

蘇心禾沒想到李承允會同自己說這些。

她嫁到平南侯府來，人們不是說她祖上燒了高香，就是說她家挾恩以報，她雖然心中有些不平，終究無力辯駁，只能勸自己別放在心上。

李承允能站在她的角度考慮，讓她有些動容。

蘇心禾嬌俏地覷他一眼，問道：「夫君現在不覺得委屈了嗎？」

李承允長眉微擰，道：「我為何要委屈？妳善良聰慧，又孝順能幹，就連嚴苛的父親都對妳讚賞有加，但凡妳在，母親臉上總有笑容，況且……」

他說到一半，便停了下來。

蘇心禾好奇地盯著他，眨了眨眼。「況且什麼？」

李承允耳尖微熱，終究開了口。「只要有妳在，便有家的感覺。」

月光如水，在房中靜靜流淌，氣氛也逐漸曖昧起來。

李承允這些話讓蘇心禾心頭小鹿亂撞，她無措地盯著頭頂上的紗帳，手指不自覺地攥緊了身側的被褥。

下一刻，她的手被人握住，傳來陣陣暖意。

蘇心禾面頰發燙，終於鼓起勇氣，慢慢張開手指，與李承允十指相扣。

黑暗中，兩人手心相貼，李承允唇角微揚，柔聲道：「睡吧。」

蘇心禾輕輕應了聲，聽話地閉上眼睛。

沒多久，蘇心禾便睡了過去，但因為嘉宜縣主的生辰宴上出了人命，她有些受驚，便睡得不太安穩，入眠後還不停翻動，滾了兩圈之後，連自己的被子也丟了，拽起李承允的被子。

哪怕在睡覺，李承允的警覺性也很高，被她這麼一拉扯，自然就醒了。

他見她緊緊蹙著眉，身子也冷得縮成一團，便拉過被褥蓋在她身上。

蘇心禾嘴裡含糊不清地唸了句什麼，又順勢滾到李承允暖呼呼的被窩裡，嬌軟的身子貼上他的手臂，李承允不禁身子一僵，整個人彷彿被電到。

他垂眸看她，只見蘇心禾的額頭靠在自己的肩頭，長髮如瀑散開，烏黑柔亮，看起來如絲綢般順滑。

李承允忍不住理了理她擋住臉的長髮，又為她悉心掖好被子。

蘇心禾徹底暖和起來，更是滿意地貼緊了這個「暖爐」，手臂一伸，搭在李承允的腰腹上。

李承允暗嘆一聲，輕輕按住這隻不安分的小手，才緩緩閉上眼。

翌日，晨曦透過窗櫺灑落進來，將房中照得暖洋洋的，蘇心禾就在此時甦醒。她撐著身子坐了起來，一見地上那床被褥，再看看自己身上的被褥——分明是李承允的，一時不禁有些茫然。

就在此時，外面響起了叩門聲。「小姐，您起來了嗎？」是青梅。

蘇心禾連忙斂了神色，開口道：「進來。」

青梅推門而入，送了熱水與帕子進來，笑咪咪道：「奴婢一直守在門口，聽到了動靜，便猜想小姐醒了。小姐睡得可好？」

「嗯，」蘇心禾應了聲，又問：「他……出去了？」

青梅笑道：「姑爺一早便出門了。」

蘇心禾稍稍鬆了一口氣，她摸了摸自己的臉，依然有些燙，便又揪過被子。「更衣吧。」

朝食過後，蘇心禾坐在屋裡，有那麼點心不在焉。

她既然嫁入平南侯府，便沒打算當貞潔烈女，不過感情之事講究水到渠成，她更想順其自然。

蘇心禾並未將此事太放在心上，轉身便回了房。「青梅，我的桂花酒呢？」

青梅溫聲答道：「小姐，您的桂花酒已經放到地窖裡了，奴婢昨日還去看過，封得好好的呢！」

蘇心禾笑著點點頭，道：「那就好，等到中秋時，便能開罈了。」

六月上旬，天氣一日比一日熱，桂花酒放到地窖中，倒是更加穩妥。

蘇心禾正打算去地窖看看，卻見葉朝雲身旁的紅菱來了。

「見過世子妃。」紅菱畢恭畢敬地行了個禮。

蘇心禾也報以一笑，問道：「怎麼突然過來了？可是母親那兒有什麼事？」

紅菱笑著應聲。「夫人說想請世子妃過去說說話。」

蘇心禾輕輕頷首，道：「知道了，我收拾一番就過去。」

葉朝雲坐於高榻上，姿態雖然高貴，臉上的笑容卻很親切，她上上下下打量了蘇心禾好幾回，便抬手指了指蘇心禾面前的人參烏雞湯，問：「怎麼不喝？是不是不合胃口？」

蘇心禾忙道：「多謝母親，兒媳這就喝。」

她連忙端起桌上的人參烏雞湯，輕輕舀起一勺，放到唇邊吹了吹，當著葉朝雲的面飲下。

烏雞肉質鮮嫩、韌而不柴，湯的參味雖濃，卻不喧賓奪主，喝起來有隱隱的清甜感，甚是鮮美。

葉朝雲見兒媳乖巧地喝著湯，笑意更甚，道：「喝完了湯以後，再吃些點心。不知道妳喜歡吃些什麼，我便遣人去有名的點心鋪子裡各樣都買了一些，妳一會兒嚐嚐，看可有喜歡的？」

蘇心禾低頭瞧了一眼，面前的茶几上，用藍瓷雕花盤子盛著不下十餘種點心，這些點心形狀各異、樣式精美，一看便出自名廚之手，只怕不是那麼容易買回來的，她端坐著，忽然覺得手中的湯羹有些沈。

初入侯府時，婆母待她是有些冷淡，隨著這段時間的相處，兩人的關係親近了不少，婆母對她的印象也逐漸扭轉，出門在外時，甚至還會主動照顧與教導她，但像今日這般排場，實在是有些反常。

第四十四章　登門道謝

蘇心禾放下烏雞湯，笑道：「多謝母親，只是兒媳方才用過朝食，還有些飽，暫時吃不下了。」

「不急不急。」葉朝雲溫聲笑道：「若是此時吃不下，等會兒就帶回靜非閣去吃。聽聞近期承允都在家用妳做的朝食了？」

蘇心禾頷首道：「是。」

葉朝雲含笑點頭，道：「承允這孩子，一向是忙起來便什麼都忘了，我之前勸過他多少回，他都不聽，總是不用朝食便去軍營了，還是妳有辦法！如今承允在府中的時候比以前多了，面色似乎也好了不少，妳功不可沒。」

蘇心禾忙道：「都是分內之事，兒媳不敢居功。」

葉朝雲卻擺擺手，道：「承允的性子我知道，難勸得很，妳不必自謙。」

蘇心禾只得受了這誇獎，又稱讚婆母教導有方。

葉朝雲更高興了，接著狀似不經意地問道：「對了，昨日聽說書房著了火，如今可都收拾好了？」

「回母親，已經收拾好了，還好沒燒到什麼要緊的物品，可惜夫君的矮榻燒壞了，上面黑了一片，怕是不能用了。」

葉朝雲脫口而出。「燒了好！」

「啊？」蘇心禾聽了這話，不禁疑惑地看向葉朝雲。

葉朝雲表情有些不自然，輕咳了一下，道：「我是說，還好只燒了張矮榻，沒傷到人！那矮榻既然沒用了，扔了便是，不是什麼大事。」

蘇心禾點點頭，道：「母親放心，矮榻已經處理了，我會盡快添置一張新榻補進書房的。」

「添置？」葉朝雲彷彿聽到了什麼讓人不敢置信的事。她可是好不容易逮到兒子跟兒媳都不在的機會，才將那討人厭的矮榻處理掉了，如何能再添置回來?!

葉朝雲忙遞了個眼色給一旁的蔣嬤嬤，蔣嬤嬤立即會意，道：「世子妃有所不知，世子爺的矮榻看起來平凡無奇，卻是老奴之前置辦的，世子爺用了多年，若是換了款式，只怕世子爺不習慣，不然還是老奴去尋吧？」

蘇心禾還未答話，葉朝雲便道：「甚好。心禾，這樣的小事，妳就不用操心了，讓蔣嬤嬤安排便好。」

聽了這話，蘇心禾只得道：「是，那就有勞蔣嬤嬤了。」

葉朝雲見她同意了，不禁勾了勾唇角。

「母親！」李惜惜的聲音自門外傳來，她邁入房中，一見到蘇心禾，便朝她笑了一下，道：「嫂嫂也在啊！」

葉朝雲見她一襲緋紅勁裝，蹙了蹙眉道：「不是讓妳去讀書嗎？怎麼又去練劍了？」

李惜惜指了指後方的李承韜，笑道：「母親可不能怪我，是李承韜非要纏著我比試，不關我的事！」

此時李承韜剛好從李惜惜後面走進來，一聽這話，連忙辯解道：「李惜惜，分明是妳偷襲我在先，我不過是要討回公道而已，怎麼變成我纏著妳比試了？」

李惜惜連忙奔到葉朝雲身旁挽起她的胳膊，又朝李承韜做了個鬼臉。

見狀，李承韜好氣又好笑，只能將劍放到一旁，道：「罷了，好男不跟惡女鬥！」

葉朝雲見到這對活寶，不住地搖頭，道：「你們兩個何時才能長大懂事啊？」

李惜惜拉著她的衣袖撒嬌道：「母親，女兒還不夠懂事嗎？」

只見李承韜笑道：「若妳真的懂事，昨日救下公主殿下的人，就該是妳了。」

此話一出，葉朝雲神情微頓。

李承韜意識到自己失言了，忙道：「母親，我……」

葉朝雲唇角微抿，蔣嬤嬤便立即帶著眾下人出去，並將門窗牢牢關起來。

葉朝雲掃了在場的人一眼，道：「昨日茉香園之事，府中還有誰知道？」

李惜惜立刻搖頭，道：「回母親，我只告訴李承韜，其他人一概沒提！」

蘇心禾道：「白梨昨日跟著我們同去，目睹了全程，但兒媳已經交代她不可對任何人提起此事了。」

李承韜也連忙指天發誓，道：「母親放心，我不會對旁人提起的！」

葉朝雲這才放下心來，她掃了眾人一眼，最終將目光落在蘇心禾身上，道：「茉香園發生的一切，惜惜都告訴我了，心禾能洞察先機，救公主殿下於水火，做得很好。」

頓了頓，她又道：「只是這事的源頭有些複雜，那個丫鬟慘死，便沒了人證，又沒找到物證，故而難以指證張家小姐。即便鬧到陛下那裡，也是一樁無頭公案，只怕皇后娘娘會暫時隱而不發。你們出了這屋子，萬萬不可再提起此事，以免節外生枝。」

三人聽得仔細，順從地點頭。

葉朝雲起身轉過頭，靜靜看向壁上掛著的「忠君愛國」四個大字，那是先帝當年親手寫下賜予李儼的。

「朝堂各方明爭暗鬥，後宮局勢波詭雲譎，無論將來局勢如何，這『忠君愛國』四個字都是平南侯府的底線，記住了嗎？」

蘇心禾面色鄭重道：「兒媳記下了。」

李惜惜與李承韜也齊聲應下，神情認真。

就在此時，外面忽然響起了叩門聲，葉朝雲循聲看去，卻見蔣嬤嬤的身影立在門口，她用手拍門，聲音有些急促。「夫人，長公主殿下突然攜縣主來訪，人已經到門口了！」

葉朝雲微微一怔。雖然她與長公主交好，但長公主向來覺得平南侯府氛圍拘謹，大多數時候不願過來，今日怎麼突然登門了？

她定了定神，說道：「請她們到正廳稍坐，我很快就過去。」

蔣嬤嬤沈聲應是，轉身迎客去了。

「母親，長公主殿下帶著菲敏過來，是不是為了昨日之事啊？」李惜惜小聲嘀咕道。

李承韜也蹙眉道：「好端端的生辰宴，卻死了個丫鬟，只怕長公主殿下跟縣主都不高興，此時過來，怕是沒什麼好事吧？」

聞言，李惜惜瞪了他一眼，道：「說什麼呢？菲敏豈是那好賴不分的人？」

李承韜「嘖嘖」兩聲道：「縣主是不是好賴不分，我說不清，我只知道她一貫對人不對事，不但偏心護短，還愛屋及烏，盲目得很啊！」

「你！」李惜惜忍不住在他胳膊上擰了一把，怒道：「你有本事就當著菲敏的面說啊！」

李承韜「唉唷」一聲，道：「難道我說錯了？妳瞧瞧她對大哥跟二哥的態度，簡直是天壤之別，哪有什麼道理可言？」

葉朝雲被這兩個人吵得頭疼，道：「你們若是不想去跪祠堂，就把嘴閉上，隨我去迎長公主殿下與縣主！」

李惜惜與李承韜一見葉朝雲變了臉色，立即從「鬥雞」變成了溫順的「鵪鶉」，乖乖地應了聲是。

葉朝雲搖了搖頭，道：「走吧，莫讓長公主殿下與縣主久等了！」

正廳中，長公主歐陽如月靜靜端坐，她身穿深紫色雲紋宮裝，刺繡鎏金，裙襬及地，看起來十分華麗。她氣定神閒地打量著正廳裡的陳設，嘉宜縣主曾菲敏則坐在她下首。

曾菲敏表情有些忐忑，每隔一會兒便將目光投向門口，見並無人影，便迅速收回目光，神情不大自然。

蔣嬤嬤命人奉茶，福身道：「長公主殿下請用茶，侯夫人很快就來。」

歐陽如月點了一下頭，隨手端起茶盞輕抿一口。

這茶熱而不燙、入口清冽，在唇舌中停留一會兒，流入喉嚨之後，嘴裡仍有甘味。

歐陽如月不禁問道：「這茶不錯，叫什麼？」

蔣嬤嬤立在一旁，徐徐答道：「回殿下的話，這就是尋常的一品毛峰，只不過我們世子妃囑咐後廚，在泡茶時加入一點陳皮，有助生津開胃，有利於炎夏進食。」

歐陽如月半揭茶蓋，往茶盞裡瞧了一眼，問道：「本宮怎麼沒見到陳皮？」

蔣嬤嬤笑著答道：「世子妃說陳皮入口苦澀，故而泡完水後便濾掉了，只餘陳皮香，不見陳皮渣。」

歐陽如月聽了這話，若有所思地點點頭，唇角微微一牽，道：「你們這位世子妃當真聰慧貼心，怪不得連你們夫人這般嚴謹的人都那麼喜歡她。」

「長公主殿下又在打趣臣婦？」

葉朝雲笑著邁入正廳，她身後還跟著蘇心禾等人，眾人一見歐陽如月，便躬身行禮。

歐陽如月一臉笑意道：「在妳府上還如此客氣？免禮。」

說完，她主動拉著葉朝雲坐到自己身旁，目光轉了一圈，落到蘇心禾身上，輕聲道：「都坐下吧。」

蘇心禾等人便散開落坐。

歐陽如月許久未見李承韜，見他一身勁裝、英姿勃發，彎了彎唇角，笑道：「一段日子不見，承韜似乎又高了些。」

葉朝雲笑道：「這個年紀的兒郎自是長得快些，承允當年也一樣。」

歐陽如月看著李承韜，既有些欣慰，又有些惆悵，她淡笑著對葉朝雲道：「還是妳有福氣，兒女繞膝，熱鬧得很。」

葉朝雲微怔了一下，忙道：「他們不懂事，整日在身旁吵鬧得很，殿下福澤深厚，又有縣主這位掌上明珠，豈是臣婦能比的？」

歐陽如月笑著搖了搖頭，道：「還是妳會說話，有些事情不提也罷。對了，今日我過來，是有正事要辦的。」

葉朝雲問：「什麼事要煩勞殿下特地跑一趟？」

歐陽如月微微一笑，她下巴輕抬，遠遠點了點保持沈默的曾菲敏，道：「敏兒——」

曾菲敏聽到聲音，有些不情願地抬起頭來，恰好迎上歐陽如月的雙眸。

歐陽如月一向很寵愛自己的獨生女，但不知怎的，今日的眸光似是有些深意，還帶著幾許督促。

曾菲敏袖中的手指不自覺地攥緊，她先是收回視線，又飛快地看了蘇心禾一眼，臉上滿是猶疑。

李惜惜與曾菲敏十分熟悉，知道她一向瀟灑率性，很少拖泥帶水，她見到曾菲敏這個神情，覺得有些奇怪，便小聲問道：「菲敏，妳怎麼啦？」

曾菲敏看了她一眼，動了動唇，卻只嘆了口氣出來。

李惜惜還想再問，可曾菲敏卻將腦袋偏向一邊，索性不看李惜惜了。

眾人見狀都摸不著頭緒，歐陽如月不禁提高了音調，道：「敏兒，出門之前，母親是怎麼跟妳說的？這才多久，妳就都忘了嗎？」

這語氣有些嚴厲，曾菲敏不禁臉色微僵，她又躊躇了一會兒，終於下定了決心，站起身來走到廳中，慢慢轉向蘇心禾。

蘇心禾見曾菲敏面色凝重、神情悲壯，忍不住問：「縣主，這是怎麼了？」

正廳好一陣子安靜無聲，落針可聞。

曾菲敏目不轉睛地盯著蘇心禾，一張小臉漲得通紅，如臨大敵。

就在眾人疑惑時，她驀地伸出手來，平舉過額頭，聲音顫抖。「昨夜多謝世子妃出手相助，保公主殿下安然無恙，這才免了長公主府滅頂之災，請受菲敏一拜！」

曾菲敏說罷，便躬身拜下。

除了歐陽如月以外，在場的人皆萬分意外，蘇心禾連忙扶住曾菲敏，道：「縣主這是折煞我了，快快請起！」

曾菲敏站直身子，默默看了蘇心禾一眼。她之前對蘇心禾有偏見，昨日首次在茉香園相見時，她還對她很不客氣，本以為蘇心禾會藉機挖苦自己一番，誰知對方不僅沒有，反而一臉真誠地扶起自己，她更加慚愧了。

歐陽如月笑著說道：「這一拜，世子妃當得起，哪來的折煞。」

蘇心禾一欠身，低聲道：「長公主殿下，昨夜之事不過是舉手之勞，殿下言重了！」

葉朝雲也對歐陽如月說道：「不錯，殿下讓縣主道謝，見外了。」

歐陽如月揮了揮手，示意蘇心禾與曾菲敏坐下，才緩緩開口。「朝雲，妳我相識多年，我就是拿妳當自己人，才願意將此事拿到檯面上來說。」

話說到一半，她就對葉朝雲使了個眼色，葉朝雲便對李惜惜與李承韜道：「今日早晨我讓人去買了上好的茶點回來，你們兩人去挑一挑，選些好的送來。」

李惜惜跟李承韜對視一眼，便識趣地起身告退了，蔣嬷嬷等人也一併離開了正廳。

除了她們兩人之外，廳內只剩下曾菲敏與蘇心禾。

歐陽如月不由得嘆了口氣，語氣比方才沈重了幾分。「朝雲，妳也知道這些年來皇后娘娘身子時好時壞，只生了念兒這個寶貝女兒，說句不恰當的，哪怕是張貴妃所生的皇子，也不如念兒討陛下歡心。昨日丫鬟墜橋一事若是意外就罷了，怕就怕是有歹毒之人刻意為之。」

說到此處，歐陽如月的臉色難看了幾分，她看著葉朝雲道：「妳們想想看，若是念兒昨夜在菲敏的生辰宴上出事，結果會如何？」

葉朝雲眸色微微一凝。「殿下指的是皇后娘娘？」

歐陽如月微微頷首，道：「不錯，皇后娘娘的身子不好，禁不起大喜大悲，萬一昨夜釀成大禍，受害的不僅是念兒，只怕皇后娘娘也會遭殃。皇后娘娘與陛下是年少夫妻，結髮同心，即便皇后娘娘未誕下皇子，依然榮寵不減。

「陛下雖然才剛過而立之年，可朝中多得是催他立儲的聲音，若此時立儲，豈非張貴妃之子莫屬？我猜，陛下一直沒有鬆口，便是為了皇后娘娘著想。」

歐陽如月想起來仍然有些害怕，她壓低聲音道：「陛下如此重視皇后娘娘與念兒，她們若是因為菲敏生辰而……」

她頓了片刻，才繼續道：「總之，昨日世子妃此舉不但救了念兒與皇后娘娘，也救了我們一家，長公主府算是欠了平南侯府一個人情。」

蘇心禾聽到這裡，溫聲道：「殿下，若換成旁人，同樣不會袖手旁觀的。」

歐陽如月卻搖搖頭，道：「孩子，妳還年輕，不懂朝堂與後宮的複雜。張家不是吃素的，旁人即便知道張婧婷要害念兒，也不見得會站出來，因為這麼做很可能將自己給搭進去。」

蘇心禾先是怔了一下，隨即明白過來，道：「多謝殿下提點。」

葉朝雲沈默了片刻，道：「皇后娘娘怎麼說？」

「皇后娘娘昨夜已經知道來龍去脈，但因沒有證據，只能暫時按下，不過今早宮門一開，她便派人來了長公主府。」歐陽如月說著，指了指外面，道：「我這次來不光是道謝，還帶了不少皇后娘娘的賞賜，由於此事不宜對外張揚，故而皇后娘娘只能借我的手將東西送來。」

「這……」葉朝雲聽到此處，不禁有點為難。

歐陽如月洞悉了她的心思，只道：「放心，皇后與娘娘我都知道，平南侯府一向忠君愛國，從不介入朝堂與後宮的紛爭。我與皇后娘娘相識多年，她賢德大氣，此舉並非為了拉攏你們，只是聊表心意罷了。」

葉朝雲面色稍霽，道：「既是如此，便多謝長公主殿下了，改日尋得機會，臣婦再帶著心禾入宮，叩謝皇后娘娘。」

歐陽如月爽朗地笑了起來，道：「是該帶著妳的兒媳去拜見皇后娘娘，依我看，妳這兒媳可是有福之人呢！」

蘇心禾連忙低頭，忙道不敢。

「對了，」歐陽如月又想起了一件事，問道：「妳當時是如何得知張婧婷要害念兒的？」

蘇心禾早就想到長公主會有此一問，不慌不忙地答道：「回殿下，昨日下午，臣婦與小姑在茉香園中偶然結識公主殿下，當時公主殿下扮成一個小丫鬟，臣婦見她餓肚子，便邀她一同用飯，想來是因為如此，公主殿下對臣婦與小姑心生好感。

「開席前，張小姐對臣婦出言不遜，公主殿下便為臣婦出頭，臣婦見張小姐憤憤不平，就擔心她對公主殿下不利，這才處處小心，誰知在人多混亂時，那張小姐的丫鬟綠柳當真擠了過來……」

歐陽如月聽了，眸子微瞇，隨即扯開嘴角笑了一下，道：「這張婧婷真是沈不住氣，與她姑母的手腕相差得太遠了。」

曾菲敏問道：「母親何出此言？」

歐陽如月沈聲道：「短短數年間，張貴妃能從一介小小貴人升為貴妃，靠的便是常人難及的心性及手腕，在菲敏生辰宴前，她便三番兩次送我禮物，想與我親近，但我一直沒表示什麼。」

曾菲敏恍然大悟，道：「難怪，我本來並未邀請張婧婷，她卻主動向我索取請帖，我沒想太多，讓人給了她一份，沒想到她們居然揣了這心思！」

蘇心禾若有所思道：「若是如此，那張小姐如此行事，不是壞了她姑母的『大事』？」

第四十五章 必有千結

歐陽如月見蘇心禾一點便通，笑了起來，道：「不錯，若是張貴妃要害念兒，以她的本事，必然一擊即中，不會這般草率行事，還被人輕易識破。想來是張婧婷一時氣暈了頭，才想出這一昏招，若是成了，她自然能在她姑母面前得臉，只可惜……按照張貴妃的性子，只怕張婧婷有苦頭吃了。」

葉朝雲淡笑道：「罷了，公主殿下無事便好。」

歐陽如月點點頭表示贊同。「此事也告一段落了，算是有驚無險。時辰已經不早，我就先帶菲敏回去了。」

葉朝雲看向外面的天色，溫聲道：「已近晌午，若殿下不嫌棄，留在侯府用飯吧？」

蘇心禾也說道：「是啊，這兒離長公主府還有段路程，回去再用飯有些晚了。」

歐陽如月思索了一會兒，道：「既是如此，便恭敬不如從命了。」

葉朝雲露出笑意。「如今後廚都是心禾在打理，一會兒便讓她備些好菜來，臣婦許久沒與殿下好好聊天了。」

歐陽如月一聽便來了精神，道：「好啊，前幾次讓妳陪我促膝長談，妳總急著回府，今日看妳往哪裡躲。」

聽了這話，蘇心禾忍俊不禁，道：「殿下與母親稍坐，臣婦這便去後廚準備。」

蘇心禾說完，又朝曾菲敏行了一禮，便轉身離開正廳。

曾菲敏見歐陽如月與葉朝雲聊得開懷，一時覺得有些無聊，猶豫片刻之後，便尾隨蘇心禾出了正廳。

「喂，妳等等！」

曾菲敏的聲音自身後響起，蘇心禾停住腳步，回頭看去。「縣主？」

見到蘇心禾，曾菲敏依然有些彆扭，板著臉道：「那個……昨天妳雖然幫了我，但我已經道過謝，還帶了禮物來，便算是扯平了！我母親說長公主府欠平南侯府一個人情，那是我母親與侯夫人的事，我可不再欠妳了！」

蘇心禾看著曾菲敏，坦然一笑。「我昨日救公主殿下，不過是出於道義，並沒想那麼多，更不會挾恩以報，縣主放心吧。」

曾菲敏這才不冷不熱地「嗯」了一聲。「那就好，我們可算不上朋友！」

「什麼？妳們終於要當朋友了？」李惜惜從四方形的窗花後面探出臉來，眼神還流露幾分驚喜。

曾菲敏一見到她，頓時有些氣惱。「妳胡說什麼！」

李惜惜從圍牆後方走出來，笑道：「妳們方才不是握手言和了嗎？怎麼算不上朋友？」

曾菲敏輕輕瞪了她一眼，臉上依然寫著「不服」。

蘇心禾神色平常，含笑看向曾菲敏道：「能不能與縣主做朋友我不知道，但我們至少不是敵人，不是嗎？」

曾菲敏微微愣了一瞬，隨即點頭。

蘇心禾一笑，對兩人道：「好了，惜惜陪縣主四處走走吧，我去後廚準備午飯了。」說完，她對曾菲敏一個福身，轉身去了後廚。

曾菲敏看著蘇心禾的背影，總覺得心中有些複雜的情緒，讓人無所適從。

李惜惜觀察了曾菲敏一會兒，便拉了拉她的衣角，道：「妳怎麼了？」

「沒事。」曾菲敏悶聲道，隨即又補了一句。「我就是心裡不大舒服。」

「還在為昨夜的事傷神？」李惜惜安慰道：「都過去了，公主殿下沒事，長公主府也沒事，不必害怕了。」

曾菲敏卻輕輕搖頭，道：「不是為了這個。」

她緩緩抬眸，看向逐漸遠去的蘇心禾，低聲道：「我本該討厭她的，如今卻討厭不太起來了……」

這話沒頭沒尾，李惜惜不禁呆了呆，不過她隨即反應過來，笑道：「菲敏，這可不像妳。」

曾菲敏轉過頭看她。「什麼意思？」

李惜惜笑著說道：「妳一向愛恨分明，當初妳對她不喜，是因為她嫁了妳想嫁的人，但她偏偏幫了長公主府一個大忙，所以妳覺得繼續冷漠待她不合適，對不對？」

曾菲敏點點頭。「不錯，妳也知道我這個人，喜歡就是喜歡，不喜歡就是不喜歡……從沒這麼糾結過。」

李惜惜心想她糾結得還少嗎，但為了避免刺激對方，仍好聲好氣道：「其實妳也知道，就算沒她，二哥也不見得娶妳，是不是？既然如此，妳何必自苦？為難旁人，不也是為難自己嗎？」

這話雖然讓曾菲敏不悅，但她自己心裡也清楚，李惜惜說得沒錯。

李惜惜見曾菲敏繃著一張臉不說話，便笑著拉起她的手，道：「唉呀，妳就別與自己較勁了！吃點甜食，能讓妳的心情好些！」

說罷，李惜惜便從隨身的腰包裡掏出一個小盒子，當著曾菲敏的面揭開盒蓋，往她面前一遞，道：「喏，吃吧！」

手掌大的盒子裡，約莫有五、六顆圓滾滾又黑漆漆的小丸子，曾菲敏瞪大了眼睛，道：「這……這是麥提莎?!」

李惜惜下巴微抬，得意道：「不錯，嫂嫂給了我一盒呢！」

她瞄了盒子裡一眼，略略點了一下數目，有些懊惱。「早上練劍之後總會有些餓，不知不覺就吃了大半，還剩下這麼一些，就給妳吧！李承韜管我要，我都沒給他呢！」

曾菲敏無聲地看了李惜惜一眼，終究不忍辜負她的一番好意，伸出手撚起一顆麥提莎，塞進嘴裡。

濃郁的巧克力味被口中的溫度一融，先是溢出微微的苦澀，接著化成了一片甜蜜，這股甜意順著喉嚨緩緩流淌到胃腹之中，溫暖之餘，也讓曾菲敏重新思索最近的事情。

她自恃身分高貴，一直想辦一場獨一無二的生辰宴，向自己的母親求了許久，才獲得許可，一切由她自己作主。

為了這一場生辰宴，她費了不少心思，可一個麥提莎就讓她被眾人冷落；難得世子哥哥來了，結果先是節目被他嫌棄，後面又出了那場事故，非但慶生不成，心情還受到影響，今天甚至被母親押著來向蘇心禾送禮道謝，說不憋是騙人的。

這一樁樁一件件，恍若無數個沙包堆在曾菲敏心頭，堵得她難受，她嘴裡越甜，內心便越委屈，一時之間難以自處，小嘴一抿，眼淚便掉了下來。

李惜惜見狀，嚇了一跳，忙道：「菲敏，妳、妳怎麼哭了？是不是我說錯什麼話了？」

曾菲敏越哭越慘，道：「我就是心裡難受，想哭……」

李惜惜自幼與曾菲敏一起長大，知道對方一哭起來就難以收拾，連忙伸手拍了拍她的背，道：「不難受、不難受！不就是生辰宴毀了，在情敵面前服軟了嗎！這有什麼？」

曾菲敏一聽這話，哭得更大聲了。

八仙桌上擺著琳琅滿目的菜餚，香氣幾乎要溢出花廳。

葉朝雲領著歐陽如月進門，歐陽如月一見這桌豐盛的菜餚，問道：「這些都是世子妃準備的？」

葉朝雲笑得溫和。「沒錯，如今府中的大小事務我都交給心禾，這孩子實在能幹，自從她接手後廚，後廚出來的菜色就豐富了不少。對了，今日有不少菜都是她親手做的呢！」

歐陽如月不禁有些詫異。她聽說蘇心禾出身富商之家，按道理說不需要自己動手烹飪才是，沒想到竟會做菜?!

就在此時，曾菲敏與李惜惜齊齊邁入花廳。

歐陽如月一見兩人，便笑著問道：「菲敏，妳眼睛怎麼有些腫？」

曾菲敏忙道：「無事，許是昨夜沒睡好。」

聞言，歐陽如月便未多問了。

蘇心禾信步邁入花廳，她先是安排白梨上了最後一道菜餚，又福了福身子，道：「母親，菜齊了。」

葉朝雲笑著開口。「殿下、縣主，請入席吧！」

歐陽如月點了一下頭，便徐徐入座，葉朝雲在一旁作陪。

曾菲敏本來不大餓，可一見桌上的酸菜魚，頓時眼前一亮。

歐陽如月見到女兒的神情，連忙輕咳了一聲，道：「莫要站著了，妳們都坐吧。」

話音落下，蘇心禾、李惜惜便與曾菲敏一同入座了。

蘇心禾溫聲道：「長公主殿下，方才聽聞您要與母親暢聊，臣婦便安排了圓桌，若有什麼不當之處，還請殿下海涵。」

在這個時代，宴請客人常有兩種方式，其一是每人一張長案，分桌而食，適用於更正式的場合，其二則是圍桌而座，更能拉進眾人的距離。

歐陽如月性子本就爽朗，便道：「正好，我能與妳母親好好說說話。」

葉朝雲也彎了彎眉眼，道：「承蒙殿下不棄，還請殿下先行起筷。」

歐陽如月含笑點頭，她的目光掃過桌上的菜餚——一共八菜一湯，既不誇張，也不小氣，正合她意。

她問蘇心禾。「哪一道是妳做的？」

蘇心禾垂眸答道：「回殿下，酸菜魚、蒜香骨、魚香茄子，還有最後那一道甜品，都是臣婦做的。」

歐陽如月露出笑意，道：「世子妃辛苦了。」

葉朝雲主動為歐陽如月布菜，道：「殿下愛吃魚，快嚐嚐心禾做的酸菜魚合不合口味？」

歐陽如月笑著接過葉朝雲挾來的魚片，道：「好了好了，這麼客氣做什麼，我又不是第一次在平南侯府用飯，妳們也別拘著了，快吃吧！」

李惜惜與曾菲敏等這句話好久了，兩人彷彿解開枷鎖一般，拿起筷子伸向正中間的酸菜魚。

曾菲敏看準了一片酸菜魚，用筷子一挾，可這酸菜魚滑溜溜的，才拎起來，便又落回到湯盆裡，她頓時面上微窘。

蘇心禾適時拿起一旁的漏勺，舀起兩、三片酸菜魚呈到曾菲敏的面前，笑道：「縣主多吃些。」

曾菲敏本不想領情，但見蘇心禾眉眼如月，笑得溫柔，一時又硬不下心腸，只得道了聲謝，低頭品嚐起魚片來。

魚片吸飽了湯汁，用唇舌輕抿，汁水便溢了出來，又酸又辣，十分刺激。魚片裡沒一點刺，入口即化、鮮滑爽嫩。

嗚嗚嗚，怎麼會有這麼好吃的魚！

曾菲敏忍不住在內心感嘆，但她表面上依然十分淡定，不動聲色地又塞了一塊魚片到嘴裡。

她原本想慢慢品嚐，可這魚片根本禁不起咬，半嚼半滑之間就進了喉嚨，她面前的碗也空了。

她不禁瞧了李惜惜一眼，只見她正暢快地吃著魚片，眼看已經半碗下肚。

這丫頭，吃那麼快，也不知道幫我撈一些魚片，唉……

蘇心禾差點被這心聲給嗆到，她連忙拿起漏勺，為曾菲敏添魚。

曾菲敏卻一臉淡漠地開口。「夠了夠了，有勞世子妃。」

蘇心禾笑著放下漏勺，又聽到曾菲敏心中炸出一句──

這還差不多！剛剛那幾片都不夠我塞牙縫呢！

蘇心禾頓時哭笑不得。

長公主歐陽如月，也正在聚精會神地品嚐酸菜魚。

她朱唇輕啟，白嫩的魚片就入了口，只覺這鮮嫩的魚肉有如剛出爐的豆腐一般，熱而不燙，鮮美得令人咂舌。

歐陽如月不由得讚嘆道：「沒想到這酸菜不但能佐魚，還能烹飪得如此美味，當真出人意料。」

葉朝雲道：「心禾這孩子在烹飪上一貫有些巧思，端午家宴也是她一手操持的。」

「喔？」歐陽如月笑盈盈道：「如此說來，妳當真是能放手享清福了。」

蘇心禾唇角輕揚，道：「殿下也可嚐嚐這酸菜，它與魚肉一起熬煮了兩、三輪，已經入味了。」

歐陽如月聽了這話，便一攏衣袖，挾起一些酸菜放到碗中。

酸菜呈現深深淺淺的黃綠色，菜頭與葉子相連，看起來其貌不揚。

歐陽如月低下頭，將酸菜吸入口中，輕輕一咬，只聽「嘎吱」一聲，發出了清脆的聲響，酸與辣爭相冒出，快速引起了唇舌的反應。

酸菜混合了魚肉的葷香，卻毫不膩味，十分爽口，與魚肉相比毫不遜色。

歐陽如月怔了怔。「這酸菜是哪兒來的？居然這般水潤脆嫩？」

這般便宜的佐料極少出現在長公主府的餐食上，因此歐陽如月很少吃到。

蘇心禾一笑，道：「回殿下，這酸菜是臣婦自己醃製的。」

「妳還會醃製酸菜？」歐陽如月簡直不敢置信。「這是誰教妳的？」

蘇心禾答道：「臣婦的父親是庖廚出身，故而自幼耳濡目染，學了不少庖廚之技。」

歐陽如月若有所思地看了蘇心禾一眼，若是尋常姑娘有如此出身，只怕會避而不談，但蘇心禾卻毫不避諱，且不卑不亢，值得讓人高看一眼。

「妳這手倒是巧。」歐陽如月輕輕笑了笑，又對葉朝雲道：「妳可真有福氣，得了個這樣能幹的兒媳。」

葉朝雲臉上笑意更盛。「殿下過獎了。」

歐陽如月看了正在埋頭苦幹的女兒一眼，道：「菲敏已經十六，什麼時候也能如此能幹就好了。」

曾菲敏本來吃得歡暢，聽了這話，心裡頓時有些不是滋味。

不就是醃酸菜、做酸菜魚嗎？這樣便算是世子哥哥的「好媳婦」了？

她心中不服，卻不敢反駁自己的母親，只能端起飯碗，氣悶地將魚湯一飲而盡。

蘇心禾將曾菲敏的心聲收入耳中。看樣子，她雖然收起了不少對自己的敵意，但還沒徹底放下對李承允的感情。

歐陽如月見曾菲敏吃得這般急，嗔怪道：「這孩子，吃這麼快做什麼？」

曾菲敏小臉鼓鼓的，也不知是生氣，還是湯沒嚥下去。

李惜惜自然知道曾菲敏心中所想，她連忙挾起一塊蒜香骨，放到曾菲敏碗中。「菲敏，快嚐嚐這蒜香骨，我剛才吃了一根，滋味妙極了！」

曾菲敏幽怨地開口。「我沒胃口了。」

歐陽如月輕輕瞥了曾菲敏一眼，道：「方才不是還好好的嗎？怎麼突然就沒胃口了？」

曾菲敏噘著嘴小聲道：「沒有原因，就是不想吃了。」

歐陽如月雖然寵愛曾菲敏，但在女兒無端鬧脾氣時，也不會慣著她，只道：「若是沒胃口，等會兒就早些回去，再請太醫來把一把脈，不舒服的話，最近便待在家裡，不要出門了。」

曾菲敏一聽，頓時傻了眼。「母親！」

歐陽如月面帶笑意地看著她。「想請哪位太醫來？」

曾菲敏面色微僵，只能屈服了。「不必了，我沒事……」

歐陽如月這才收起視線，她朝葉朝雲舉杯，道：「這孩子胃口就是時好時壞，朝雲莫見怪。」

葉朝雲心中自然清楚，便道：「縣主乃真性情的姑娘，實屬難得。」

兩人相視一笑。

曾菲敏心中憋著一股氣，挾起了碗中的蒜香骨，卻遲遲沒張嘴。

見狀，李惜惜便低聲提醒道：「菲敏，妳還愣著做什麼，快吃啊！」

曾菲敏這才不情不願地咬了一口，誰知這一口下去，卻讓她呆住了。

蒜香骨的表層酥得幾乎掉渣，牙齒啃咬排骨的「滋滋」聲，實在是讓人愉悅。

最難得的是，這蒜香骨外焦裡嫩、肉質韌滑，不用費太大的力氣便能讓肉輕易脫骨，實在是美味極了。

李惜惜笑著說道：「如何？是不是很好吃？」

曾菲敏沒吭聲，但一根蒜香骨下肚，她的臉色卻更難看了。

蘇心禾覺得有些奇怪，不禁問道：「縣主是不是身子不舒服？」

曾菲敏面如菜色地看著蘇心禾，神情複雜至極。

世子哥哥便是這樣拜倒在她石榴裙下的？酸菜魚、蒜香骨……輸了，我徹底輸了！

蘇心禾這一世聽過許多心聲，卻從未像此時一樣，眼皮抽了又抽。

曾菲敏頹然坐著，挫敗感如排山倒海一般襲來，她忽然生出了一種前所未有的想法——即使她再惦記世子哥哥，世子哥哥也不是她的，既然如此，她這般自虐又有什麼意義？

她鍾情李承允多年，可這滿腔的少女心事與蘇心禾的廚藝一比，簡直不值一提！若她是李承允，也願意娶一個這般善廚的夫人，至少每日下值回家，都有一桌美味佳餚等著自己。

曾菲敏想到這裡，更是絕望，只覺得自己之前的一番執著都成了笑話，一時之間悲從中來。

蘇心禾原本對曾菲敏的心聲並不特別感興趣，但讀心的能力帶給她極高的同理心，於是她便主動為曾菲敏盛了一碗魚湯，壓低了聲音道：「縣主，人生苦短，當及時行樂，有些人跟事，若不能讓自己開心，何必放在心上呢？」

曾菲敏聽了這話，不禁怔怔地看著蘇心禾。兩人不過幾面之緣，她每次對蘇心禾都沒什麼好臉色，但對方卻從未生出怨懟，大多數時候都是淡然處之或笑意盈盈。

與情敵對峙並不可怕，可怕的是慢慢發自內心地覺得，情敵比自己想像中的更好。

這份單戀本就支撐得十分辛苦，到了現在，曾菲敏也陷入了迷茫。

第四十六章　海闊天空

曾菲敏沈默地坐著，心中彷彿有什麼東西正逐漸瓦解，下一刻，只見她忽然雙手端起魚湯，深吸一口氣，大口大口地喝了起來！

一大碗魚湯眨眼間的工夫便見了底，曾菲敏大力地將碗放在桌上，讓眾人都嚇了一跳。她這反常的模樣讓歐陽如月有些疑惑。「菲敏，妳這是做什麼？」

曾菲敏輕輕擦了一下嘴，悠悠道：「沒什麼，就是想通了一些事，人生既苦短，美食當趁熱，這一桌好菜，怎能浪費？」

這話說得沒頭沒腦，讓眾人一頭霧水，蘇心禾卻了解她話語中的含義，於是她主動拿起漏勺，從酸菜魚裡撈出一大束粉條給曾菲敏，道：「想來縣主胃口應該好了些，不如嚐嚐這些粉條？粉條伴著魚肉浸泡已久，吸收了魚湯中的精華，不可錯過。」

曾菲敏想通之後，對蘇心禾沒那麼抗拒了，點了點頭。

她用筷子撈起粉條，粉條煮得晶瑩剔透，湯汁順著粉條滴滴落下，濃郁豐盈。不過這粉條調皮得很，才挾起寸許高，便有一半溜回碗裡，沈入湯裡。

曾菲敏不會放過這樣的美食，她索性端起碗，用筷子撈起粉條，忙不迭往嘴裡送。粉條早已吸飽了湯汁，才一入口，濃濃的酸辣味便占領了整個口腔。粉條口感軟而不爛、柔韌有餘，讓人越吃越上癮。

半碗粉條下肚，曾菲敏著實滿足，覺得自己拋開男人、開懷享用美食的決定正確無比。她又低頭啃起蒜香骨，這蒜香骨不但肉質焦香，連骨頭都酥酥脆脆，兩根下肚還不夠，她又將目光轉向一旁的茄子。

這茄子燒得油黑發亮，軟趴趴地躺在砂鍋裡，裡面還放了些許辣椒點綴。

「妳方才說這是什麼茄子？」曾菲敏問。

蘇心禾道：「魚香茄子。」

曾菲敏覺得奇怪，問道：「既是茄子，為何有魚香？」

歐陽如月聽了這話，停下筷子，與曾菲敏一道等候說明。

蘇心禾笑著解釋。「這魚香茄子是有來歷的。相傳民間有一戶人家貧苦，丈夫愛吃魚卻吃不起，妻子為了滿足丈夫的心願，便按照炒魚的法子備了許多佐料與調味料，只是將魚換成了便宜的茄子，沒想到按照這個方法做出來的料理，竟意外美味。」

曾菲敏瞧了她一眼道：「妳的意思是，這魚香茄子，便是要將茄子做出魚肉味？那我可得試一試了。」

說著，她伸手挾起一條茄子。

這茄子外表雖然發黑，但細細看去，卻是深邃的醬色，皮都去乾淨了，只留下最嫩的茄芯部分，她湊近一聞，便聞到一股淡淡的鹹味。

曾菲敏還從未嚐過有魚味的茄子，她試著淺淺嚐了一口——

這魚香茄子肉質綿軟，貝齒輕輕一咬，絲絲滑嫩便在舌尖綻放，極其鮮美的汁水四處流淌。這汁水與尋常的茄汁不同，入口鹹鮮，過了一會兒，便能品出一絲甜意，嚐到最後，又傳來厚重的醬香味跟若有似無的辣味，這豐富的層次與口感，當真給人帶來了一種魚肉葷香的錯覺。

縱使曾菲敏自幼起便吃過無數珍饈，也被這魚香茄子驚豔了一回，讚道：「神了，果真有魚肉的味道！」

蘇心禾清淺一笑，道：「魚香茄子最下飯，縣主可要用些米飯？」

曾菲敏不假思索地答道：「好！」

蘇心禾對青梅示意，青梅便立刻盛上一碗熱氣騰騰的米飯。

曾菲敏接過米飯，挾起一條魚香茄子，直接埋入米飯中，中間一圈米飯瞬間染上好看的醬棕色。她用筷子同時挾起米飯跟魚香茄子，慢慢送入口中，軟爛多汁的茄肉，混著樸實無華的米飯，略微有些燙嘴，她一邊吸氣一邊吃，欲罷不能。

歐陽如月頓覺尷尬，乾巴巴地笑了一聲，對葉朝雲道：「敏兒今日沒用朝食就出門了，想來是餓了。」

葉朝雲掩唇笑了笑，道：「縣主喜歡就好，殿下不必介懷。」

李惜惜見曾菲敏吃得極香，也添了一碗飯，學曾菲敏用魚香茄子拌起了米飯。

油香四溢的魚香茄子讓白白的米飯變得有滋有味，李惜惜用力將茄肉搗碎，茄肉便與米飯徹底融為一體，她挑起一點米飯嚐了一口，心頭微微一動，對魚香茄子有種相見恨晚的感覺。

李惜惜也顧不得形象了，端起瓷碗大口大口地扒起飯來。

曾菲敏本是為了填補內心的空虛，才透過進食轉移注意力，李惜惜加入之後，她還以為是好友讀懂了自己的心思，特地奉陪。

曾菲敏彷彿受到鼓舞，將心中的煩悶拋在腦後，吃得更加起勁。

李惜惜見砂鍋中的魚香茄子被曾菲敏攏去了小半，不禁急急將筷子伸向砂鍋裡，為自己撈了好幾條魚香茄子。

葉朝雲輕輕咳了一聲，李惜惜卻毫無所覺，仍與曾菲敏並排坐著，一心一意地扒飯。

見狀，葉朝雲不好意思地笑了一下，對歐陽如月道：「惜惜今日也沒來得及用朝食，讓殿下見笑了。」

歐陽如月連忙道：「無妨，孩子們還小，都在長身體，多吃點也是應當……不過話說回來，還是世子妃的手藝好，才能讓這兩位挑嘴的饞貓如此埋頭苦幹。」

此話一出，花廳中諸人都笑了起來。

這頓飯吃得愜意，歐陽如月因年過三十，為了保持腰身纖細，常年食不過八分飽，更不會吃茄子這一類油重的食物，但眼下見曾菲敏與李惜惜吃得這般投入，便也挾起一條茄子，嚐了一小口。

不吃還好，一吃便喚起了腹中饞蟲，分明是素菜，卻比葷腥濃重的肉食吃起來更香、更誘人。

歐陽如月不敢置信地問：「這魚香茄子是怎麼做的？當真沒一點葷肉在裡面？」

蘇心禾放下筷子答道：「回長公主殿下，裡面確實沒肉。這魚香茄子起源於西南一帶，是民間常見的一道下飯料理，作法頗多。臣婦用的法子，是先製魚香碟，再泡佐料調和，茄子要先切成條狀，以一到兩指寬為宜，再用熱油炸上兩輪。

「第一輪只能用小火，炸軟之後，便差不多熟了，第二輪再用大火，以佐料上色。其中的『魚香』味，跟豆瓣醬、泡椒、薑、蔥、蒜等息息相關，因為用的是與燒魚塊相似的烹飪技法，因此容易讓食客思及魚味。」

「原來如此。」歐陽如月若有所思地點了一下頭，道：「若是魚香茄子能作為齋菜，倒是信眾的福音了。」

葉朝雲一聽便問道：「殿下近日還入宮陪太后娘娘食素嗎？」

歐陽如月道：「可不是嗎？母后自從信佛之後，便日日食素，清淡至極。」

她雖然沒說什麼，但眉宇間盡是無奈。自小她便吃得精緻，哪怕只是茹素一頓，對她來說都苦不堪言。

桌上的菜用過七、八分後，木瓜燉牛乳便被端了上來。

歐陽如月見這木瓜做得好似小船一般，也覺得新鮮，誇起了蘇心禾。「世子妃當真是富巧思、好手藝。」

蘇心禾謙虛一笑，道：「長公主殿下過獎了。這木瓜燉牛乳以木瓜牛乳為主、蜂蜜為輔，嚐一嚐這木瓜的瓜瓤，便能品出蜂蜜的滋味來。」

說罷，蘇心禾指了指一旁放置的小巧銀勺。

歐陽如月拿著銀勺對木瓜舟的內壁一刮——這瓜瓤被燉得極其軟嫩，稍一用力，便有大塊瓜瓤剝落下來，她便用銀勺盛起瓜瓤，徐徐送入口中。

瓜瓤綿軟溫潤，幾乎不用咀嚼，便在舌尖化成一片甜甜的汁水，這汁水混合了木瓜果肉的清香，還有蜂蜜獨特的甜香。

歐陽如月忍不住讚嘆道：「這蜂蜜融入木瓜的瓜瓤裡，兩種截然不同的甜湊在一起，竟絲毫沒有衝突，反而出奇的相容，倒是讓人驚喜。」

曾菲敏雖然有些飽了，但仍然很快將木瓜燉牛乳吃完，又將木瓜舟挖了個底朝天。

李惜惜與她的速度差不多，放下銀勺之後，撐得有些坐不住了，只得往椅背靠了靠，為腰腹騰出一絲空間來。

歐陽如月不疾不徐地吃完木瓜燉牛乳，連連讚嘆，飯後，她又與眾人閒聊了一會兒，才帶著曾菲敏離開。

葉朝雲、蘇心禾與李惜惜將她們送到大門口，直到長公主府的馬車緩緩離開平南侯府門前的大街，她們才回到府中。

見李惜惜撐得幾乎要扶牆而行，葉朝雲不免頭疼道：「妳這傻孩子，平日也沒餓著妳，怎的今日在長公主殿下面前如此沒分寸？」

李惜惜長吁一口氣，道：「母親，我可是看在菲敏胃口不好的分上才陪她用飯的，女兒這般好客，難道不是為母親掙面子嗎？」

「妳這皮猴，簡直一派胡言！」葉朝雲又好氣又好笑。

蘇心禾也忍俊不禁，道：「好了好了，妳若是太撐，便去休息一會兒。」

李惜惜這才笑了，艱難地福了個身，道：「好，母親、嫂嫂，我先告退了。」

葉朝雲見李惜惜走了，便對蘇心禾道：「心禾，今日這頓飯妳安排得很好，我看得出殿下十分滿意。」

蘇心禾笑了笑，道：「多謝母親讓兒媳有機會侍奉長公主殿下，沒讓殿下與母親失望就好。」

葉朝雲秀眉微微一挑，道：「一家人不必說見外的話，妳也忙活了大半日，早些回去歇著吧。」

蘇心禾福身應是。

待葉朝雲回正院之後，蘇心禾便帶著青梅往靜非閣走去。

青梅聽了兩人方才的對話，不禁小聲說道：「小姐，您為何要感激夫人給您機會呢？做菜的是您，累的也是您啊！」

蘇心禾淡聲道：「長公主殿下是太后娘娘最疼愛的女兒，在皇親貴族的圈子中很有影響力。其實上午見面過後，按照規矩，我應當退回後院才是，但母親卻特地留殿下用飯，又讓我展露廚藝，便是想讓我給殿下留一個好印象。」

青梅頓時恍然大悟，道：「奴婢明白了，有了長公主殿下的庇護，日後小姐在貴族的圈子裡是不是就沒那麼容易被欺負了？」

蘇心禾笑笑，道：「一頓飯而已，哪有那麼大的作用？不過多一份人情，總比沒有強。」

坤寧殿中，藥味瀰漫。

金絲雲紋捲簾背後，坐著一身著宮裝的年輕女子，她面容秀麗、眉眼如月，頭上只插了一根簡單的玉簪，氣質卻依然高貴，宮女呈上湯藥，她卻擺了擺手，道：「雅書，先放在一邊吧。」

名為雅書的宮女動作微頓，似是有些為難。

歐陽如月坐在那名女子下首，聽到這話，輕輕搖了搖頭，道：「皇后娘娘怎的又不喝藥？」

皇后淡淡回道：「中午陪太后娘娘進了素齋，暫時還喝不下藥。」

雅書忍不住嘀咕道：「娘娘，您在慈寧宮的時候，也沒用多少午膳，回來都快兩個時辰了，再不喝藥，又要用晚膳了。太醫說過，您身子虛弱，又脾胃不佳，得長期調理才是，您總這麼拖著，不按時喝藥，讓陛下知道的話，又要心疼了！」

皇后輕咳了一下，道：「妳這丫頭，越來越沒規矩了。」

歐陽如月笑著說道：「皇后娘娘，雅書說得也沒錯。日前見到陛下時，他還談起了妳的病情，訓斥太醫無能呢。」

皇后道：「並非本宮不願喝藥治病，而是這藥實在苦得很，一碗下去就胃口全無，渾身沒力氣了。」

歐陽如月蹙眉道：「太醫院聖手不少，難道解決不了藥苦的問題嗎？」
皇后笑了笑，說道：「所謂『良藥苦口利於病』，太醫們已經盡力，本宮也不好總是難為他們。」
歐陽如月輕嘆一聲，道：「妳就是太過心善了，這般不喝藥，又要時常侍奉母后茹素，身子怎麼吃得消？」
「皇姊莫要擔心，本宮沒那般柔弱。」皇后溫和一笑，道：「如今是盛夏，沒胃口也正常。好了，不說這事了，不知託皇姊辦的事如何了？」
歐陽如月道：「放心，那些禮物我已經親自送去平南侯府，妳就放心吧。」
皇后點點頭道：「平南侯忠君愛國，侯夫人亦是出身名門，他們夫妻倆一向不為外物所擾，此番能接受本宮的心意，多虧皇姊了。」
歐陽如月淡淡一笑道：「妳同我還客氣什麼？念兒也是我的姪女，昨日還好沒出事，不然我可是萬死難辭其咎了。」
「說到底，還是本宮管教無方，竟讓那孩子偷偷跑出去了。」皇后不由得嘆了口氣，道：「時辰也不早了，皇姊不妨就留在坤寧宮與本宮同用晚膳吧？」
歐陽如月動作微微一頓，瞧了旁邊的曾菲敏一眼，曾菲敏不自覺地挺了挺自己的腰肢，用眼神表示抗拒。
見狀，歐陽如月只得說道：「多謝皇后娘娘，只不過我與敏兒恐怕暫時無法用晚膳，只得辜負妳一番美意了。」

皇后微微一愣，不由得問道：「皇姊與敏兒也胃口不佳嗎？要不要請太醫來看一看？」

歐陽如月手中團扇輕拍，笑得有些尷尬，道：「皇后娘娘誤會了，我們無事，不過是午食進得太多了。」

皇后一聽，臉上浮現出一絲詫異，道：「皇姊一貫注重調養，從不多食，是什麼美食能讓皇姊破例？」

歐陽如月不好意思地笑了笑，道：「皇后有所不知，平南侯府的世子妃手藝了得，連素菜都能做出葷香味來，實在是出人意料。」

皇后唇角微揚，道：「昨日念兒回來，也提起過世子妃做的炙肉美味，今日又聽皇姊誇獎，看來本宮非見一見她不可了。」

午後正是容易睏倦之時，蘇心禾回到靜非閣便換上一身輕薄的寢衣，躺在貴妃榻上，沒多久就迷迷糊糊地睡了過去。

許是窗外蟬鳴聒噪，她睡得不太安穩，翻了幾次身，半個時辰不到便悠悠轉醒。

蘇心禾才一睜眼，便見到一張臉近在咫尺地盯著自己，她頓時嚇得睡意全無，一骨碌爬了起來。

李惜惜「嘿嘿」笑了聲。「嫂嫂，妳終於醒了！」

蘇心禾問：「妳怎麼會在這兒?!」

李惜惜回道：「我中午吃得太飽，便去練了一個時辰的劍，練完後本想休息休息，但母親非讓我去做女紅，我不願意去，便過來找妳了。」

蘇心禾忍不住揉了揉眉心，道：「我問的是，妳為何會在我的臥房裡？」

李惜惜「喔」了一聲，不慌不忙地答道：「廊上跟外廳都太熱了，還是妳房間涼快些，再說了，有妳在，母親不好親自過來抓我。」

蘇心禾有些無語，一旁的青梅忙道：「小姐，奴婢方才也勸過大小姐了，但是她怎麼都不肯聽……蔣嬤嬤來找過大小姐，聽說您在休息，便回去了。」

敢情是拿她當擋箭牌了啊！蘇心禾淡定地開口道：「來人，送大小姐回房。」

話音落下，門外的白梨便帶著人進來了。

李惜惜見狀，忙道：「別急別急！我不是白來叨擾妳的，時辰不早了，嫂嫂應該要準備晚飯了吧？我可以幫妳的忙！」

蘇心禾一時哭笑不得。「原來還想蹭一頓飯？」

李惜惜乾笑兩聲道：「怎麼會呢？我是看嫂嫂今日為長公主殿下與菲敏備菜太辛苦，這才主動請纓。」

蘇心禾心道，真是謝謝妳啊！不過李惜惜好歹是自己的小姑，她不好太不近人情，便道：「妳要留便留吧！」

「多謝嫂嫂！」

忙到一個段落，李惜惜便離開小廚房，坐到外面的石桌前。

李惜惜正有些恍神，剛剛回來的李承允便往她對面一坐，目不轉睛地盯著她看。

「妳平常愛吃多過愛做菜，怎麼突然給妳嫂嫂幫起忙來了？妳這葫蘆裡賣的是什麼藥？」

李惜惜在李承允面前低下頭，扯著自己的衣角道：「二哥誤會了，我不過就是閒來無事，這才過來看看……」

說著，李惜惜的目光不自地覺飄向了別處。

李承允氣定神閒道：「既然妳不肯說，為兄便來猜一猜。聽聞今日長公主殿下攜嘉宜縣主來府裡，想必是為了昨日茉香園一事，母親定然拿此事數落妳了，所以妳心裡不舒服，是不是？」

聞言，李惜惜小聲嘀咕道：「我不過是去參加菲敏的生辰宴，哪知道張婧婷會出此損招？況且此事不是化險為夷了嗎？可長公主殿下她們離開以後，母親又拉著我好一陣念叨，還扯到日後的……」

說到這裡，李惜惜忽地抿了抿唇，似是不想提了。

第四十七章 你爭我奪

李承允盯著李惜惜的神色，順著她的話道：「是不是母親擔心妳性子太野，日後難以議親？」

聽到這話，李惜惜愣了一瞬，詫異地看著李承允，道：「二哥莫不是會卜卦算命？你怎麼知道母親同我說了這些?!」

李承允笑了一下，道：「這有什麼難猜的？如今我已成婚，母親自然開始惦記妳與承韜的婚事。」

只見李惜惜嘆了口氣道：「大哥不是還沒娶親嗎？母親這麼急著將我嫁出去做什麼？」

李承允道：「妳又不是不知道，若父親不開口，母親不會干涉他的婚事。」

在平南侯府，李信是很特別的存在。

雖然是平南侯的庶長子，卻一直跟在李儼身旁，得到了最好的指導，嫡母又對他管束極少，相較於其他人家的庶子，他算是格外受到優待了。

李惜惜自然也知道李信與旁人不同，便道：「這麼說來，大哥是指望不上了，可是李承韜不是還在我前面嗎？母親卻從沒提過他的婚事。」

搖搖頭，李承允道：「承韜如今還在太學讀書，好男兒志在四方，先報國再成家也不遲。然而妳是個姑娘家，如今已經十六，到了議親的年紀，母親不過是想要妳聽話一些，才拿婚事嚇唬妳，妳不必太過憂心。」

李惜惜正是憂心這一點。「可是二哥，按照母親的說法，到時候會在門當戶對的人家當中挑適齡男子議親，他們那些人要麼是花天酒地的紈袴子弟，要麼是聽從父母之命的書呆子，我才不想嫁給他們！」

見李惜惜一臉愁容，李承允便溫聲問道：「那妳老實告訴二哥，可有想嫁的人？」

李惜惜不禁怔了一下，腦海裡迅速閃過一個溫潤如玉的身影，她的臉龐倏地熱了起來。

對面的李承允將李惜惜的反應盡收眼底，出聲道：「惜惜？」

李惜惜慌忙斂了神色，道：「沒有！我日日悶在家中，上哪兒遇到良人？這話嫂嫂也問過我，我只是想嫁個真正的英雄……」

「真正的英雄？」李承允思量了一瞬，笑了笑，道：「小丫頭長大了，有自己的主意了。」

李惜惜被他看得心虛，垂眸一笑。「二哥，我記得當時父親要你成親時，你也是不願意的，如今呢？」

聽她這麼說，李承允抬起眼簾，默默注視著小廚房裡那道纖細的人影，聲音不自覺軟了幾分。「緣分自有天定。」

李惜惜順著李承允的目光看了過去，道：「並不是人人都能像二哥這般，盲婚啞嫁也能娶到自己喜歡的人。」

喜歡？

李承允長眉微微一揚，低聲道：「日後，妳若遇到了自己喜歡的人，記得告訴二哥。」

只見李惜惜抿著嘴笑了，道：「二哥還能幫我搶來夫婿不成？」

李承允也笑了。「未必不行。」

兄妹倆在庭院裡聊天，聲音斷斷續續傳進小廚房裡，蘇心禾聽出兩人對話裡的笑意，唇角跟著牽了牽。

到了用飯的時辰，李承允與李惜惜相偕進入靜非閣的飯廳。

李惜惜見到一盆麻辣燙，連續「哇」了好幾聲，要不是礙於李承允在場，只怕蘇心禾還沒落坐，她便動筷偷吃了。

每次烹飪過後，蘇心禾都習慣換一身乾淨的衣裳，待她收拾妥當，從臥房走向飯廳時，便見到一個熟悉的身影出現在月洞門前。

「大哥？」

蘇心禾看清了李信的面容，不免有些意外。自她嫁入平南侯府，還從未見李信來過靜非閣。

李信手裡握著一個卷軸，見到蘇心禾，淡笑了一下，道：「弟妹，打擾了，承允可在？」

蘇心禾溫聲道：「夫君與惜惜正在飯廳，大哥不如隨我來吧？」

李信頷首，笑道：「好，多謝弟妹。」

蘇心禾便引著李信繞過長廊，往靜非閣的飯廳走去。

李信走沒幾步，便聞到了一股飯菜香。

「聽聞承允近日下值之後都早早回府用飯，一開始我還不信，沒想到竟是真的，想來是弟妹廚藝出眾，才讓承允歸心似箭。」

蘇心禾莞爾。「大哥說笑了，我這廚藝不過是小伎倆，難登大雅之堂。」

李信卻道：「能讓父親跟母親再三稱讚的，怎麼可能是小伎倆？弟妹太過謙虛了。」

久等蘇心禾不到，李承允正準備去臥房看一看，但才走到飯廳門口，便見蘇心禾與李信一起走來，他眸光微動，頓住步伐。

蘇心禾走近了一些，才發現他在門口，便笑著開口。「夫君，大哥來了。」

李承允看了李信一眼，臉上喜怒不辨，道：「這麼晚了，不知大哥找我何事？」

只見李信斂起了方才的笑意，將手中卷軸遞給李承允，道：「這是你呈給父親的玉龍山改造圖，我們已經細細看過，覺得沒什麼問題，你按照圖紙動工即可。」

聞言，李承允問道：「大哥也看過了？」

李信唇角微勾。「不錯，父親說讓我助你一臂之力，才拿給我看的，承允應該不會介意吧？」

此時李承允的語氣冷了幾分，道：「怎麼會？玉龍山改造之後的營地本就是給平南軍用的，大哥遲早會看到。」

兩人說起話來都很客氣，氣氛卻迅速降溫。

李承允伸手取圖，李信卻並未完全放手，兩人面對面站立，神情不變，手上卻使著勁，卷軸被兩人抓得皺了起來。

蘇心禾知道李承允與李信並不親近，卻沒想過會如此劍拔弩張，一時之間不知該不該勸解，求助地看了李惜惜一眼。

李惜惜當然曉得這兩人一向水火不容，她看看李承允，又看看李信，心想再這樣耽誤下去，麻辣燙都要涼了！

於是李惜惜鼓起勇氣走了過來，討好地掛起一臉笑意，道：「大哥、二哥，你們有什麼公務，不妨明日去了軍營再議？這晚飯嫂嫂準備了許久，我也花了不少力氣呢，莫要辜負了！」

李信仍維持著手上的力道，臉上卻浮現了笑容，道：「惜惜還會做飯？真是聞所未聞。」

站在他對面的李承允則涼涼道：「大哥未聞之事多了。」

李惜惜向來是孩子心性，聽到李信的話，心裡生出不服，忍不住道：「大哥不信的話，大可以坐下來嚐一嚐！」

豈料李信忽然鬆了手，馬上將卷軸讓給李承允。

他好整以暇地理了理衣襟，悠悠開口。「既然惜惜都這麼說了，那大哥便不客氣了。」

說罷，李信便一撩衣袍，在桌前坐了下來。

小小的飯廳，忽然變得有些擁擠。

李信這麼一坐下，李惜惜便懷疑自己說錯了話，忐忑地看了李承允一眼。

見李信如此，李承允不怒反笑，徐徐道：「好啊，大哥難得過來一趟，千萬不要同我們客氣。」

說罷，李承允也坐到位置上。

蘇心禾覺得氣氛實在有些怪怪的，便說道：「麻辣燙要趁熱吃才好，大家動筷吧。」

李惜惜連忙接過話。「是啊，動筷吧！」

她們都這麼說了，李承允與李信便點點頭，分別將筷子伸向麻辣燙。

麻辣燙裡的包心肉丸已經煮了許久，早就熟了，漂浮在麻辣燙的湯汁上，恍若一個個圓球似的白肚皮，看起來憨態可掬。

李信看準其中一個肉丸，伸手去挾，可那肉丸太過滑溜，筷子才一觸及表面，那肉丸便往旁邊調皮地一閃，逃了！

他的眸色頓了頓，正打算繼續「追殺」，李承允卻悠悠然地從瓷盆裡挾起一個肉丸，放到自己碗中。

「大哥莫不是劍練多了，竟然連個肉丸都挾不起來？」李承允說著，將一旁的湯勺推到李信面前。

李信笑了一聲，沒接過他的湯勺，只道：「承允安心品嚐自己的肉丸便好，為兄就不用你操心了。」

說罷，李信執拗地用筷子又挾了一次，這一回肉丸終於聽話了，乖巧地落入他的碗裡。

李承允笑著搖了搖頭，挾起肉丸湊到唇邊，輕輕吹了吹，咬了一口——這肉丸外表染了香辣的湯汁，入口便帶三分刺激，丸子被碾打得極有勁道，嚼起來有種柔韌感，再往深處一探，便滲出了葷香的肉汁，又熱又鮮！

見李承允埋頭用餐，李信也低下頭吃起肉丸來。

不過他並未像李承允那般小口品嚐，而是俐落地將整顆肉丸放到口中一咬，裡面的肉餡與汁水便一起迸開，瞬間溢滿整個口腔。

李信當場愣住了。他雖然不是個貪圖口腹之欲的人，但這肉丸的滋味確實讓人欲罷不能。

至於李惜惜，她當然不會放過這肉丸，才吞下一顆，便吃得滿嘴流油。

李惜惜連忙用手帕擦了擦嘴，道：「嫂嫂，這肉丸可真好吃啊，裡面的肉餡竟比什麼山珍野味都香！」

蘇心禾淺淺一笑，道：「這是後廚的師傅打的，若妳喜歡吃，我明日再讓他們多做一些。」

李惜惜詫異道：「後廚過去也做過肉丸，但味道與今日的比起來，差得不是一星半點，難不成他們開竅了？」

蘇心禾道：「肉丸的方子是我給的，這次做的是包心肉丸，若是手打肉丸，便能做得更有嚼勁、可口彈牙。」

前一世，蘇心禾便認真研究過手打牛肉丸的作法。

要做出上好的牛肉丸，需用木棍捶打上千次，直到牛肉中的纖維交織在一起，溢出了濃稠的膠質後，才能捏成丸子。

牛肉能捶打到位，做出來的牛肉丸便久煮不散，極其彈韌。

然而在大宣，牛是主要的農耕動物，即便是皇室，也並未經常把牛肉作為菜餚，因此蘇心禾只能讓後廚採用豬肉來製作丸子。

好在後廚挑選的豬肉肉質極好，做出來的包心肉丸飽滿多汁，令人滿意。

李惜惜聽蘇心禾這般介紹，頓時嚮往起來，道：「那嫂嫂下次做了手打肉丸，一定要叫我來吃啊！」

蘇心禾忍俊不禁。「好，今日這肉丸主要是後廚的功勞，妳若覺得做得好，可以打賞，日後他們定會更加勤勉。」

李惜惜笑著點了點頭。

聽了這話，李承允也含笑看向蘇心禾，道：「依我看，妳的功勞更大，若無妳的方子，做不出這般滋味。」

李承允一說完，李信也開了口。「不錯，弟妹手藝如此出眾，若是出去開一間酒樓，只怕福來閣那些地方都要關門大吉了！」

蘇心禾忍不住笑了起來，道：「大哥過獎了，不然我同後廚說一聲，明日送一些去大哥院子裡？」

李信面露驚喜，道：「這怎麼好意思呢？會不會太麻煩妳了？」

「小事而已。」

聞言，李信臉上笑意更甚，狀似無意地瞥了李承允一眼，對蘇心禾道：「如此，那便多謝弟妹了。」

李承允從他溫和的笑意裡讀出了潛藏的得意，於是他涼涼開口道：「大哥平常不是用心得很，在軍營吃過晚飯後還要守著好一會兒嗎？怎麼，一頓飯便讓你改變心意了？」

這話有些挑釁，李信卻是唇角一揚，道：「承允這是『五十步笑百步』了，你之前可是日日挑燈夜戰，如今卻每日回府用飯，就不怕辜負父親的期待？」

李承允不慌不忙道：「大哥這話只說對了一半，父親不但期待我們建功立業，還希望後院安穩，心禾是我明媒正娶的妻子，我每日回府陪她用飯，再入書房鑽營軍務，有何不可？倒是大哥，應當多關心一下自己的終身大事才對。」

蘇心禾一會兒看向李承允，一會兒看向李信，她第一次看到兩個大男人拌嘴，總覺得令人有些匪夷所思。

身為侯府兄妹中的一員，李惜惜早就習慣這個場面，只一心一意地吃著麻辣燙，對兩人的對話置若罔聞。

李信瞧著李承允，不鹹不淡地笑了聲，道：「說起終身大事……為兄可沒你這樣的好福氣，就連守諾成婚，都能得到心禾這麼好的世子妃。」

此話既褒又貶，褒的是蘇心禾此人，貶的是李承允之前對婚事的抗拒。

李承允的臉色難看了幾分，他眉眼微冷，道：「不錯，我們兩人的婚事確實源於多年前的一份承諾，但那又如何？如今，心禾便是我認定一生的人。」
蘇心禾不由得微微一怔，看向李承允。
李承允恰好轉過頭來，目光不偏不倚地落到蘇心禾臉上，兩人對視一瞬，蘇心禾連忙低下頭，收回了視線。
嘴裡含著香菇的李惜惜，此時才察覺到氣氛不太對，她抬起頭來，盯著那兩人看。
李信抬手握拳，咳了一聲。
見狀，李承允收起目光，漫不經心地朝李信笑了一下，道：「總之，我的婚事好得很，大哥不必操心。對了，大哥的禮物我已經轉交給縣主了，不知她可有回音？」
話音落下，李信的動作頓了頓，道：「不過是一份生辰禮而已，那麼多賓客給縣主送禮，她不可能一一回應。」
李承允「嗯」了一聲，道：「那便是沒回應了。」
這話讓人不知該怎麼接下去，李信沒再答腔。
蘇心禾見兩人的「聊天」終於告一段落，連忙插話。「惜惜，妳方才可試過香菇了？」
李惜惜本來是邊吃麻辣燙邊看熱鬧，待蘇心禾開了口，她才興致勃勃地說道：「這香菇裡頭滿是麻辣燙的湯汁，肉質豐厚綿軟，吃起來還有一股獨特的蕈香，最重要的是，這是我親手洗的啊！」
說著，李惜惜便殷勤地用勺子舀起香菇，分別送到三個人的碗裡，激動地催促道：「大哥、二哥、嫂嫂，你們快試試看！」

這個舉動終於讓李承允與李信暫時偃旗息鼓。

兩人各自挾起一塊香菇，彷彿照鏡子似的，各自送入嘴裡。

李承允品嚐過以後，說道：「這香菇味美鮮濃，很是不錯，妳能跟著妳嫂嫂學一學廚藝也好，也算體會百姓的生活了。」

誰知李信卻道：「惜惜啊，洗菜與做菜之間的差別可是不小，妳偶爾學一學便罷了，要達到弟妹的水準，只怕要花費好些工夫，不如多讀書練字。」

李承允抬起眼簾看向李惜惜，問：「惜惜，妳是喜歡隨嫂嫂下廚，還是喜歡回去讀書練字？」

見李承允這麼問，李信便直直地看向李惜惜，道：「惜惜，妳可想好了，對妳而言，到底什麼才是最重要的？」

李惜惜心想，自己當然是喜歡跟著嫂嫂一塊兒下廚做菜，這可比悶在房中讀書練字強多了！

不過她打量了一下兩位兄長的面色，覺得自己怎麼選都不對，便轉向蘇心禾道：「嫂嫂，妳喜歡我陪妳下廚嗎？」

蘇心禾嘴角微抽，萬萬沒想到小姑將這個大坑讓給她。

果不其然，李承允與李信的眸光同時從李惜惜轉移到蘇心禾身上。

蘇心禾沈吟片刻，道：「惜惜的事一向是母親定奪，我身為兒媳，不便置喙。你們若是再不吃麻辣燙，菜都要涼啦！」

說著，蘇心禾便用湯勺撈起麻辣燙中的菜餚，直接放到李承允的碗裡。「夫君，來，多吃些。」

她又分了一大勺給李信，滿臉笑容，不容他拒絕道：「大哥也別見外，請用！」

兩人看著堆成小山似的飯碗，總算將注意力放回麻辣燙上。

只見李信挾起柔軟的豆皮放入口中，這豆皮又軟又滑，既吸收了麻辣燙湯底的精華，又保留本身的豆香味，光吃一片根本不過癮。

李承允則選了一片萵筍淺嚐，才輕輕咬下一口，萵筍便發出「嘎吱」的清脆聲響，他不由自主地將剩下的萵筍送入口中，這滿口脆嫩，令人神清氣爽。

吃完碗中的豆皮，李信便對這麻辣燙裡的豆製品生出極好的印象，他很快便將自己碗裡的麻辣燙解決掉，伸手挾起瓷盆中的油豆腐。

這油豆腐已經被撕開一個小口，麻辣燙的辣湯全鑽了進去，他小心地將油豆腐送到唇邊，輕輕一吸，豐潤的湯汁便進了嘴裡。油豆腐內裡軟綿綿，無數的孔洞帶來了天然的軟彈感，讓唇齒備感享受。

與此同時，李承允挾起了一塊馬鈴薯。

馬鈴薯煮得夠久，外層染上淡淡的辣紅，綿密入味，用薄唇輕輕一抿，軟糯的馬鈴薯就裂成了兩半。

兩人面對面吃麻辣燙，不經意地對視一眼，又都嫌棄地撇開目光。

不知是誰先加快了斂菜的動作，另一人隨之加入戰局，一時之間，瓷盆裡的麻辣燙成為兩人爭奪的陣地，蘇心禾與李惜惜插不上手，只能在一旁乾瞪眼。

兩人風捲殘雲般地吃完一整盆麻辣燙，偌大的瓷盆中，只留下一小截碧玉般的海帶。

第四十八章 渴求真心

李承允伸手去挾，李信卻將海帶撥到自己面前，但海帶還未入手，又被李承允奪走。四根筷子上演比武大賽，戰況膠著，海帶滑溜溜地在鍋中漂來漂去，彷彿是戰利品，成了兩個大男人的心頭好。

蘇心禾實在是看不下去了，拿起湯勺將海帶撈走，倒入李惜惜的碗裡。「歸妳了！」她這麼一「拔刀相助」，兩個大男人終於悻悻收回了手。

李惜惜看向蘇心禾，眸光裡流露出崇拜，暗暗對她比了個大拇指。是時候岔開話題了。李惜惜眼珠子一轉，道：「大哥、二哥，等平南軍到玉龍山後，我可以去看看嗎？」

李信一笑。「有何不可？玉龍山大得很，軍隊不會占了所有地盤，更不會影響當地的百姓。」

「聽說山上有個湖，湖邊景色優美，最宜釣魚，周邊還有不少湯泉，可是真的？」李惜惜說道。

看她興致勃勃，李信點點頭道：「確實如此。怎麼，想去釣魚和泡湯泉？」

李惜惜不好意思地笑了笑。「嗯，我之前只聽菲敏說起過玉龍山，還從沒去過呢！」

說罷，她連忙挽住蘇心禾的胳膊道：「嫂嫂也想去，對吧？」

蘇心禾一愣。「我?!」

李惜惜衝蘇心禾瘋狂眨眼，又湊近她耳邊道：「聽說山上的魚可好了，煮熟之後還能活蹦亂跳呢！」

蘇心禾哭笑不得。

嫂嫂，妳可一定要去啊，妳要是不去，母親一定不會讓我出門的，嗚嗚嗚……

蘇心禾正在想李惜惜在打什麼小算盤，這心聲就飄進了她耳裡，於是她看向李承允，柔聲問道：「夫君，我能與惜惜一起去嗎？」

李承允道：「妳若是想去，我就來安排。」

蘇心禾美目輕彎，笑道：「那太好了，多謝夫君。對了，既然我們要去，不如邀承韜一起？」

李惜惜笑起來。「好啊！我把菲敏也叫上吧，人多才熱鬧！」

蘇心禾頷首笑道：「也好。」

聽了這話，李信道：「你們若喜歡紙鳶，到時候我便備一些帶去，湖邊四周寬廣，是放紙鳶的好地方。」

李惜惜笑逐顏開。「甚好！我記得大哥最會紮紙鳶了，小時候幫我紮過一個，可惜被菲敏玩丟了，現在終於又有新紙鳶了！」

聞言，李承允下意識看了李信一眼。「大哥也去？」

李信回以一笑。「怎麼，承允不想讓為兄同行？」

「哪裡，只是大哥不是日日跟在父親身邊，協助他操持軍務嗎？若是同我們一道去玩，也不知道父親會不會怪罪？」

說著，他氣定神閒地飲了口綠豆沙。

李信不慌不忙道：「父親常說要勞逸結合，想來無妨。」

「既然如此，便請大哥同父親稟明此事吧，有勞了。」李承允悠悠道。

這話差點讓李信氣笑了。「承允可真是不放過任何折騰為兄的機會。」

李承允扯了扯唇角道：「彼此彼此。」

蘇心禾怕眼前這兩個大男人又掐起架來，忙道：「不知哪一日出行比較方便？」

思量了一會兒後，李承允道：「不如定在三日後，恰好是休沐的日子。」

李惜惜忙道：「那我明日就給長公主府遞帖子，告訴菲敏出遊之事！」

蘇心禾還沒開口，便聽到一句心聲——

婚儀過後便沒再見過她了，也不知她如今過得怎麼樣？希望她莫再為生辰宴上的事難過了。

蘇心禾抬起頭來，猛地看向李信。

李信見她面露訝異，有些奇怪地問：「弟妹，怎麼了？」

蘇心禾連忙斂了斂神，道：「沒什麼……大哥的綠豆沙喝完了，是否要再添一碗？」

李信笑著擺手，道：「多謝弟妹，我已經很飽了。今日叨擾許久，時辰不早了，我還有事要向父親稟報，就先走一步了。」

用完晚膳後，白梨跟青梅留下來收拾，李承允照例去了書房。

李惜惜吃得太飽，便拉著蘇心禾一起在院子裡散步消食。

明月當空而照，夜風拂過樹梢，漾起一抹舒爽的涼意。

兩人不知不覺走到桂花樹下，蘇心禾抬手攏了攏耳邊的髮絲，抬眸看去——四季桂正值花期更迭，樹上的花朵雖然沒之前那般茂盛，卻也顯得淡雅。

「妳喜歡桂花？」李惜惜見蘇心禾盯著桂花瞧，冷不防問出了聲。

蘇心禾忽然想起之前李承允送她桂花的事，不禁勾了勾唇角。「嗯，喜歡。」

「這四季桂，妳再喜歡也不要採太多，這可是母親的寶貝。」

說著，李惜惜神神秘秘地湊近了蘇心禾，道：「這四季桂一向有專人照顧，前些日子，不知怎麼回事，突然被人砍了大半棵樹的花，卻找不到『凶手』，最後母親氣得連晚飯都沒吃呢！」

蘇心禾眼皮一跳，問：「半、半棵樹？應當沒那麼多吧……」

「誰說沒有？」李惜惜道：「聽說那『採花賊』還頗有眼光，專挑開得好的樹王砍呢！母親說，若讓她查出是誰，定要狠狠責罰！」

蘇心禾一時無言，只得默默跟著點頭。

兩人又往前走了一段路，李惜惜伸手摸了摸自己鼓鼓的肚子，輕嘆道：「嫂嫂，自從妳嫁入平南侯府，我這肚子就沒消下去過，只怕腰都粗了兩寸。」

蘇心禾笑道：「又不是我讓妳吃那麼多的，妳若是吃成了虎背熊腰，可不能怪我。」

李惜惜忍俊不禁，道：「那倒不至於，我只要練字跟做女紅，就會日漸消瘦，菲敏也是如此。只不過，長公主殿下不會像母親一樣，逼著菲敏學東學西，菲敏小時候還時常來平南侯府玩呢！」

蘇心禾思忖片刻後，問道：「嘉宜縣主與大哥相熟嗎？」

李惜惜細細思索起來。「這個問題不好說。若說不熟吧，其實菲敏很小的時候，他們便認識了；但若說熟……妳也知道，菲敏只喜歡找我二哥，不怎麼理會大哥。」

蘇心禾輕輕「嗯」了一聲，道：「對了，大哥似乎還沒訂親？」

「是啊。」說起這事，李惜惜便一臉八卦道：「我大哥來府裡時差不多七歲吧，那時候母親因為外室之事與父親冷戰，父親便說以後大哥的事全由他處理，不會讓母親操心，母親便沒管大哥的婚事。」

蘇心禾問道：「大哥早早入伍樹功揚名，難道京城就沒有人家想與他結親嗎？」

李惜惜道：「自然有，而且條件都還不錯，但大哥總以各種理由推辭，父親似乎也不太想讓他娶那些嬌滴滴的大家閨秀，事情就被耽擱下來了。嫂嫂，妳說，大哥會不會心有所屬，這才推掉那些對象？」

蘇心禾心中有了猜想，卻不好與李惜惜說明，只道：「這是大哥的私事，我又怎麼會知道？」

李惜惜意興闌珊道：「罷了，妳日日都待在府中，想來也不知道。真想讓時間過得快一點，若是明日就能去玉龍山該有多好！」

又走了一會兒，李惜惜便返回住處，蘇心禾也回到靜非閣。

靜非閣中，書房的燈火燃著，蘇心禾靜靜看了那邊一眼，便收起目光回了房。

蘇心禾要跟著李承允去玉龍山玩，白梨與青梅都興奮不已，一個幫她收拾衣衫，另外一個則幫她打點首飾。

青梅左右手各拿著一套衣裙，認真問道：「小姐，去玉龍山那一日，您是想穿碧色薄衫搭淡黃色的石榴裙，還是要水藍色的對襟小褂，配如意刺繡百褶裙？」

蘇心禾正坐在案桌前寫著方子，隨口回道：「都好。」

青梅犯起了難。「小姐，您好不容易同姑爺一道出門，理應好好打扮一番才是，再說了，大小姐還要請嘉宜縣主一起去，若真是如此，嘉宜縣主定然打扮得花枝招展，萬一她還對姑爺……」

「咳！」白梨適時打斷了青梅，道：「嘉宜縣主再怎麼打扮也沒咱們世子妃漂亮，重點是為世子妃帶一些過夜用的物品，以備不時之需。」

「過夜？」蘇心禾有些詫異。

她與李惜惜去茉香園為曾菲敏慶生，才經歷了丫鬟墜橋的事件，如今又要在外過夜，母親會不會不同意？

蘇心禾秀眉微蹙間，就聽得一個男聲傳來——

「玉龍山離平南侯府有些遠，若算上遊玩的時間，當日來回會有點趕，故而要在那裡住一晚。」李承允撩起珠簾走進來，面上有一絲笑意。

蘇心禾擱下筆站起身來，溫聲問道：「夫君忙完了？」

李承允微微頷首，他看穿了蘇心禾的擔憂，道：「父親與母親那裡妳不必擔憂，我自會向他們稟明，妳安心準備出遊便是。」

蘇心禾心中安定不少，眉眼彎了彎，道：「多謝夫君。」

李承允輕輕「嗯」了一聲，抬步走到桌前。

他的目光落到平鋪的白紙上，問道：「這是妳寫的方子？」

蘇心禾一笑。「是，這是綠豆沙的作法，正好寫完了，夫君收著吧？」

她便推開紙鎮，仔仔細細地疊好方子，遞給李承允。

李承允將帶著濃濃墨香的方子放入袖袋之中。「多謝。」

蘇心禾笑道：「夫君似乎總在謝我。」

李承允抬起眼簾，看著她的眼睛道：「是妳先謝我的。」

此話一出，蘇心禾不禁怔了怔。

房中燭火跳躍，映得李承允眸中光點微動。

這話聽起來頗有深意，白梨與青梅互看了一眼，忍著笑出去了，臥房中只剩下蘇心禾與李承允兩人。

蘇心禾櫻唇輕抿，眨眼看著李承允，不說話。

李承允目不轉睛地看著蘇心禾，輕聲道：「妳可不可以不要對我這麼見外。」

蘇心禾飛快看了他一眼，又低下頭去，小聲道：「我……我有嗎？」

李承允頓了頓，道：「妳如今是我的妻，便是平南侯府日後的女主人，我從前同妳說過，妳想去哪裡、想做什麼，隨心就是，不必顧慮太多。」

蘇心禾抬眸看他，好看的杏眼被燭光一照，顯得水靈靈的，她輕聲問道：「你待我好，就因為我是你的妻？」

李承允不假思索地點頭。「自然。」

起初，他還不太適應她的存在，如今他回到家中，第一件事便是尋她的身影。

然而蘇心禾聽了這話，卻面色微凝，問道：「沒其他原因嗎？」

李承允長眉輕攏。「什麼意思？」

蘇心禾的手指不自覺地攥緊，一字一句地問：「若我不是你的妻呢？」

李承允愣了一瞬，他凝視著蘇心禾，忽然意識到情況不對，正要開口，外面就傳來一陣短促的敲門聲——

「啟稟世子爺，青副將與吳副將過來了，說有急事稟報。」

是白梨的聲音。

李承允不冷不熱地應了聲。「知道了。」

他再轉頭看向蘇心禾時，就見她已經斂起了方才忐忑的神情，臉上也帶著平常那恬淡的笑意。

雖然喜歡蘇心禾的笑，但李承允有時候卻覺得那不是真正的她，抑或是完整的她。

李承允若有所思地開口。「心禾，其實我……」

「夫君，」蘇心禾含笑打斷他的話，溫聲道：「兩位副將這麼晚過來，只怕有什麼要事，你還是快去吧。」

李承允懷著歉意看了蘇心禾一眼，道：「我去去就來，妳等我。」

蘇心禾無聲點頭。

待李承允走後，青梅便將沐浴用的衣物送進來，她見蘇心禾神色複雜地看著李承允的背影，覺得有些奇怪，問道：「小姐，您怎麼了？」

蘇心禾連忙收起思緒，搖頭道：「沒什麼。」

青梅將盛衣物的托盤放在桌上，笑道：「小姐跟姑爺可真有意思，都成夫妻了，看一眼也這般羞澀。」

蘇心禾乜了她一下道：「胡說什麼！」

青梅心直口快，爽朗道：「這有什麼？小姐難道沒發現姑爺也總是偷偷看您嗎？」

「怎麼可能？」蘇心禾有些面熱，嘀咕道：「他不是在看我手中的吃食嗎？」

青梅臉上笑意更盛，打趣道：「奴婢聽吳副將說，姑爺過去老是待在軍營裡處理公務，如今每日早早回府，便是為了與您共用晚飯，一入靜非閣，都要在小廚房門口站好一會兒呢！」

蘇心禾一時之間不知該如何回應，只道：「他這般行事，不過是因為我是世子妃罷了。」

青梅不太能理解這句話的意思，問道：「您本來就是世子妃啊，世子爺待世子妃好，不是應當的嗎？」

蘇心禾卻搖了搖頭，輕聲道：「妳不懂，『世子妃』不過是個身分，而這身分可以是任何人……」

李承允出了門，可腦海中仍然在思量蘇心禾的話。

她自從嫁入平南侯府，從未行差踏錯過一步，每件事都處理得極為得體，在他面前也總是小心翼翼的，很客氣……

李承允走上長廊時，青松與吳桐已等在書房門口。

一見到李承允，他們兩人便面色凝重地拱手，異口同聲道：「世子爺。」

李承允推開書房的門，沈聲道：「進去說話。」

書房中點起燈火，瞬間照亮了整個房間。

李承允開門見山道：「出了什麼事？」

青松與吳桐對視了一眼，最終青松上前一步，說道：「世子爺，關於入京時我們遇上的那些瓦落人，已經查到一些眉目。」

李承允長眉微動。「是什麼情況？」

青松道：「當時未能解決掉的細作四散開來，藏在京城周邊，今日末將偶然見到其中一人，打算將其拿下，誰知那人見自己逃不掉了，便……便自盡了。」

說到此處，青松不免有些懊惱。

李承允並未加以責怪，而是問道：「你可知那人潛伏在京城是為了什麼？」

青松想了想，道：「末將找到那人時，他正在集市上向人打聽消息，似乎在找什麼人。」

李承允問：「找什麼人？」

青松搖了搖頭，答道：「這個末將就不知道了，不過我們在那人身上搜出了一樣東西，似乎有些特別。」

說著，青松從懷中掏出一枚令牌，呈給李承允。

李承允接過來一看，只見令牌上面刻著繁複的花紋，中間畫了一隻紫色的鳥兒，那鳥兒長喙抬起，神色倨傲，似乎並不是尋常鳥獸。

吳桐適時補充道：「這像是一種圖騰，不知出自何處。」

李承允覺得這圖騰有些眼熟，他沈思了一會兒，頓時眸色微瞇，道：「這不是瓦落的圖騰。」

青松依然不解道：「可是那些人內裡分明穿著瓦落人的衣裳，用的也是瓦落人慣用的彎刀……」

「衣裳可以換，兵器也是通用的。」李承允不疾不徐道：「若我沒猜錯的話，這圖騰應當是邑南的紫精鳥。」

「紫精鳥?!」

青松跟吳桐聽了這話，都有些意外。

邑南的部落位於大宣南部，雖然地盤不大，但邑南人擅長操縱鳥獸，戰力非凡。

十四年前，他們為奪取江南一帶，設計將一萬多平南軍圍困在臨州，後來平南侯李儼在蘇心禾父親蘇志的幫助下，成功地解了缺糧之難，一舉反攻，將邑南打得落花流水，這才換來了南方多年的安寧。

那便是著名的「臨州之役」，也是李承允與蘇心禾婚事的起源。

青松道：「可臨州之役後，邑南不是一蹶不振，不敢再擾我大宣了嗎？」

吳桐卻有不同的看法，他薄唇微抿道：「若說一蹶不振，也不盡然。十四年前臨州一役後，沒過多久，老邑南王便去世了，他雖然傳位給自己的小兒子，但朝政卻一直由他的弟弟多倫把持。

「聽聞多倫剛愎自用、不納諫言，鬧得朝中烏煙瘴氣，後來新王長大成人，與自己的姊姊綺思公主合作殺了叔父多倫，奪回了政權。近兩年來，新王治理有方，邑南正在全面復甦，他們想挑釁大宣，也不是不可能。」

青松聽罷，神情凝重起來，低聲道：「如此說來，那些邑南人不但潛入京城，還假扮成瓦落人，只怕居心叵測，想攪動風雲了。」

吳桐點頭附和。「不錯，他們在京城逗留了這麼久，定有其他目的，若是沒完成任務，是不會離開的。」

李承允思忖了一會兒，道：「這一切，恐怕與他們要找的那個人有關。此事非同小可，後續有任何新消息，第一時間向我彙報。明日一早，我會先向父親稟告。」

青松與吳桐抱拳應是。

第四十九章 化敵為友

李承允離開書房後便回到了臥房。

床上的幔帳已經放下，房中卻還點著燈，想來是留給他的。

李承允吹滅了燈火，循著月光，一步步走到床榻邊，伸手抬起幔帳——

蘇心禾側身而躺，雙眸輕輕閉著，睡得十分恬靜。

看到她的樣子，方才那事帶來的緊繃便淡了幾分，李承允默默看了她一會兒，忽然伸出手來，輕輕撫向她的面龐。

少女的皮膚柔軟而細膩，李承允的手指不由自主地摩挲了起來。

蘇心禾本來沈浸在睡夢中，忽然覺得臉上有些癢，下意識地轉過臉，飽滿的雙唇猝不及防地壓上李承允的手心，彷彿甜甜一吻。

李承允渾身微震，整個人頓住了。

蘇心禾將李承允的手心牢牢墊在臉蛋下面，他不禁隨著她的動作俯下身子。

兩人的距離瞬間拉近，李承允盯著她沈睡的側顏——鼻梁弧線優美、睫毛纖長捲翹，小巧的耳朵圓潤如珠，臉蛋像是剛成熟的水蜜桃，泛著誘人的粉色。

李承允情不自禁地靠近她，就在薄唇即將觸及蘇心禾溫軟的面頰時，她卻忽然睫毛輕顫，醒了過來。

月光如水，靜靜灑落在兩人身上，四目相對之間，蘇心禾呆愣了一瞬，隨即詫異地睜大了眼。

李承允面色微僵，連忙直起了身來，低聲道：「我見妳睡在外側，想將妳挪進去一些，沒想到吵醒妳了。」

「喔……」蘇心有些尷尬，趕緊往床裡挪了挪。

李承允整理好了心情，便安靜地翻身上床。

蘇心禾剛剛小睡了一會兒，此時倒是睡不著了。

方才那一瞬間，蘇心禾似乎看到了李承允眼底的深意，但那抹溫柔稍縱即逝，讓人覺得極不真切。

蘇心禾忍不住側目悄悄看李承允，他卻已經閉上眼睛了。

正當蘇心禾打算收回目光，繼續醞釀睡意時，李承允卻忽然開口問道：「妳在江南時，可曾見過邑南人？」

蘇心禾先是愣了愣，接著才答道：「見過，邑南人喜歡豢養野獸，時常會帶皮料來江南售賣，但邑南早年與大宣交戰，因此民間對邑南商人不太待見，所以大多數邑南商人都能說一口流利的中原話，方便冒充漢人經商。」

李承允常年駐守北疆，習慣與瓦落人打交道，卻對邑南人的了解不夠深，此時不禁道：「竟還有此等行徑。」

蘇心禾點點頭道：「但無論他們裝得多像，棕色的眼眸始終難以遮掩，所以部分精明的邑南人會想別的法子。邑南人與江南一帶的百姓混居已非一、兩日，不少邑南人擁有漢人血統，我曾聽父親說過，邑南商會特地挑選混血兒擔任談生意時的窗口，以降低漢人的敵意。」

李承允若有所思道：「邑南部落盤踞於大宣西南方，老邑南王在位時便覬覦我朝江南腹地，在連年天災的情況下，還耗費不少人力與物力與我們作戰，臨州一役戰敗後，國力大損，這才與我們言和。」

說著，李承允的語氣沈了幾分。「我本以為這份和平能維持得更久……那一場戰役，死的人太多了。」

蘇心禾聽了這話，頓時睡意全消，問道：「可是青副將跟吳副將帶了什麼消息來？」然而蘇心禾一問出口就後悔了，連忙解釋道：「我不過隨口問問，若是不方便透露，夫君只當沒聽見。」

李承允沈吟片刻後，道：「返京時與我交手的不是瓦落人，而是邑南人。」

蘇心禾心頭微驚，看向李承允，道：「夫君的意思是，他們隱藏了真實的身分？如此行事，是不是為了挑起瓦落跟大宣的矛盾？」

「我同樣有此猜測。」李承允聲音低沈道：「如今只查到他們來京城是為了尋人，但要尋的是誰，尋到此人後要做什麼，還不得而知。雖然邑南人不安分，但瓦落那邊動作也不少，只怕過不了多久，我便要去北疆了。」

聽到這話，蘇心禾內心有些沈重。「要起戰事了嗎？」

李承允沈默了一會兒，只道：「或戰或和，誰也無法預料。」

蘇心禾抿了抿唇，輕聲道：「我明白了。」

自她嫁入平南侯府以來，便知李承允常年駐守北疆，並不常待在京城，但經過這段日子的相處，她已經習慣與他朝夕相對，忽然提起戰事，多少讓人擔憂。

就在她感到不安時，李承允忽然道：「別怕。雖然北疆與南疆的局勢牽一髮而動全身，但南疆有父親，北疆有我，無論如何，我都會守好疆土，不會讓任何人染指大宣，更不會讓妳……讓你們受到傷害。」

不過短短幾句話，卻承載了極重的責任。

「嗯……」蘇心禾輕輕應了聲。「我不是害怕這個，只是……」

李承允側過臉來看著她。「只是什麼？」

蘇心禾鼓起勇氣，轉過身子面對面看著他，用極小的聲音道：「我只是怕你再受傷。」

李承允一怔。

暗夜之中，他定定地看著她，沒再說話。

蘇心禾被他盯得不好意思，只能繼續說話好避免尷尬。「你身上的傷口，只怕自己都沒看全過吧？我知道夫君一心報國，又驍勇善戰，但如果舊傷未癒，又添新傷，就是鐵打的人也受不住……」

她話還沒說完，就察覺一隻溫暖的大手撫上自己的後背。

李承允略一用力，便將她摟入懷中。

蘇心禾的面頰貼上李承允的中衣，隔著輕薄的衣料，能感受到他結實的肌肉線條、聽見他起伏有力的心跳聲，他溫熱的呼吸就在她頭頂，整個人彷彿被他的氣息包圍。

只聽李承允輕嘆一聲。「最讓人受不住的，是妳才對。」

翌日一早，李承允便去了正院一趟，之後才離開平南侯府。

蘇心禾知道他要處理遷營玉龍山一事，等到出遊那日才能回來接自己。

這世界千變萬化，明日會發生什麼，誰也不清楚，與其擔心那些還沒發生的事，不如用心過好當下每一天。

蘇心禾的心態一向很好，待用過朝食之後，便不慌不忙地準備起野餐要用的吃食。

出發前往玉龍山當天，風和日麗。

蘇心禾昨夜忙得有些晚，今天沒能早起，待她迷迷糊糊睜開眼時，忽然發現房裡坐了個挺拔的身影，她一骨碌地爬了起來。「夫君？」

李承允轉過臉，含笑看她。「醒了？」

蘇心禾揉了揉惺忪的睡眼，道：「你怎麼這麼早就回來接我了？」

一旁的青梅忍住笑意道：「小姐，時辰已經不早了。」

蘇心禾這才茫然地看向窗外，日頭已經爬得老高，平常這個時候，她都在看帳本了。

她連忙起身披衣，道：「夫君回來了怎麼不叫我？我們今日不是要出遊嗎？」

李承允見她赤腳踩在地上，便快步走來，將她按回了榻上，道：「既是出遊，有什麼好著急的？早一刻或晚一刻沒什麼區別，睡夠了再去。」

蘇心禾心安了幾分，但仍然催著青梅幫自己更衣漱洗。

待蘇心禾穿戴整齊出門，才發現靜非閣的偏廳中，李惜惜與李承韜早就在此處候著了。

蘇心禾覺得有些抱歉，不過李惜惜一見到她，便激動地迎了上來，道：「嫂嫂，我方才見馬車上放了好多食盒，是不是今日要給我們吃的？」

聞言，蘇心禾愣了一下，道：「是……」

李惜惜高興不已，道：「我就知道！我特地沒吃朝食，就是為了妳說的『野餐』！」

她一大早便來了靜非閣，本想喚醒蘇心禾，卻遇上李承允從外面回來，有李承允在臥房裡，她自然不敢叨擾，只得乖乖坐在偏廳等。

蘇心禾知道她已經等不及了，便安撫道：「那一會兒上了馬車，妳先吃些東西墊一墊。」

李惜惜等的就是這句話，忙道：「好！我還特地告訴菲敏，讓她也空著肚子來呢！」

蘇心禾一時哭笑不得。「嘉宜縣主也到了嗎？」

李惜惜道：「到了，她與長公主殿下一起來的，如今正與母親說話，我們出發時叫她一聲便是！」

說著，她便急急地將蘇心禾拉走了。

蘇心禾見李惜惜如此雀躍，也揚起了笑容，她回頭看了李承允一眼，李承允朝她點點頭，她便先隨李惜惜出了門。

今日出遊，眾人輕車簡行，李承允、李信騎馬，唯一的一輛馬車留給姑娘們，由李承韜駕車。

一上馬車，李惜惜便迫不及待地說道：「嫂嫂，妳今日備了些什麼？」

李惜惜的目光一直黏在旁邊若干食盒上，沒離開過。

蘇心禾有些好笑地說道：「妳若是還沒吃朝食，不如先來個手抓餅？」

李惜惜疑惑道：「手抓餅……是要用手拿著吃嗎？」

蘇心禾笑著點頭，道：「不錯。」

說著，她打開食盒最上層，裡面用薄薄的油紙包著幾個長條形的捲餅，每個都有三根手指粗細，也不知道裡面放了什麼，看起來鼓鼓的。

蘇心禾將食盒遞到李惜惜與曾菲敏面前，道：「妳們可要嚐嚐看？」

李惜惜「嘿嘿」一笑，道：「那我就不客氣了。」

說罷，她便伸手拿起了一份手抓餅。

曾菲敏看了那裹成捲的餅子一眼，嘀咕道：「就這麼拿著吃，會不會太不雅了？」

「這裡又沒外人，怕什麼？」李惜惜將油紙撕了一半下來。

手抓餅露出了半截，餅皮有煎過的金黃痕跡，頂端的開口處，還溢出了一小段綠油油的青菜。

曾菲敏猶豫了一會兒，最終說道：「那……那我也試試吧。」

自從上次一起用飯過後，曾菲敏對蘇心禾的敵意就消除了不少，也願意好好地同她說話了。

蘇心禾笑道：「縣主請用。」

曾菲敏撩起了衣袖，伸出白嫩的手指，拿起一個熱呼呼的手抓餅。

蘇心禾介紹道：「這手抓餅裡放了烤雞排、雞蛋、青菜、榨菜等材料，還淋了些許辣醬，惜惜一貫喜辣，不知縣主能否食辣？」

曾菲敏眉毛微微一挑，道：「我食辣可比李惜惜厲害多了！」

李惜惜一聽，「呿」了一聲道：「我嫂嫂做的辣醬可比長公主府的辣多了，一會兒妳別哭啊！」

曾菲敏笑道：「誰先哭還不一定呢！」

說著，她便學李惜惜將手抓餅外面的油紙撕了下來。

這油紙好似一層封印，一旦扯下，手抓餅的香味便迎面襲來，裹挾著辣醬的嗆辣氣息，實在讓人難以拒絕。

不過曾菲敏有些不知如何下口，她正在思索時，就見李惜惜「嗷嗚」張開嘴，咬下一大口。

手抓餅外表酥脆，吃起來「嘎吱」作響，餅皮柔韌且富嚼勁，咬下的那一瞬間，辣醬也擠了出來，豐富的口感與辣味融合在一起，別提多過癮了！

曾菲敏瞧李惜惜大快朵頤，喉間不自覺地嚥了嚥。

李惜惜吞下口中的手抓餅，問道：「菲敏，妳怎麼不吃啊？」

曾菲敏瞧了她一眼，道：「我、我要吃。」

為了避免李惜惜盯上自己的手抓餅，曾菲敏連忙咬了手抓餅一口。

然而這小小的一口，讓曾菲敏只吃到些許餅皮，並未嚐到豐厚的醬料與食材，於是她接著咬了一大口。

這一口不偏不倚地咬在雞排上，鮮嫩的雞肉滲出香濃的辣意，這辣意本來有些嗆人，但配上樸實的餅皮，卻平衡了不少，翠綠的生菜貢獻了爽脆的口感，讓人的味覺應接不暇。

曾菲敏終於嚐到手抓餅的好，眼睛瞬間彎成月牙——

還好聽了惜惜的話，今日沒用朝食，不然可就虧大了！

蘇心禾聽到曾菲敏這句心聲，差點笑出聲，她忍了好一會兒，才勉強維持住表面的平靜，繼續「觀賞」兩人的吃相。

不得不說，雖然曾菲敏與李惜惜今日打扮得比平常樸素，但到底都是美人胚子，一人捏著一個手抓餅大肆啃食的樣子，著實難得一見。

曾菲敏見蘇心禾看著她們，卻不說話，便道：「妳……不與我們一起吃嗎？」

蘇心禾斂了斂神，道：「縣主，我已用過朝食了。」

曾菲敏點點頭，想了片刻後，道：「今日出遊，妳不妨隨惜惜一般喚我的名吧，免得暴露了我的身分。」

蘇心禾笑了笑，道：「好啊。」

曾菲敏像是想起了什麼，連忙補充道：「不過，就算妳嫁給世子哥哥了，我也不會叫妳嫂嫂！」

蘇心禾倒是不在意，輕鬆地笑道：「不如我們都以名相稱？」

曾菲敏覺得自己不算吃虧，便同意道：「一言為定！」

就在曾菲敏與蘇心禾聊天時，李惜惜的手抓餅快解決掉了，她「嘶哈嘶哈」地出了兩口氣，小嘴也紅通通的。

蘇心禾遞上水囊，問：「要不要喝水？」

李惜惜還沒應聲，曾菲敏就忍不住笑起來，朝李惜惜道：「一點辣醬就將妳辣成這樣了？」

李惜惜灌了一口水，含糊不清地開口道：「妳還沒吃到中間！越到後面，辣醬滲得越深，我就不信妳一會兒還能笑著說話！」

曾菲敏不以為然，當著李惜惜的面一口接一口地吃起了手抓餅，果不其然，三口過後，她就感覺到了火熱的辣意。

「嘶哈嘶哈……」

方才還在笑話李惜惜的曾菲敏，此刻變得跟李惜惜一樣張嘴吐舌，兩人面對面坐著，大眼瞪小眼地噘著紅紅的嘴巴，畫面看起來有點滑稽。

蘇心禾不禁失笑道：「不如吃點紅豆雙皮奶解辣吧？」

說著，她從一旁的食盒裡拉開一個小抽屜，從裡面取出兩個小碗，遞給曾菲敏與李惜惜。

曾菲敏放下手抓餅接過小碗，她將碗上的薄紗揭開，卻見裡面放了像牛乳的東西，然而馬車搖搖晃晃，這「牛乳」卻完全不動，好似凝固了一般，那乳白色的表面上，還點綴著一簇鮮豔的紅豆，彷彿雪中紅梅，煞是好看。

欣賞了這碗紅豆雙皮奶好一會兒，曾菲敏竟有些不忍破壞這平滑的表面，可一看李惜惜，她因為辣得難受，已經將紅豆雙皮奶挖出了一個洞，正將那軟綿綿的奶凍送入口中——

雙皮奶一入口，唇舌略微一抿，便化成了一片柔軟，冰冰涼涼的，還帶著濃郁的牛乳味，香甜極了。

僅僅一口，便撫平了李惜惜舌尖的辛辣，這美妙的滋味，讓她臉上綻放出了笑容。

曾菲敏目不轉睛地盯著她道：「好吃嗎？」

李惜惜的頭點得有如小雞啄米。

曾菲敏連忙用勺子挑起中間的雙皮奶，混著紅豆一起送入嘴裡。

紅豆香甜綿軟，再配上細膩柔滑的雙皮奶，瞬間就將口腔裡的辣意化去了幾分。

曾菲敏吃得雙眸一亮，又舀起一大勺雙皮奶迅速塞入口中，強烈的奶香跟豆沙的甜意同時襲來，在口中形成一股旋風，徹底拂去辣醬帶來的灼熱感。

「好吃！」曾菲敏讚嘆道。

李惜惜也吃得不亦樂乎，點頭道：「嫂嫂，妳到底是從哪兒找來那麼多吃食的方子？上次的麥提莎跟這次的紅豆雙皮奶我都沒吃過，卻一樣比一樣好吃！」

蘇心禾輕咳一聲道：「瞎琢磨的，其實有許多做得不好的，只是沒給妳吃，所以妳不知道。」

「咦？」曾菲敏訝異地摸了摸紅豆雙皮奶的碗。「我們都出門這麼久了，這怎麼還是冰的？」

蘇心禾指了指抽屜下面的夾層，道：「這裡面有冰塊。」

說著，她打開夾層，曾菲敏與李惜惜探頭一看，頓時大感驚奇。

曾菲敏自幼便在長公主府與皇宮長大，見過不少好東西，但還是第一次見到如此精巧的食盒。「這……不就是一個小冰鑑嗎？」

蘇心禾笑著介紹道：「不錯，這個食盒是我讓匠人仿造冰鑑打造的，不但能放冰，還能與其他食盒疊加使用。」

她向她們兩人展示食盒上的卡扣，這卡扣是銅製的，能靈活開關，曾菲敏與李惜惜這才發現，原來這些疊放起來的食盒能用卡扣扣住，方便搬運；卡扣打開後，還能各自單獨使用，互不干擾。

曾菲敏嘖嘖稱奇。「這真是個好東西！我在宮裡都沒見過呢，妳的心思也太巧了！」

蘇心禾道：「若是妳喜歡，我贈妳一個便是。」

曾菲敏一愣，隨即驚喜道：「當真？那可太好了！」

「那我呢？」李惜惜眼巴巴地看著蘇心禾。

蘇心禾伸手點了一下她的鼻子，道：「妳哪裡用得著？不是每次都吃我的嗎？」
李惜惜不禁吐了吐舌頭，道：「也是……」
話說到這兒，三個人都笑了。

第五十章　重新認識

吃完手抓餅跟紅豆雙皮奶，曾菲敏與李惜惜都相當滿足，李惜惜甚至放鬆地靠在車壁上，曾菲敏也有樣學樣，沒骨頭似的靠了上去。

蘇心禾見兩人步調幾乎一致，輕輕笑了起來。

曾菲敏瞧她一眼，道：「妳笑什麼？」

蘇心禾道：「妳現在倒是與第一次見我時很不同。」

曾菲敏微微一愣。

之前因為李承允的婚事，曾菲敏一直對蘇心禾心懷芥蒂，第一次在茉香園見面時，她更是卯足了心思想羞辱蘇心禾。

一想到這兒，曾菲敏忽然有些慚愧，心虛地問：「妳這話是什麼意思？」

蘇心禾笑了笑。「第一次見妳，是高貴無比的嘉宜縣主；這次再見，卻看到了妳的真性情，對我來說更親切。」

曾菲敏聽了這話，唇角忍不住翹了翹，不好意思地說：「我、我知道之前對妳不怎麼樣，今日就算我們重新認識吧！」

蘇心禾甜甜一笑。「好啊，菲敏。」

曾菲敏眉眼彎了一下。「心禾。」

既然成為朋友，我以後是不是能像惜惜一樣，時常有好吃的？

蘇心禾忍俊不禁。「我平常沒什麼愛好，就喜歡搗鼓吃食，也喜歡與人分享，若是菲敏有時間，可以常來。」

曾菲敏一聽，臉上笑意更盛。「好，我一定去！對了，妳們可聽說了『季夏雅集』的事？」

蘇心禾問道：「什麼是『季夏雅集』？」

李惜惜坐直了身子，一副耳熟能詳的模樣道：「這個我知道，京城各世家大族最喜開設雅集，尋常的雅集都是幾家輪流舉辦，唯獨『季夏雅集』的操辦權需要申請，這可是各大家族相看婚事的時候。」

在大宣，一切以春日為始，故而婚事大多定在春季舉行，蘇心禾的婚儀也不例外，若往前推算，秋冬便是訂親的好時候，夏季則是相看的好時機。

蘇心禾若有所思間，曾菲敏接過李惜惜的話頭，道：「沒錯，季夏雅集一年才一回，而且要五品以上的官眷才能參加，因此各家都想爭取操辦的權力，以彰顯家族實力。旁人爭就罷了，可張家今年居然也在爭！」

「張家?!」李惜惜道：「去年不就是張家辦的嗎？怎麼今年還爭？」

「可不是！」曾菲敏一說起這個就來氣。「妳忘了她在我生辰宴上做的事了？怎麼還有臉爭這個？」

蘇心禾想了想，道：「生辰宴上的事，並無確切證據，張婧婷不會承認，此時爭取操辦權，只怕是想用此事分散眾人的注意力，好讓張家將她洗乾淨。況且，張婧婷也是待嫁之身，張家為女兒爭這操辦權，倒也正常。」

李惜惜不禁蹙眉說道：「我一見她在啟王爺面前撒嬌賣乖的樣子，就渾身不舒服，她就是吃定啟王爺人好，才肆無忌憚地纏著人家！」

這話說得義憤填膺，蘇心禾與曾菲敏都朝她看去，李惜惜不禁一呆，忙道：「妳們看著我做什麼？對了，菲敏，妳說到張家又爭操辦權，那皇后娘娘決定給誰辦了嗎？」

曾菲敏搖頭道：「哪有那麼容易定下來？皇舅母表面上不說，但一定不樂意給張家。本來有不少人家想爭取操辦權，但見張家遞出申請的帖子，便打了退堂鼓。然而皇舅母一直沒給准信，於是張貴妃娘娘便到皇外祖母面前吹風，說皇舅母身子不好，區區小事都要拖延許久……」

「這也太過分了！」李惜惜見過皇后一次，覺得她為人和藹可親，聽到她被張貴妃如此誣衊，有些生氣。

蘇心禾思量了一會兒，道：「皇后娘娘遲遲未決定，應該是沒找到願與張家對抗之人吧？」

曾菲敏嘆了口氣道：「確實如此，與張家打對臺，不就等於打張貴妃娘娘的臉嗎？她的兒子是皇舅父唯一的兒子，誰敢惹她？」

李惜惜小聲問：「那陛下可知道此事？」

曾菲敏下巴一抬。「自然知道，還是我母親告訴他的呢！但是知道又能怎麼樣呢？皇舅父其實很愛重皇舅母，但礙於身分，不能明目張膽地偏袒……唉，分明是正經夫妻，還有這麼多限制，當皇后還不如當公主來得自在！」

蘇心禾還是頭一回聽到皇室的八卦，怪不得李惜惜說，與曾菲敏在一起，能知道許多外界不曉得的事，三言兩語間，曾菲敏便將皇室的關係盤了個遍。

李惜惜摸了摸下巴，道：「若是皇后娘娘沒找到合適的人家，就算陛下想支持她，只怕也有些為難……」

曾菲敏聽了這話，不經意抬眸看了李惜惜一眼，忽然一拍大腿，興奮地說道：「誰說沒有合適的人家?!你們平南侯府不就是嗎！」

蘇心禾與李惜惜對視一眼，眸中皆是驚詫。

李惜惜道：「妳又不是不知道，我父親不允府裡太過享受，所以連像樣的廚子都沒幾個，如何辦得了這麼重要的雅集？」

曾菲敏指了指蘇心禾，道：「不是有她嗎?!」

「我？」蘇心禾茫然地看著曾菲敏。

曾菲敏激動地坐直了身子，道：「不錯，就是妳！妳的廚藝這麼好，若是能承辦季夏雅集，定然比張家辦得好！況且，妳們忘了上次去茉香園時，那張婧婷有多過分了？怎麼能讓她得逞！」

她一貫愛恨分明，如今對張婧婷的厭惡幾乎滲進骨子裡。

李惜惜也不喜張婧婷，一想到她可能用季夏雅集來往自己臉上貼金，就覺得難受，便道：「這麼說來，倒也不是不可能……我嫂嫂能做出許多旁人沒吃過的好東西，若真能接下此事，說不定還能為我們侯府爭光呢！」

蘇心禾卻十分冷靜，她瞧了李惜惜一眼，淡淡道：「惜惜，能舉辦季夏雅集固然是家族榮耀，但此事還是該等皇后娘娘定奪，我們不該去爭。」

平南侯府不缺這次出風頭的機會，蘇心禾也不想四處樹敵。

這番話雖然點到為止，李惜惜卻明白了過來，道：「也是，父親是不屑這些虛名的。」

曾菲敏見狀，雖然有些失望，但也只得道：「我不過是隨便說說，具體怎麼做，是皇舅母的事，我母親自會幫忙，犯不著我們操心。」

比起季夏雅集，李惜惜還是對玉龍山更感興趣，問道：「對了，聽說我們是要去山腰的湖邊玩，不知那裡景色如何？」

曾菲敏一笑，道：「玉龍山曾經是皇家園林，風景當然無可挑剔，但最重要的卻不是這個。妳們可知那湖的名字叫什麼？」

見李惜惜與蘇心禾都說不上來，曾菲敏下巴一抬，道：「愉湖。取『魚兒歡暢』之意，許是山上的水宜養魚，所以那湖裡的魚兒都生得又大又靈活，我母親每年都要派人來撈上幾回，或送入宮中，或在府中烹調，比尋常的魚美味多了！」

曾菲敏一想起那魚肉的滋味，都要流口水了。

蘇心禾聽到這兒，生出了濃厚的興趣。「想必是山上的水涼，魚兒生長得比較慢，肉質才會緊實豐美，若是我們今日也有機會撈魚或釣魚就好了。」

李惜惜「嘿嘿」笑了兩聲，道：「有大哥跟二哥他們在，這不算什麼！」

三個姑娘聊著天，時間不知不覺就過去了，在接近晌午時，終於抵達了玉龍山。

他們今日出門沒帶任何隨從或丫鬟，一路都由李承韜駕車。

李承韜瞧著眼前的湖光山色，只覺得神清氣爽，他一勒韁繩，讓馬車穩穩當當地停下。

只見他從馬車上一躍而下，學尋常車夫躬身細語道：「各位貴人，已經到了。」

李惜惜早早探出頭下車，見他這般裝模作樣，忍不住笑了起來。

曾菲敏緊隨其後，卻見李承允朝馬車的方向走來。

李承允也看到了曾菲敏，他在馬車前停住步伐，朝她淡淡點了個頭，算是打過招呼了。

見曾菲敏還在發愣，李惜惜便催促道：「菲敏，怎麼還不下車？」

曾菲敏這才斂了斂神，提起裙裾下了馬車。

待兩人都下車後，蘇心禾才躬身而出，一襲鵝黃的嬌嫩裙衫與滿眼綠意相襯，顯得她更加動人。

李承允自然而然地走上前去，伸出了手。

蘇心禾看了他一眼，笑意在唇邊蕩開，毫不猶豫地將手遞給他。

李承允扶著蘇心禾，看著她一步步下了馬車。

眼前這幅畫面極為美好，然而，站在一旁的曾菲敏，卻不動聲色地別過臉。

雖然她一直告訴自己，要學會放下李承允，但當她親眼看到這一幕時，還是有些控制不住的難受。

「妳沒事吧？」李信見曾菲敏臉色發白，低聲開了口。

曾菲敏故作鎮定，努力勾了勾唇角。「沒事。」

李信沈默了片刻後，道：「明知……」

這話說得隱晦，曾菲敏卻明白了他的意思。

既然看到李承允與蘇心禾在一起難受，為何還非要讓自己瞧見這一切？

曾菲敏咬了咬唇，壓低聲音道：「與其逃避，不如面對……世子哥哥沒錯，我也沒錯，錯的是緣分。」

說完，她便自顧自地走開了。

李信看著她，只覺得小姑娘的背影既倔強又單薄，讓人不知如何是好。

明媚的陽光靜靜照耀著湖邊的草地，蘇心禾拿出備好的布毯，兩手奮力一揚，試圖將布毯攤在草地上，但這布毯尺寸太大，還有些重，一個人鋪不好，李承允見狀，便立即過去幫忙。

兩人各自拉扯一頭，很快就鋪好了布毯，李承允見蘇心禾額前碎髮微亂，便抬手為她理了理。

蘇心禾含笑看他。「夫君平日太忙，難得出來一趟，今日應該好好休息才是。」

「心禾，」李承允打斷她的話。「這話該我對妳說才是。」

蘇心禾微怔。

李承允正色道：「還有什麼要做的？交給我。」

他的語氣不容拒絕，有幾分霸道。

蘇心禾抿唇一笑，朝李承允眨了眨眼，道：「那請夫君幫我把馬車上的食盒都搬下來可好？」

李承允點頭道：「好。」

他轉身去馬車上搬運食盒，李承韜也跟過去幫忙，兩個人才走了一趟，便將若干個食盒都拎了過來。

蘇心禾接過疊放的食盒，打開卡扣，將食盒逐一擺到布毯上。

李惜惜積極地湊過來幫蘇心禾擺食盒，曾菲敏見眾人都有事做，也主動擺起了碗筷。

待李信餵馬歸來，蘇心禾才邀上眾人落坐，一切就緒後，她便一個接一個地揭開食盒——

金燦燦的薯片足足裝了三個食盒，蘇心禾注重細節，還在食盒裡分了格子，薯片一片靠著一片，整齊地陳列在格子裡，好似排隊似的，等待食客品嚐。

薯片旁邊有兩盒油滋滋的香辣雞爪跟香辣豆干，雞爪被紅油浸透，一眼看去便知十分入味，與「張牙舞爪」的香辣雞爪相比，香辣豆干就顯得憨實多了，它們一片疊著一片，堆在食盒裡，看上去很誘人。

除此之外，蘇心禾還用多餘的材料製了一盒香辣毛豆。

毛豆顆顆飽滿，綠油油的外皮染上紅油，色彩鮮明得很，聞一聞就教人食慾大增。

這些食盒列成一排，蘇心禾每揭開一個，李惜惜都捧場地「哇」一聲，氣氛也變得熱烈起來。

「這麼多好吃的，從哪兒開始呢？」李惜惜吐露了真實的心聲。

蘇心禾帶來的吃食大部分都是她沒吃過的，李惜惜自然每樣都想吃，可她在馬車上已經吃了一個手抓餅跟一碗紅豆雙皮奶，眼見肚子裡的空間不夠多了，便盤算著到底吃哪樣最值得。

曾菲敏方才還有些鬱鬱寡歡，但此刻見到這些吃食，便暫時忘卻了煩惱，目光在食盒上掃來掃去，似乎也在思量從哪邊下手。

蘇心禾笑著開口。「不知道大家喜歡吃什麼，我便多備了幾樣，咱們一面賞景一面吃，晚些時候再生火做飯可好？」

眾人笑著應聲。

湖邊風景壯闊秀麗，豐盛的美食當前，李承韜匆匆淨了手，便連忙問道：「嫂嫂，那個……手抓餅還有嗎？」

李承韜趕馬車時，便聞到車廂裡傳出來的香味，又斷斷續續聽見三個姑娘的對話，別的沒記住，但「手抓餅」這三個字他卻惦記了一路。

蘇心禾一笑，從食盒裡拿出一個包好的手抓餅遞給李承韜，道：「還有。」

李承韜用雙手接過，道了聲謝，便美滋滋地撕開外面的油紙。

只見李惜惜同情地搖了搖頭，道：「李承韜，你連手抓餅都沒吃過嗎？還是要多見見世面才好。」

李承韜白了她一眼，道：「妳今日不也是第一次吃嗎？裝什麼？」

聞言，李惜惜朝他做了個鬼臉，道：「那也比你早半個時辰！」

李承韜道：「罷了罷了，我不與妳爭！」

手抓餅熱而不燙，他不想錯過入口的好時機。

李惜惜見李承韜吃起了手抓餅，便將目光瞄準了她垂涎已久的薯片，她伸出手指，撚起一片金黃的薯片，送到唇邊，輕輕一咬——

「嘎吱」一聲輕響，碎成兩半的薯片落入口中，頓時鹹香四溢，爽脆無比。

馬鈴薯獨特的香味逐漸在口中蔓延，讓人既驚喜又歡喜。

薯片太不經吃，看起來大大一片，卻嚼了兩下就沒了，然而，只要吃了第一片，便有第二片、第三片，不但越吃越上癮，還容易將這種快感傳染給旁人。

曾菲敏本來想先嚐一嚐香辣雞爪，但實在扛不住李惜惜嘴裡那「嘎吱嘎吱」聲的誘惑，也跟著吃起了薯片。

這兩人的口脂在馬車上時就掉了個乾淨，此時吃起薯片便毫無顧忌，好像比賽似的，妳一片、我一片地輪流取食。

李承韜還沈浸在手抓餅的幸福中無法自拔，待他終於將注意力放到薯片上時，兩盒薯片已經被吃空了，他趕緊伸手護住最後一盒薯片，道：「妳們倆要不嚐嚐別的？」

正在興頭上的李惜惜瞪著他道：「李承韜，還來！」

李承韜下巴一揚，道：「兩位兄長與嫂嫂還沒吃呢！」

聽他這麼說，李惜惜才不好意思地斂起了目光，撇了撇嘴，道：「菲敏，這雞爪看起來也不錯，妳要不要……」

她剛一轉過頭，就見曾菲敏嘴裡已經叼了一隻香辣雞爪，她的小嘴被辣得通紅，嘴裡「嘶哈」不停，看起來既痛苦又痛快。

蘇心禾見狀，道：「菲敏，香辣雞爪裡的辣醬不少，妳還是少吃些吧，不如試試毛豆？這毛豆雖然用辣醬煮過，卻沒雞爪那般吸辣，更好入口。」

說著，蘇心禾將盛放香辣毛豆的食盒推到曾菲敏面前。

曾菲敏知道蘇心禾是好意，便道：「好，多謝。」

她用筷子挾起一根毛豆，挪到嘴邊時卻頓了頓，不知道該怎麼吃才恰當。

平常曾菲敏吃的豆子全是下人剝好的，何時自己剝過毛豆皮？

蘇心禾看出她的疑惑，笑道：「是不是沒吃過這種作法的毛豆？」

曾菲敏點頭。

蘇心禾道：「這麻辣毛豆的吃法很簡單，直接送入口中，再一點一點擠出豆子就可以了。」

像是要示範給曾菲敏看似的，蘇心禾挾起一根毛豆，緩緩送入口中，她的朱唇輕輕含住豆身，貝齒輕咬豆子外皮，豆子便乖乖地出來了。

分明是用唇舌剝豆，她的動作卻極其優雅，看得曾菲敏也躍躍欲試。

曾菲敏有些好奇地問道：「為何不用手剝皮？」

蘇心禾一笑，道：「毛豆皮浸染了辣醬，將豆子擠出來的那一刻，會溢出汁水，這汁水才是精髓所在，若用手剝，只怕嚐不到了。」

曾菲敏立即會過意，重新挾起毛豆，學著蘇心禾一點一點地咬起帶皮的毛豆。被牙齒一擠，毛豆便滾了出來，落到唇舌之間，汁水瞬間沾上舌尖，鮮辣中帶著一絲若有似無的甜，這甜味來自於天然的豆香，清爽又樸實，很是獨特。

一根毛豆吃完，曾菲敏不假思索地挾起了第二根毛豆，這毛豆香辣可口，吃起來又毫無負擔，很快的，她面前便堆了不少毛豆皮。

李惜惜剛剛就瞅著蘇心禾與曾菲敏吃毛豆，待她吃夠了薯片，才轉攻香辣毛豆。「菲敏，給我一個嚐嚐！」

曾菲敏低頭一瞧，食盒裡的毛豆不多了，她一時有些不捨，猶豫了好一會兒才挾了一根給李惜惜。「妳不是喜歡食辣嗎？香辣雞爪也很好吃，妳不如去吃那個？」

——未完，待續，請看文創風1285《禾處覓飯香》3（完）

2024年7月出版

異世娘子廚師魂

文創風 1274~1275

只要勇於爭取，小廚娘也能成為大明星！
從雲端跌入泥裡並不是世界末日，可怕的是失去對生命的熱情。
她不但要用廚藝發家致富，更要把握得來不易的幸福……

跳脫框架鋪陳專家／顧非

如果可以，季知節希望自己穿越到古代的故事能淒美一點，
像「知名廚神出海捕撈食材時不幸葬身大海」之類的，
偏偏她就是被幾顆荔枝給噎死，丟臉丟到姥姥家了。
只不過，與其糾結是怎麼「過來」這裡的，
不如專注於解決眼前的困境——舉家遭到流放，溫飽都成問題。
幸虧她有那麼一點本事，能靠做些吃食生意賺錢，
不僅是自個兒的親人，還拉拔同樣落難的未婚夫江無漾一家，
讓大夥兒刮目相看不說，甚至對她肅然起敬。
然而，季知節萬萬沒想到，她所做的一切竟引發連鎖效應，
在改變自身命運的同時，也捲入了推翻朝廷的漩渦……

將軍百戰死，壯士十年歸／途圖

2022年8月出版

夫人好氣魄

前世的她早已習慣自己承擔一切，也不太習慣與人親密相處，
自小照顧她的奶奶去世後，她的心更是沒有對別人打開過，
直到入了將軍府，她才慢慢試著接受身邊的人，
老夫人總讓她想起奶奶，而和藹的婆婆則彌補了她缺失的母愛，
這些沒有血緣的親人，讓她更加堅定了想護住這個家的決心……

文創風 1091 1

意外發生前，沈映月是獨力掌控百億業務、手下菁英無數的高階主管，
豈料一睜眼，她就穿成了大旻朝赫赫有名的鎮國大將軍莫寒的夫人，
原來大婚當日，將軍接到了邊關急報，於是撇下新娘，率軍開赴邊疆，
然而世事無常，幾日前將軍戰死的消息傳回了京城，原身便傷心得一命嗚呼。
將軍夫人是嗎？這頭銜倒是新鮮，也算是史無前例的跳槽了，那便試試吧！
說起這莫家，確實是忠臣良將，門前還豎立著一座開國皇帝親賜的巨大英雄碑，
碑上刻著的一個個名字都是為國犧牲的莫家兒郎們，包含將軍及其父兄、姑姑，
但，如今的將軍府竟只剩好賭的二叔、酗酒的四叔及流連青樓的堂弟等廢柴？

文創風 1092 2

當真是虎落平陽，瞧著將軍不在了，如今連個熊孩子都敢欺到頭上來！
小姪子是莫家大哥留下的獨苗，這些年來大嫂一直將他保護得無微不至，
然而卻因為很少磨練他，以至於他在外也不懂得如何保護自己，
在學堂受了同窗的欺凌，回家後大嫂也只叫他忍耐下來，不要聲張，
倘若沈映月不知情也就罷了，既然知曉，便沒有裝聾作啞的道理，
她雖然冷靜自持，但向來秉持著人不犯我、我不犯人的信念，
即便對方是個熊孩子，該打回去的時候她也不會手軟，
不過小姪子太嬌弱，得找個武師父教導才行，只有自己強大了，別人才不敢欺！

文創風 1093 3

莫寒生前一直率領莫家軍與西夷作戰，如今這支軍隊尚有十五萬人之多，
從前手握兵權對將軍府是如虎添翼，而今若還抓住不放恐要招來殺身之禍了，
然而龍椅上那位也不知是怎麼想的，遲遲不肯解決這燙手山芋，
所幸的是，莫家此輩中僅剩的男丁、將軍的堂弟莫三公子一向是紈袴的代言人，
雖說沒有人把他當成兵權繼任者，但難保平時眼紅將軍府的人不落井下石，
還好她這人向來不知何為難事，執掌中饋後就一肩挑起將軍府內外的大小事，
三公子有心疾不能習武無妨，改走文臣仕途一樣能帶領莫家走出康莊大道，
即便他莫老三再是坨爛泥，她也會把他穩穩地扶上牆，成為莫家的頂梁柱！

文創風 1094 4 完

莫寒懷疑朝中出了內鬼，以至於南疆一役中了埋伏，己方死傷慘重，
為了查出真相，他詐死回京，還易容化名為孟羽，成了小姪子的武師父，
一開始沈映月只是懷疑他的來歷，畢竟他說解甲歸田前曾待過莫家軍，
但除了將軍左臂右膀的兩大副將外，其餘同袍似乎都不認得他？
再者，他一個普通小兵，為何兩大副將都如此聽從他的指揮？
後來漸漸與他接觸後，又發現他文韜武略無一不精，實在非常人能及，
果然，他根本不是什麼副將的表哥、平凡的路人甲乙丙，
他根本就是將軍本人，是她素未謀面的夫君啊！

風 文創 1284

禾處覓飯香 2

國家圖書館出版品預行編目資料

禾處覓飯香 / 途圖著. --
初版. -- 臺北市 : 狗屋出版社有限公司, 2024.08
冊 ; 公分. --（文創風 ; 1283-1285）
ISBN 978-986-509-547-5（第2冊 : 平裝）. --

857.7　　113009728

著作者　途圖
編輯　連宓均
校對　陳依伶
發行所　狗屋出版社有限公司
地址　台北市104中山區龍江路71巷15號1樓
電話　02-2776-5889～0
發行字號　局版台業字845號
法律顧問　蕭雄淋律師
總經銷　知遠文化事業有限公司
電話　02-2664-8800
初版　2024年8月
國際書碼　ISBN-13　978-986-509-547-5

定價290元
狗屋劃撥帳號：19001626
網址：love.doghouse.com.tw　E-mail：love@doghouse.com.tw